公元787年，唐封疆大吏马总集诸子精华，编著成《意林》一书6卷，流传至今

意林：始于公元787年，距今1200余年

纯正✦阳光✦向上

为中国女生量身打造优质课外读物

MiniMiss 出品

图书在版编目（CIP）数据

女孩，你的努力闪闪发光 /《意林·小小姐》编辑部编 . -- 长春：吉林摄影出版社，2018.5
（淑女励志馆 . 女生悦读慧；003）
ISBN 978-7-5498-3620-8

Ⅰ．①女… Ⅱ．①意… Ⅲ．①故事 – 作品集 – 中国 – 当代 Ⅳ．① I247.81

中国版本图书馆 CIP 数据核字 (2018) 第 094926 号

女孩，你的努力闪闪发光
NÜHAI,NI DE NULI SHANSHANFAGUANG

出 版 人	孙洪军
总 策 划	阿 朱
执行策划	蓝曦悦
责任编辑	朱薏楠
图书统筹	阿 婉　蓝曦悦
特约编辑	丁 旭　王枫婕
绘 图	繁 繁
书籍装帧	胡静梅
美术编辑	王周益
作家经纪部	卢晓凤
开 本	787mm×1092mm　1/16
字 数	320 千字
印 张	11
版 次	2018 年 5 月第 1 版
印 次	2018 年 5 月第 1 次印刷
出 版	吉林摄影出版社
发 行	吉林摄影出版社
地 址	长春市泰来街 1825 号
	邮编：130062
电 话	总编办：0431-86012616
	发行科：0431-86012602
网 址	www.jlsycbs.net
经 销	全国各地新华书店
印 刷	北京中科印刷有限公司
书 号	ISBN 978-7-5498-3620-8
定 价	25.90 元

启 事

本书编选时参阅了部分报刊和著作，我们未能与部分作品的作者取得联系，在此深表歉意。请各位作者见到本书后及时与我们联系，以便按照国家相关规定支付稿酬及赠送样书。

联系地址：北京市朝阳区南磨房路37号华腾北搪商务大厦2105室
《意林·小小姐》编辑部（100022）
电话：010-51900470

版权所有　侵权必究
如发现印装质量问题，请与印务部联系退换，电话：010-51908584

用文字启动女孩内心的力量

文◎女生文学书系总策划 阿 朱

创办《意林·小小姐》女生文学品牌八年来，通过电话、书信、网络等各种途径，我曾接触过许许多多不同的女孩。有的女孩兴高采烈地发来成绩单，说自从认识小MM后，自己的文笔和语感都有了很大提升，作文和阅读理解经常拿到满分；有的女孩把自己写的小说发到邮箱，说小MM激发了她的写作灵感，她希望长大后也能加入小MM，和编辑们一起创造出更多好故事；有的女孩在微博留言，说在自己脆弱、迷茫的时候，是小MM的故事激励了她，让她成为一个上进的女孩……

收到这些反馈，阿朱姐甚感欣慰的同时，也更真切地体会到作为一名青少年读物策划者和出版人的责任和意义。

女孩的成长路上并不总是阳光明媚，也会有雨雪交加的时候。女孩们跟编辑部的互动，除了表达对小MM系列读物的喜爱之外，也经常会提出各种困惑，比如，考试没考好怎么办？爸爸妈妈不支持自己看课外书怎么办？和同学闹矛盾了怎么办？更有甚者，有任性的女孩因为和父母闹矛盾，一气之下离家出走（这是极其不负责任的行为，无论什么情境下都不能这么做），着急的父母遍寻无果，无奈之下打电话到女儿最喜欢的杂志的编辑部求助。阿朱姐至今仍记得那位父亲的焦灼：叛逆期的女儿无法沟通，父母无论如何走不进女儿的内心世界。

我想，天下的父母无不希望自己的女儿能够长成一位阳光、独立、智慧、幽默、内心强大的优秀女性，而在学校和家庭教育之外，帮助女孩健康成长的最有效的方式，就是为她们提供充分的、优质的精神食粮，让女孩通过阅读完成自主成长。

不过，现在的女孩学习压力大、时间紧，需要高效率地提升自己，小MM编辑部以"为成长中的女孩量身定制"的精准定位和独到眼光，八年来成功创办了"淑女文学馆""淑女漫绘馆""淑女青春馆"三大特色书系，为女孩们打造了数百种优质课外书，在文学和艺术上做了不懈努力。有感于女孩成长过程中面临的诸多实际问题，接下来，我们将在保持作品的故事性、文学性的基础上，强化功能性，在作品中赋予更强有力的励志精神内核和价值观引导，启迪女孩内心成长，帮助她们克服自卑、怯懦、迷茫、悲伤的情绪，树立坚强、乐观、自信、独立的信念，成为更好的自己；同时，增加作品的实用性，帮助女孩挣脱课堂的束缚，打开视野，了解世界，帮助她们提升写作、阅读、演讲、人际交往、情商训练等技巧，成就有强大竞争力、趋向于完美的女孩。这即是我们策划"淑女励志馆"的初衷。因此，"淑女励志馆"系列图书涉及的题材和内容范围非常广，既有激励人心的半纪实长篇小说，也有饱含人生智慧的生活故事，更有有趣、有料的知识小文，我们着眼于"课堂上学不到，家长没有教"的东西，力求"不偏食、不挑食"，以高品质读物全方位陪伴女孩健康成长，让女孩的智慧与日俱增。

有位老师曾经讲过这样一个真实事例：一位中学时成绩优异、被很多老师捧为掌上明珠的女生，在多年埋头苦读之后终于考上了理想大学，然而女生入学不到一个月便提出退学，因为她发现大学里的每一位同学都多才多艺、全面发展，唯独她，在不恰当的教育理念下，从小到大只有一个目标：高考，因此整个青春压缩得只剩下了备考一件事。如今与同学对比之下，她备感失落，陷入自卑的泥潭，心灵匮乏得不堪一击。

这样的故事只是个案，不过，成绩是一时的，而心灵的成长和丰盈是女孩一生都要修炼的课题。女孩一辈子重要的并不仅仅是读大学、考学历这一件事，她们对人生的看法，对社会的认知，对性格的塑造，应该从小就做好积累和准备。今天，我们唯一能做的，就是在女孩的内心多播撒一些饱满的种子，用文字帮助女孩塑造健全、优秀的人格特质，给女孩提供开阔、新颖的视角。如果女孩从小养成了阅读的好习惯，那么将来再怎么沉重的考试压力，也不能阻挡她们对于自我发展的追求，对于美好未来的向往。何况，充足的、高质量的阅读所奠定的智力背景，必将使女孩未来的学习之路比别人轻松很多。

愿每个女孩都能在合适的年纪爱上阅读，并在阅读中获得更多的成长与勇气。MM

名师寄语

子曰：学而时习之，不亦说乎？学习其实是一件非常快乐的事，读书也是。女生经常阅读，不仅是精神上的熏陶，对学习也会有新的认识。传统文化会在你的谈吐和气质中慢慢彰显影响力，令青春的成长更有底蕴。

——北大附中高级教师、北大历史系"华夏儒商（国学）"专职讲师　王来宁

阅读是幸福的养料，女生是阅读的玫瑰。因为阅读，女生所以砥砺成睿智的女子、浪潮的巾帼、时代的骄子！女生们，绽放你们的美丽，就从阅读开始吧！

——重庆市铜梁实验中学语文教师、高级教师　邹　童

女孩柔情，像水一样柔软又坚韧；女孩纯洁，如百合花一样圣洁纯真。阅读这本书，它会让你汲取经验，走过迷惘；它会让你重塑自己，自信满满；它会让你收获梦想，芳香满园。

——太原市外国语凤凰双语中学语文教师　张彦玮

"女生悦读慧"系列是《意林·小小姐》专门为少女打造的励志读物。拥有它，你会从懵懂走向成熟；阅读它，你会从青涩走向稳重；珍惜它，你会从轻狂走向谦虚；爱护它，你会从平庸走向精彩。最后破茧成蝶，无悔青春！

——《语文报》编辑　赵丽霞

家庭、学校和社会既需要给予女孩关注，还应该兼顾少女身心，为女孩的纯洁心灵保驾护航。"女生悦读慧"这套书滋润了正青春少女的心灵，帮助她们通过阅读实现梦想，收获成功。

——山西省孝义市第五中学学生成长督导中心主任、国家二级心理咨询师　李珍玉

在陪伴青少年成长方面，作为学校，我们会尽力打造最优质的环境。但与此同时，我们也需要社会和家庭给予他们，尤其是心思更为细腻的女孩们以更大的关注，比如，为她们打造一套专属的、成长、励志书系——"女生悦读慧"系列！

——湖南省浏阳市第六中学校长　苏启平

岁月的痕迹无处不在，当我们从淡淡的书香里走来，内心深处装满了世界的来龙去脉，又怎会惧怕苍老的容颜？读书，心与灵的对话，让你与世界相遇。

——陕西师范大学附属中学教师　吴桐菲

在讲究"素质教育"及"全面发展"的今天，适当阅读一些课外书更有助于学生们开阔视野、培养良好的自学及阅读能力，在未来更高层次的学习中更具竞争力。

——深圳市盐田区外国语小学校长　王　蓉

目录
CONTENTS

第一章 【女孩，有梦就去追】

003 少女，你可长点儿心吧 / 蒋临水
009 致遥不可及的星空 / 九 蓝
017 我梦境的结束是你的开始 / 凉风有信
024 三年内所有的星期天 / 韦秀英
025 当我变成曾经的你 / 默默安然
032 你应该拥有阳光下的成功 / 李彦宏
033 我在中国科大等你 / 艾 科
036 淮北有枳思淮南 / 鹿鹿七
039 花开不败 / 耿 烨
043 失败取决于态度 / 张君燕
044 像阿甘一样奔跑的秋树 / 小 乱
046 愿你 / 张咏言
047 追逐你的背影 / 赵润湉
050 我已发光，却不见想要照耀的人 / 金某某
052 做一个最好的你 / 道格拉斯·玛拉赫

第二章 【请看我漂亮的坚持】

- 055 武亦姝：从诗词中走来的00后美少女 / 张西武
- 056 七条学习建议 / 玛丽莎·赫伯
- 057 季冠霖：因为喜欢，所以值得 / 迩半坡
- 059 我就是很努力，有什么好笑的 / 李开春
- 060 特长就是专心地做一件事情 / 黄海飞
- 061 愿你敢放手一搏，纵无所得 / 曲玮玮
- 062 要当就当最好的兵 / 李 莉 冯 戎
- 065 美食是爱自己的一种方式 / 王典典
- 068 世上只要有一颗种子 / 吕 游
- 069 永远不要说你已经尽力了 / 庄 原
- 073 且美且独立 / 李 辉
- 074 完美逆袭计划 / 杨童婳
- 077 信念的力量 / 流 年
- 078 为了上进，还是为了较劲 / 小灯泡儿
- 079 做得多，不如做得对 / 吴淡如
- 080 不抱怨，靠自己 / 刘媛媛

第三章 【你的勇敢自带光芒】

- 083 张钧甯：一直向前走 / 简 洁
- 085 年少时和自己拼一拼 / 欧 豪
- 086 王源：我有一颗扑通扑通的上进心 / 陈克锋
- 088 娜塔莉·波特曼：真女神，美貌与智慧并存 / 夏一柒
- 091 我小小的英雄主义 / 赵丽颖
- 092 凭梦想过日子 / 黎武静
- 093 江疏影：但行好事，莫问前程 / Sei
- 096 你不必一开始就闪闪发光 / Derek
- 097 摔跤吧，爸爸：进阶少女成长记 / kiki204529
- 098 假如希望真的能飞 / 威廉·贝纳德
- 099 拒做傻白甜，她们用实力碾压世界 / 林安安
- 102 勇敢的人会为梦想出发 / 古 典

第四章 〖青春是一场过不完的夏天〗

105　刘雯："丑小鸭"穿上梦想的水晶鞋／花开的声音
106　10秒钟能做些什么／翟　杰
107　屠呦呦，从童年梦想到"诺贝尔"领奖台／高毅哲
108　有生机的灵魂／保罗·科埃略
109　别给人生留遗憾／毕淑敏
111　敢于选择第一步，才能有第二步／俞敏洪
112　颜宁："非主流"的主流科学家／钱　炜
115　圆体字的告白／七堇年
116　一件事坚持30天／韦斯托
117　光，打在你身后／刘　同
118　没有太晚的开始／吕书帆
119　所谓成长，就是要和自己作对／晚　睡
120　不要轻视行动的力量／汪　涵
121　失败的好处和想象力的重要性／J.K.罗琳

第五章 〖你的气质里，藏着你读过的书〗

125　"富二代"都成了"拼二代／叶　苓
127　孩子，我为什么要求你读书／龙应台
128　踮踮脚，今天就比昨天高／闫合作
129　上天眷顾努力的你／章珈琪
130　你不够好，所以才能越来越好／韩小暖
131　人生的几个关键词／俞敏洪
133　上大学的意义／施一公
135　通过阅读认识世界／翁雨晴
137　你怕不怕搞砸自己的人生／刘夏苒
138　爸爸致女儿的一封信／吴　辉
140　那个假装努力的人，希望不是你／佚　名
143　考试是一次总结，但不是终结／袁卫星
145　无用之用／杨素秋
146　你的气质里，藏着你曾经读过的书／王　红

第六章 〔修炼你的好运气〕

149　与你终身相伴的几个好习惯／周成刚
150　从没有白费的努力，也没有碰巧的成功／露十七
151　没有热爱的事，就不能成功吗／陶瓷兔子
152　我的梦想和你无关／董晨晨
153　成功与天赋，到底有多大关系／虎　爸
155　用5厘米追梦的渐冻症女孩／文　澜
156　可以慢，但不能停／沈十六
158　妈妈，谢谢您喜欢不完美的我／安一心
160　别怕内向，去靠近你的梦想／罗近月
161　做一条会飞的鱼／张军霞
162　我每天都做一件治疗拖延症的事／杨熹文
164　别做未来的空想家／刘　希
165　没完成的心愿，大都输给了坚持／喵里喵
166　大梦想家自测表，你占了几条／三川玲

第一章
女孩，有梦就去追

梦想是清晨太阳发出的第一缕光，从此，未来便有了光亮；
梦想是翱翔在蓝天上的雄鹰，有力的翅膀从不畏惧风雨；
梦想是蛋糕上的新鲜草莓，有了它，人生便有了努力拼搏的意义。
女孩，若你有梦，请不要犹豫，大步向前，生活不只眼前的苟且，更有诗和远方的田野。
所有的累和伤，都将在你拥抱梦想的那一刻被治愈，坚持的旅程也会变得幸福甜蜜。
女孩，愿你披荆斩棘，踏梦前行。

第一章 女孩，有梦就去追

少女，
你可长点儿心吧

文◎蒋临水　图◎ARIA　白月棍

1. 给她一张报名表

方悔今年二十岁，是一位很严格的老师。他不教书，他教的是爵士舞。

方悔从小学跳舞，先后参加过几次大赛都拿了奖，舞团高薪聘他来，也是为了做宣传。方悔只在周六开一节课，每节课三个小时，来参加他的课程的以女生居多，偌大的教室站得满满当当都是人，他站在前面做动作示范的时候，后排闪光灯噼啪响。方悔板着一张脸，用手敲镜子："陈子眉，专心听课！"

整间教室最让方悔头疼的人无疑就是陈子眉，她笨手笨脚，一个动作起码重复十几遍才能学会，音乐响起的时候唯独她跟不上队伍，躲在后排角落里抓耳挠腮，像个猴子。

方悔的耐心都快被耗光了，他重复了一遍舞蹈最后的动作，然后放音乐："注意这一环节，抬头，挺胸，收腹！做得好……"他突然"啪"的一声按掉开关，"陈子眉，我让你挺胸，没让你收胸！"

陈子眉委屈巴巴，恨不得把一口气都憋到胸上去："我……我挺了……"

前面四排学生哄堂大笑，陈子眉的脖子都羞红了，天资不尽如人意，她也无可奈何。

下午四点课程结束，陈子眉累成个傻子，她席地而坐，揉着疼痛的后腰，学员们陆陆续续散去，有少数女生还缠着方悔问东问西。陈子眉对着镜子里方悔的背影撇了撇嘴，像是感应到了一样，他迅速转过头来，陈子眉如遭电击，慌慌张张地起身，无奈起得太急，左脚踩了右脚鞋带——啪！摔了个四脚朝天。

方悔笑了两声，遣散了众人，往陈子眉的手机里发了个视频："回去好好练习，下周六结课，不要拖别人后腿。"

"知道了。"陈子眉慢慢站起来，一瘸一拐地出了门。

自从报了舞蹈班以后，陈子眉仿佛魔怔了一样，她先天不足，只能没日没夜地练习，她尽力苛求动作完美，但总是跟不上别人的步伐。

陈子眉晚上做梦都是在跳舞，梦里她身轻如燕，方悔看得目瞪口呆，热泪盈眶地为她鼓掌。醒了以后全身是汗，她跳下床去照镜子，闭着眼睛、踮着脚

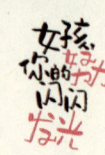

尖，练习她总是完不成的那个动作。

陈子眉有严重的O形腿，是先天的，自小陈妈就在她腿上绑绷带，绑了十年都没有见效。

陈子眉性子恬静，脑子也聪明，但行动不便，做不了游戏，也不能像同龄人一样正常地社交，她虽然不讨人厌，但是朋友很少。她从小就喜欢跳舞，但没有一家舞蹈室愿意收她这样的小孩儿。

每年学校艺术节，陈子眉羡慕地看着台上穿着舞蹈裙的姑娘，晚上回家咬着被单哭，枕头哭湿了一大片，第二天眼睛肿得跟金鱼一样。

半年前陈子眉去步行街买蛋糕，看到刚开业的舞团门口挤满了人，她鬼使神差地走过去看，想张口要一张传单，却怎么都没有勇气。

那时方悔就坐在二楼阳台喝咖啡，窗户半开着，他撩开纱帘，手肘拄在窗框上，朝陈子眉挑了挑下巴："喂！要报名吗？"

众人的视线齐聚在陈子眉的身上，她紧张地搓手："可……可以吗？"

方悔叫了一下那边的工作人员："给她一张报名表。"

陈子眉不知道方悔是想挑战自我还是没看清她腿脚不好，但总归，他让她看到了很强烈的希望。

2. 你打算放弃了吗

于是入学第一天，陈子眉送了一大块蛋糕给方悔道谢。他抽开上面的彩带，拈起草莓扔进嘴里："谢就算了，我又不是免费教你，学费很贵的。"

方悔的斯巴达式教学法常常让陈子眉感到吃不消，他没有因为她的特殊情况就对她宽容以待，反之，他对她的要求比对别人严苛许多倍。

这也正常，因为舞团每个月都要录一次结课视频，视频内容会上传到网上，如果队伍不整齐，或者出现动作不标准的情况，会严重影响舞团的声誉以及方悔的名气。

舞房老板私下里找陈子眉旁敲侧击地说了好几次，大概意思是她不适合练习舞蹈，应该知难而退，世界这么大，可以培养的爱好这么多，她何必这么执着于一个？陈子眉假装听不懂，对着显示屏里的鹿晗哇哇大叫："哇哇哇，好帅啊！帅到掉渣了有没有？"

老板无奈，又不好把话说得太难听，只得作罢。

但是这一次，不知道是谁自作主张让陈子眉参加录制结课视频，从而遭受大片恶评，视频里的她像一只刚会走路的鸭子，好好的舞蹈就这么被她给毁了。原本教学的进度因为有她就拖延了许多，导致不少人产生不满决定退学，而之前定好要来报名的学员，在看到这段视频后又都临时反悔。老板忍无可忍，打算开除陈子眉。

但方悔竟然跳出来反对，他摘掉止汗带，抹了一把额前被汗水濡湿的刘海："陈子眉不能走。"

舞房内说话有回音，方悔说的每一个字都掷地有声，老板不解："你不是也觉得教她很累？"

"是挺累的，"方悔点头，把空调冷风调到最大，"但我看得出来，她是真心喜欢跳舞。"

陈子眉蹲在镜子旁边不敢抬头，她听着方悔为她辩解的每一个字，心酸而委屈。

交涉失败，老板拗不过方悔，又不敢跟他撕破脸，便答应再给陈子眉一个机会，下个月结课之前，如果她还是不能跟上进度，并跳一支合格的舞，就必须走人。

老板离开以后，舞房陷入了死一般的沉寂，只有空调发出"呼呼"的声音。半晌，方悔放了瓶矿泉水在她面前："你蹲得脚不疼吗？"

陈子眉换了个姿势，才感觉到小腿以下都酸麻得没有了知觉，她抬头看看方悔："老师，谢谢你。"

"你谢我做什么？我又不能替你上台。"

"你觉得我有希望留下来吗？"

方悔把空瓶丢进垃圾桶："机会渺茫。"

陈子眉重新垂下头，蔫得像霜打的茄子："真丢人。早知道这样，当初我就不该自找没趣来参加。"

方悔挑眉："你打算放弃了？"

她没说话，方悔自顾自地点头："那好吧，既然这样我也不为难你，我会去帮你办退学申请。"

方悔推开玻璃门，大门一开一合的声音刺激了陈子眉的大脑，她跌跌撞撞地追上去："等等！"她挠挠后脑勺，"那个，我想，再试一试。"

不尽力去试一试，又怎么知道能不能行？

3. 就算走得慢一点儿，又有什么关系

方悔嘴上说不会帮陈子眉，但开课的时候还是刻意选了一支节奏稍慢的舞蹈。

他装作不经意似的,把陈子眉安排到前面来,以方便他调整她的动作。

他把动作解析整理好后发给她,叮嘱每一个步骤应该注意的情况,末了,还破天荒地发了个"加油"的表情。

陈子眉看着手机屏幕,心里蓦地很暖。

彼时正逢暑假,陈子眉日夜兼修,快到月末的时候,方悔问她练习得怎么样了,她答得支支吾吾,方悔直接连了视频,让她完整地跳一遍给他看。

方悔看完后恨铁不成钢,在没人的时候把陈子眉叫去,为她开了小灶。他不知道从哪儿弄来了戒尺,一遍不对打五下手心,两遍不对打十下,几个小时下来,陈子眉手也疼、脚也疼,躺在地板上叫苦连天。

方悔拎着她的胳膊把她推出门外:"赶紧回家睡觉,明天中午继续。"

这种地狱式练习维持了十天,陈子眉勉强能达到及格,虽然还是不及前排领舞的女生,但充个数还是可以的。

这下老板无话可说,暂时答应让陈子眉留下来。

为了感谢方悔这段时间加班帮她练习,陈子眉打算请他吃饭,毕竟她是个俗人,除了吃饭也想不到别的谢法了。

方悔看看手表,才两点十分:"我中午吃了两笼包子,还不饿。你要谢不可,就去那边给我买杯果汁,要加冰的。"

陈子眉用力点头,几分钟后,她捧着塑料杯屁颠屁颠地跑回来。方悔吸了一口,脸都快拧到一起了:"竟然是柠檬汁⋯⋯"

"是啊,你不喜欢吗?我给你换一杯!"

"不用了。"方悔坐在长椅上,把杯子放在一边,"你为什么这么喜欢跳舞呢?"

陈子眉怔了怔,这个问题有点儿不太好回答,这是她从小的愿望,至于为什么,她也说不清楚:"是不是很不自量力?"

"不是,就是有一点儿好奇。换一个人的话,一定做不到这么努力,估计早就放弃了。"

"因为心里有希望啊!"陈子眉把吸管捏得"啪啪"响,"我小时候我妈每天给我用绷带和木板绑腿,我难受得睡不着觉,一双眼睛瞪得老圆。

但我只要一想到等我的腿治好了以后我就能跳舞了,我就特别开心。虽然绑了这么多年的绷带也没什么作用,但是去年我去看医生,他说通过手术是可以恢复正常的!可起码要到十八岁之后,等骨骼闭合。虽然练习很累,但起码我是有方向的!"

陈子眉说话的时候眼里有光,方悔看呆了几秒。是哦,有了方向,就算走得慢一点儿,又有什么关系?

他突然觉得这个姑娘有点儿可爱。

4. 方悔,谢谢你,真心的

九月初的时候,市里举办了一场"我是歌手"的海选,开场舞选中了方悔的舞团。因为要录节目,陈子眉不能上场。

她也跟着他们一起练习,但期限将近,课程进度必须要加快,陈子眉跟不上队,累得满头大汗。

她出去帮忙买水,回来时听见里面有人聊起她,奚落的话语落进耳朵里,让她浑身不舒服,把水放下就离开了。

她发了信息给方悔:快月考了,你们练习我就不去了,反正去了也只是观光。老师加油!到时候我会去给你们助威的!

放下手机,陈子眉的心里空了一大截,物理卷子上的习题变得模模糊糊,等她反应过来才发现是自己哭了。

她还没上过舞台呢!

手机提示音响起,是方悔发来的教学视频,他叮嘱她:"不许懈怠!"

陈子眉破涕为笑,这种被人重视的感觉真好。

事实上方悔让她练习是为了备不时之需,但不想竟然真的出现了意外。队里有人出去郊游扭伤了脚,临时缺人,方悔硬是把陈子眉塞了进去。

舞房老板气得嘴都快抽筋了,方悔拍拍陈子眉的头,把她推进舞房,转头跟老板说:"陈子眉够努力,私下也一直在练习,你要是反对,就在七天内找到替补学员,但是现在进程已经快大半了,你就是找到了也未必跟得上。要是你觉得还不行,不如你上?"

老板被噎得说不出话来,只能一个人对着镜子翻白眼。方悔回到教室放音乐:"陈子眉,注意跟上节奏!"

陈子眉当然跟不上,下午方悔留她一个人加

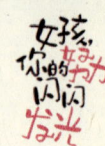

紧练习、中场休息的时候，他摸出手帕给她擦脸："你不用太在意动作，要凭感觉跟上节奏。"

这一练就到了晚上，方梅骑车送她回家，陈子眉扯着他的衬衫下摆："老师，你竟然还有力气骑车，我现在连走路都成问题。"

方梅把车停到路边，目送她上楼："回去好好休息，别给自己太大压力，不着急，我们慢慢来。"

陈子眉刚上了五个台阶，又"噔噔噔"跑下来，抬头对他说："方梅，谢谢你。真心的！"

5. 如果不是腿上的缺陷，她应该是佼佼者

海选开始的当天，陈子眉比想象中还要紧张数倍。

她没想到，在场的人会这么多！

地点设在中央广场，露天舞台上铺着红色地毯，整个广场人山人海，有几千人。

有慕名而来，也有路过看热闹的。

上场之前，航拍的小飞机已经起飞，想到一举一动都会被拍下来，陈子眉马上端正了坐姿。

方梅捏捏她的脸："放松，放松！别坐得跟僵尸先生似的。"

女生队服是清一色的白上衣加格子裙，头发都扎成马尾。单看陈子眉其实很漂亮，殷红的嘴唇，浓密的双眉，如果不是腿上的缺陷，她应该是人群中的佼佼者。

但上帝总是不公平的，给了你一样，就要拿走你的另一样。

音乐前奏响起，女生最先上台，陈子眉在队伍最后方，扎眼的舞姿惹起台下大片笑声。

"那女生是来凑数的吧？"

"后边的那个？"

"凑数的！哈哈哈！肯定是凑数的！"

"要死了，找不到好人了怎么着？这放出去也太丢脸了！"

陈子眉听不到他们说话，可她耳根发热，眼眶也发热，她能感受到。

在大脑即将转为空白的前一秒，陈子眉在台下找到了方梅的身影，他眨眨眼，用口型对她说："你可以的！"

努力了这么久，怎么能轻易放弃？外面两声聒噪，怎么可以扰乱她的步伐？

她只是跳个舞，他们想看就看，想笑就笑吧！

陈子眉是这么对自己说的。

整场舞蹈三分钟，女生下台，陈子眉选了个无人的角落躲进去，她腿脚发软，手都是抖的。

方梅给了她一支冰淇淋，草莓味的，他用下巴指指对街的肯德基："第二支半价。"

陈子眉接过来尝了一口，真的很甜。

晚上学员们组织聚会，陈子眉坐在方桌一角，果然不出她所料，方梅再次被围在女生中间，陈子眉看着糟心，于是埋头吃饭。

桌上的菜被挪了几回，陈子眉低垂着眉眼，看到哪个就吃哪个。她端起桌边的红茶喝了一口，一股酸涩的感觉自舌尖漫延开来，她眉头一蹙，条件反射地喷了出去——有人把她的茶换成了醋。

桌上的人哈哈大笑，身侧的男生抹了一把脸上的液体，伸手就要去抓陈子眉的衣领，方梅从隔壁桌绕过来，一手抓住那个男生的手腕，把陈子眉捞到身后。

他拎起椅子上的外套搭在手臂上："闹得差不多了，我明天还有事，陈子眉跟我顺路，我们一起回去。哦，对了，单已经埋了，你们可以继续。"

离开的时候陈子眉觉得后背阴冷，胳膊上起了一层鸡皮疙瘩，等缓过神的时候，方悔的外套已经披在了她的肩上。

这段时间的剧烈运动让她有点儿吃不消，她腿疼，走得很慢，方悔放慢了步伐等她："你不用太在意。"

陈子眉摸摸身上的外衣，那上面有淡淡的肥皂味，她用力点头："嗯！"

6. 方悔不在，没有人能给她力量

那之后不久，海选视频正式放映，陈子眉在学校大火了一把。

随处可闻的讥讽搅得她心神不宁，就算她再怎么淡定也抵挡不住那么多歧视的目光。

上厕所的时候，放学的路上……她总觉得有很多人在对她指指点点。

就连她最好的朋友也背着她偷偷地笑，陈子眉恼怒，有那么好笑吗？

好不容易鼓起的勇气全都像泄了气的皮球一样消失了，方悔不在，没有人能给她力量。

她心里起了一层毛毛刺，又疼又痒，也不知道抽了什么风，她竟然想要去找方悔。

那天是周四，中午提前放学，陈子眉转了两趟地铁，找到了方悔所在的大学。

校门口有两棵枝叶茂密的榕树，刚好遮住头顶所有的阳光，陈子眉靠在石墙上，给方悔发信息。

一直到半小时后他才回复，气喘吁吁地跑过来："你怎么来了？"

陈子眉来的路上忘了找借口，一时情急又想不出来，急得搓手顿脚，方悔笑着揉乱她的刘海："要不要我带你参观一下？"

陈子眉紧张得舌头打结："行……行啊！"

围墙边上有一条鹅卵石铺成的小路，方悔在前面走，时不时地停下等等她，树梢上有喜鹊鸣叫，方悔靠在树边停下来："好兆头啊！"

陈子眉找不到话题，绞尽脑汁地想点儿什么："那个，这周六会开新课吗？"

"你不知道吗？"方悔看着她，"这周六停课，我要去一趟上海，下周才能回来。"

"去上海？"陈子眉讶异，"你去上海做什么啊？"

"去找人。"

以往周六都是在舞房度过的，日子排得满满当当，突然放了假，陈子眉有点儿不知道该干什么了。

听说之前最喜欢的漫画家出了新作，点开来看了十分钟，陈子眉的心里突然闪过一个念头，这个男主跟方悔长得真的好像啊！

好不容易挨到下周六，陈子眉去舞房却没看到方悔，临时来了个女代课老师，耐心程度基本为零，全然无视陈子眉。

陈子眉失落到了极点，剩下半节课上得半死不活，晚上回家躺在床上翻来覆去，闭上眼睛看到的都是方悔的脸。

7. 假如手术之后，她还能跳舞，该多好

陈子眉等到了十八岁生日，她终于可以去看医生了。

医生检查后发现她骨骼发育得很好，把手术时间定在两个月后，妈妈回去给她做了顿好的，陈子眉吃着吃着眼泪就掉了下来。这一天，她等得太久了。

彼时已入深冬，陈子眉央求方悔陪她加紧练习一段时间，手术前的最后一堂结课视频，她想要拍得好看点儿。

方悔答应了，贡献出自己大把的时间，就连圣诞夜都在陪她练习。

陈子眉自己动手包了个平安果，用了五层彩纸和一根彩带，把苹果包成了一朵花。方悔接过来拍了张照："虽然包得很丑，但是心意我收到了。"

那一晚上方悔总是在发信息，陈子眉看到也假装没看到，她捧着苹果咬了一大口，咧了咧嘴，有点儿酸啊！

回家的路上，方悔问陈子眉："临近手术的日子你不是应该好好休息，这么拼干什么？"

她紧了紧脖子上的围巾，全身上下只露出两只眼睛，有哈气吹到睫毛上，竟然顷刻成霜，她小声说："因为……我希望，待一切都尘埃落定，无论眼前风景变成什么样子，我都能微笑以对，告诉自己，我尽力了，我不后悔。"

最后三个字，她说得几乎轻不可闻，方悔没有

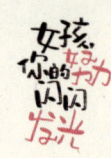

听见。

她是尽了全力在学跳舞的,虽然资质愚钝,先天不足,但是她有一颗足够执着的心。每次想到这里,她都觉得自己很幸运。

如陈子眉所愿,她的最后一堂结课视频拍得很好看,也不枉费她流了这么长时间的汗。

进手术室之前,方悔把视频U盘交给她:"好好留作纪念,等你恢复了,还能做得比现在更好。"

陈子眉把U盘仔仔细细地收起来,方悔不知道,那大概是她最后一次跳舞了。

陈子眉的腿部情况比想象中严重,倘若开刀纠正腿形,那么余生非但不能跳舞,任何剧烈一点儿的运动她都不能做。

陈子眉对着镜子看自己,她有着不输别人的青春和美貌,假如手术之后,她能好好地站在人前……

她决定手术。

麻药生效,视线渐渐模糊。

8. 两个人的梦想

听说手术很成功,陈子眉的一颗心安定下来。

麻药劲一过她疼得全身冒汗,床单被她揪坏了好几处,妈妈想给她打止疼药,但她死活不肯。医生说过,止疼药会影响伤口愈合。

陈子眉被疼哭了,眼泪成串地往下落。来看她的方悔手忙脚乱,扯了一沓面巾纸捂在她的眼睛上,可还是不一会儿就湿透了。

病中的女孩是没有理智的,陈子眉死死扯着方悔的衣襟不撒手,他没有办法,只能留在医院陪床。

方悔在医院陪了她一周,陈子眉的腿也不像刚开始那么疼了,精神状态好的时候,也能坐起来跟人聊天。

陈子眉在第三周的时候出院,方悔仍然时常来探望她。他知道了陈子眉的状况,也知道了她再也不能跳舞,他替她难过,但除了安慰和陪伴,他什么也做不了。

陈子眉还不能下床的时候,方悔收到了上海一家著名舞团的邀请,他有些犹豫,他不知道该不该去。

他不希望在陈子眉步入人生低谷的时候,自己却甩下她走上高峰,如果真的是那样,他会心有不安。

方悔有意瞒着陈子眉,陈子眉却不小心看到了他的手机。她比意料中的要高兴,直拍方悔的大腿:"太好了!你还考虑什么呢?必须去啊!"

方悔揉着疼得发麻的大腿说:"我去了,谁留下来陪你?"

陈子眉"扑哧"一笑:"我只是暂时下不了床,又不是终身残废。"她顿了顿,握住他的小拇指,"方悔,你现在承载着的,是两个人的梦想。"就算她再也不能跳舞,能看着他发光,也是开心的。

方悔答应了,他回复那边说,几天后启程。

陈子眉不能去机场送他,只给他发了条信息,但她心里已经有了新的目标和方向,她迟早会追上他。

那年夏天陈子眉参加高考,志愿一栏她填了上海音乐学院。陈子眉乐感很好,比起跳舞,对她而言,也许学音乐会更加轻松。

陈子眉的腿恢复得不错,起码正常走路没有什么问题。姿态矫正之后她也拥有了笔直的双腿,站在人群里时再也不用自卑地低头。

虽然失去了一些东西,但她拥有了更多。

陈子眉比从前变得乐观开朗了,她爱笑了,也更积极了。

她有了更勇敢的力量,能坚定地向着远方的目标前进。而这一切,方悔有着无法言说的功劳。

陈子眉去上海的时候,方悔来接她。她变高了,也漂亮了,人来人往,他一眼就能认出她来。

那天下雨,方悔把伞面倾向她那边:"我等你很久了。"

"我也是。"

在我向你追逐的时候,你一直都在等待我。

方悔,谢谢你。 MM

第一章 | 女孩，有梦就去追

一、我没有闲心来同情你

如果不是无意间撞见楚玉在器材室里哭，傅依依大概永远不会和他有任何交集。

毕竟他生来就是白马王子般的存在，剑眉星目，成绩优异，写得一手好字，能弹琴，会画画，打球时女生们激动得一副随时要犯心脏病的模样。

而傅依依古板懦弱，面黄肌瘦，走路的时候永远弯腰驼背，像个难民。

事实上她也不想和楚玉有任何交集，每天生活中的一大堆琐事就够她焦头烂额了，她可不想再被楚玉的脑残粉纠缠。

致遥不可及的星空

文◎九 蓝
图◎冷色系 莹 月

要不是班里的女生都不愿意来这个器材室拿篮球，她也不会遇见躲在器材室里哭的楚玉。

四目相对，她进退维谷，索性一咬牙走到旁边的篮球筐取了一个篮球，抱着篮球淡定地往回走。

她努力想要无视他的存在，可他流着泪的脸就像一帧慢镜头，在她脑中反复播放，扰得她心烦意乱，从楚玉身边经过时，她鬼使神差地从兜里掏出一块干净的手帕递给他。

楚玉冷冷地瞥了她一眼，狠狠地打开她的手，然后站起来，踩着手帕目不斜视地与她擦肩而过。

依依向来是个冷漠的人，好不容易发一次善心，却被人如此践踏，她冷笑一声，弯腰拾起手帕，几步抢在楚玉前面，将手帕丢进旁边的垃圾桶里，然后头也不回地离开了。

而后在班里遇见，他们都很有默契地将对方视为空气。

依依再次注意到楚玉是在一周后，班里关于他母亲给死人化妆的传闻层出不穷，刚开始大家只是私下偷偷谈论，后来也不避嫌了，直接当着他的面讨论起来。

楚玉一直冷眼旁观着，直到有一天隔壁班的女生跑来，开门见山地问："楚玉，你妈真的是给死人化妆的吗？"

楚玉冷冷地扫了她一眼，语气嘲弄地说："是啊，你要预约吗？"

那女生吓得噤若寒蝉，呆呆地看了他半晌，红着眼眶跑开了，那之后，她再也没来找过他。

倒是他母亲是给死人化妆的消息就此坐实了，班里的同学开始有意无意地躲着他。

在十几岁孩子仅有的一点儿人生阅历里，死人代表着不祥，他们迫不及待地要和他划清界限。

再排座位时就没人愿意跟他同桌了，他一个人坐在教室最后一排的角落里，仿佛一座即将沦陷的孤岛。

依依鬼使神差地抱着书包走过

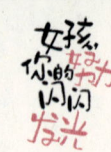

去，在他旁边的空位坐下，掏出练习册开始做题。

楚玉默不作声地坐了许久，突然把书本摔得啪啪作响。

依依隐约觉得与她有关，她听着清晰粗鲁的声响，心中竟奇异地变得平静，眉梢依旧是冷月般的淡漠，却带了些淡淡的倦意。

一整天楚玉都没有跟她说话，依依也没有主动找他说话，专心地听课做题，仿佛旁边坐的是空气，放学时楚玉终于忍无可忍，冷嘲热讽地说："你不怕吗？"

依依头也不抬地问："怕什么？"

"我妈是给死人化妆的！"他故意把"死人"两个字咬得很重，说完看见那女孩的背影一僵，心里不由得一阵烦闷，狠狠地踢了一脚桌子，冷笑着望着她。

依依抬起头，山明水净的眸子淡淡地望向他："我爸是个不务正业的酒鬼，每天幻想着中五百万，热衷炒股买彩票，股票赔了就去买醉，喝醉了回来就对我和我妈拳打脚踢，后来我妈受不了就跑了。"

她顿了顿，声音里甚至带了一点儿轻快的笑意："楚玉，不要用你那点儿遭遇吓唬我，你所遭受的白眼和非议，在我六岁的时候已经全部经历过了，所以我根本不怕。"

她在那样不堪的环境中长大，最先懂得的就是生活的无奈和残酷，最早学会的就是顽强地活着。

"放心，我还没有那份闲心来同情你。"她的声音是冷漠的，带着毁天灭地般的棱角。

楚玉却因为她的坦诚软了眉眼，嘴上依旧不饶人："那你为什么还要跟我做同桌？"

依依摊着手，无奈地说："你也看到了，大家都不想跟我们做同桌，倒不如我们坐在一起，权当为民除害了。"

二、怕你想不开

依依和楚玉的关系出现转折是在初三的下学期。

五月已经到了中考冲刺的最后阶段，整个初三年级都笼罩在紧张的学习氛围中，每个学生都像一张拉满的弓，等待着最后的穿林而过，直达靶心。

事故就发生在一个平淡无奇的五月早晨，隔壁班的一个女生在学校出了事故，她父母认定是学校的过错，将孩子的棺椁放在操场上，无论如何都不肯拉走。

因为无法接受漂亮的女儿变成了那副惨不忍睹的模样，一家人在学校闹得愈来愈凶，后来来了一个带着大箱子的漂亮女人，将棺椁用帘子围了起来，帘子再拉开时，那女生躺在透明的水晶棺里，鲜花簇拥，神情安然，仿佛睡着了一般。

父母大哭了一番，终于同意让女儿入土为安。

依依站在人群中，看见那漂亮女人好似终于松了一口气，抬头望向他们的方向，眉宇间有着淡淡的倦意。

她一下子就猜出了她的身份，下意识地转头去看楚玉，他恨恨地瞪了那个女人一眼，扭头就走，依依赶忙追上去，他走得很快，她几乎要一路小跑才能跟上他。

直到走到离学校很远的巷子里，楚玉才停下来，回过头恶狠狠地瞪着她："你跟着我做什么？"

依依坦白从宽："怕你想不开啊！"

她嘴上说得理直气壮，却不敢直视他的眼睛。

楚玉简直要被她气笑了，在路旁的台阶上坐下，依依也在他身边坐下，他们谁都没有开口说话，默然地坐着。

过了好久，依依才低声说："我觉得你妈的职业很酷啊，要不是她，那女生的父母可能现在还在学校闹呢，她让逝者有尊严地走完人世间最后一程，真的不丢人啊！"

楚玉垂着头不说话，其实他也知道母亲的职业不丢人，可他还是无法对一年前那场事故释怀，如果不是她闹着要去北京看画展，父亲也不会出事。

他知道父亲离世后给家里留下了巨额债务，也知道她的手受伤无法再拿画笔，他什么都知道，可他无能为力。

好像只有恨着她，才能减轻他心里对自己无能的愤怒。

依依见他不说话，只好继续自言自语："其实我小时候也恨我妈，只要想起她，我就整夜整夜睡不着觉。"

"那现在呢？"

依依没想到他会突然搭腔，狠狠愣了一下，然后她就笑了："不恨了，我已经活在泥潭里了，为什么还要拉着她跟我一起受罪呢？"

第一章 | 女孩，有梦就去追

许是受不了她这种圣母白莲花的行为，楚玉不屑地撇了撇嘴："那她可以带你一起走啊！"

依依不说话，随手捡了一根树枝，在地上胡乱地画着，就在楚玉以为她不会再开口时，又听见她很小声地说："不行啊，楚玉，她没有一技傍身，唯一可以仰仗的只剩下那点儿姿色了，运气好的话也许能找个好人家，可是如果带个拖油瓶就不一样了。"

她停顿了好久，才缓慢而艰难地说："如果我是她，我也会跟她做同样的选择，所以我没有资格恨她。"

残阳如血，笼罩住她小小的身影，她就那样垂着头，很长时间都没有说话，楚玉有点儿担心她睡着了，刚想叫她，却看见地上的泥土里有几个小坑，像是落了雨。

他抬了抬手，终究还是没有碰她。

三、楚玉，你不要怕

依依发现楚玉被班里的男生欺负时，已经是中考前。

其实在那之前很长一段时间里，楚玉的桌洞里就经常莫名其妙地出现小虫子的尸体，练习册时常不小心"跑"到垃圾桶里，打开储物柜时常常和青蛙大眼瞪小眼……

而她一直自诩是个细心的姑娘，对他所遭受的一切却一无所知。

直到那天一个男生拿着一只老鼠的尸体扔在楚玉的桌子上，阴阳怪气地说："楚玉，你也来个大变老鼠让大家开开眼啊！"

楚玉坐在那里，一副事不关己的模样，冷眼旁观着。

依依却忍不住了，外面是阳光明媚的六月，她却仿佛置身于寒冰的冷窖之中，全身的血液一下子涌到头顶，她一把抓住老鼠的尸体，恶心的触感让她头皮发麻，可她全然顾不上了，咬着牙走到那男生身边，用尽全身的力气把老鼠狠狠地砸在他身上，一字一顿地厉声说："如果你们谁再敢用这些恶心的东西羞辱楚玉，我就用同样的方式百倍地还给他！如果谁再敢把他的书本撕掉一页，我就一把火把你们的书本全烧了！你们要是不信，大可以试试！反正我已经是酒鬼无赖的女儿，不介意再多一个称号！"

男生被吓得呆在原地，目瞪口呆地望着她。

依依转过头，一步一步走到楚玉身边，然后伸出干净的左手："楚玉，走吧。"

那少年，一瞬间收起了眼中的棱角，抬起头笑得灿如春花，伸出手任由她拽着往前走。

依依几乎是拉着他一路狂奔，身边的景物飞快后退，胸腔胀得快要裂开了一样，可是她什么都顾不上了，只是拉着他一直奔跑。

直到跑到操场的公用水池前，她才停下来，用水把楚玉的两只手洗干净，又掏出干净的手帕帮他擦干，这才低头一遍一遍地清洗着自己的右手，仿佛要把手搓掉一层皮才肯罢休。

四周阒无人声，只有哗哗的流水声伴随着女孩机械的动作安静地流淌着，仿佛一场无声的较量，许久后她终于轻声开口："楚玉，你不要怕。"

楚玉站在那里，一瞬间被刺痛了耳膜，那锐痛随着血液涌向心脏，胸口突然就疼得有些受不了了。

他静静地看着那个拼命搓着手心的女孩，眼中的尖锐慢慢化开，他走到她面前，拉过她颤抖的手，温柔地用清水冲洗着，然后他就笑了："好像是你在害怕吧！"

依依敛了眉眼，低声叹息："是啊，我怕了。"

我怕那些冷漠会伤到你的自尊；我怕那些伤害会触到你的软弱；我怕那些流言会让你遍体鳞伤；我怕我没有强大到让你不受伤害。

我这样怕，你又知道多少呢？

四、愿你所愿都能实现

中考时依依发挥得不错，她和楚玉都考上了本校的高中部。

仅仅一个暑假的时间，楚玉就像拔节的竹子一样突然蹿到了一米八，他本就生了一张桃花脸，在女生中人气很高，加之日本电影《入殓师》在中国上映后，大家对入殓师有了新的理解，男生们知道他母亲的职业后，非但没有排斥他，反而抢着跟他做朋友。

每次依依看到他被众人团团围住的时候，心里由衷地开心，又莫名地难过。

她希望所有人都喜欢他，爱护他，可是如果所有人都爱楚玉，那她又算什么呢？

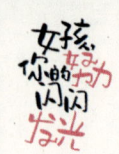

电影下映的前一天，她用暑假打工赚的钱请楚玉看了那部电影，从电影院出来后，他们谁都没有说话，一路沉默地往学校走，走到学校门口时，楚玉突然低声说："我应该跟我妈道歉。"

依依在心里叹气，你看人多奇怪，当初无论她怎样苦口婆心地劝说，他都不愿意原谅自己的母亲，现在却因为一部电影彻底改变了。

她眯着眼睛看着天空，幽幽地说："我将来要当导演。"

那本是一句半真半假的玩笑话，楚玉却当真了，过了几天他就给她带了很多关于电影的书，有霍华德·苏伯的《电影的力量》、罗伯特·麦基的《故事》，还有悉德·菲尔德的《经典剧作教程三部曲》。

这些正版图书都不便宜，而他的零花钱并不多，依依不敢贸然接受："你哪儿来的钱？"

楚玉的脸色僵了僵，又漫不经心地说："我爸以前很喜欢电影，这些都是他的书，反正我也不喜欢，不如送你好了。"

仿佛怕她不接受似的，他又忙不迭地补充道："就当是我借你的，等你将来成了大导演，再还给我就行了。"

依依看着他眼中小小的期待，终究不忍拒绝，心怀忐忑地接受了，她小心翼翼地用牛皮纸包好封面，楚玉嘲笑她是小学生，高中生谁还包书皮？

她郑重其事地摇头："你不懂。"

楚玉笑了笑，没有跟她争辩，看了一眼时间就开始收拾书包。

最近每天下午一放学他就匆忙离开了，第二天早读总是踩着点儿进教室，眼中难掩疲惫之色。

依依想问他在忙什么，突然发现自己好像没有立场问得太清楚，只能把所有的话都憋在心里，如鲠在喉。

周五下午放学时，楚玉叫住她，神秘兮兮地说要带她去一个地方——是学校外的一家音像店。

"我在这里打工，以后这里所有的电影你都可以免费看。"

依依心里猛然一动："你最近忙着在这里打工？"

"对啊！"他埋头在一堆碟片中挑选片子，最后选了弗兰克·达拉邦特的《肖申克的救赎》。

在影片的结尾，安迪说："希望是个美好的东西。习惯了在黑暗中行走，我们也许会失望、会怀疑，甚至觉得一切天注定。但希望，终归是美好的，生命总有那么一丝光亮，值得我们为之付出全部的努力。"

"Hope is a good thing, maybe the best of things and on good thing ever dies！"依依喃喃地咀嚼着这台词，下意识地脱口而出，"我希望五十年后，我们还能在一起。"

她说完感觉气氛有些诡异的安静，她转过头，看见楚玉饶有兴味地望着她，她把自己刚才说的话回想了一遍，脸顿时火辣辣地烧起来，赶忙结结巴巴地补充道："我是说一起看电影。"

楚玉看着她瞬间红透的脸，轻轻地笑了："我希望你的愿望都能实现。"

五、人生总是如此艰难

在楚玉打工的音像店蹭了半年电影后，依依也算个半吊子电影人了，知道什么是蒙太奇和广角镜头，也懂戏剧冲突的设置方法了，她开始尝试着写

影评。

那段时间她就像中了邪一样,孜孜不倦地写,作业本、演草纸、练习册上满满的都是影评,楚玉把她写好的影评拿去网吧一个字一个字地敲出来,投给一些电影杂志。

每次都如石沉大海,杳无音信。

如此坚持了半年之久,依依渐渐不肯再写了,楚玉也不强迫她,只说等她想写了再写。

"我不会再写了。"她斩钉截铁地说,麻利地收拾好书包站起来,"现在对我来说,活下去比证明自己更重要。"

楚玉还想再说话,她已经拎着书包头也不回地走了。

最近依依一直在超市打工,运货铺货,整理货架,打扫卫生,她什么都肯干,因为她需要一大笔钱。

前段时间她放学路过乔丹专卖店时,远远就看见楚玉站在橱窗前,看了一会儿又若无其事地离开了。她走过去一看,橱窗里放着一双最新款乔丹篮球鞋,她问了售货员,打完折七百多,她努力赚钱,想买下来给他当生日礼物。

楚玉生日那天依依才终于攒够钱,下午一放学她就跑去蛋糕店,把身上仅有的二十块钱全部给了老板,订了一个十二寸的大蛋糕,然后匆忙跑回家取钱。

她打开衣柜里的箱子时才发现她藏得严严实实的钱盒被人动过了,她的脑袋"轰"的一声炸开了,不死心地打开盒子,里面连一毛钱都没有了。

她拿着空盒子冲到父亲面前,气急败坏地大吼:"你又拿我的钱去买彩票?"

父亲正坐在火炉前喝酒,听见她的吼声,抓起手边的玻璃杯就朝她砸来:"死丫头,你这是什么态度?等我中奖了,还能少得了你的吗?"

依依也不躲,玻璃杯砸在她的胸口,滑到地上,摔得粉碎,她怔怔地看了一会儿那些碎片,然后摔门而去,走到门外时眼泪不争气地掉下来。

外面大雪纷飞,积雪已经淹没脚踝,她连围巾都没有戴,深一脚浅一脚地朝蛋糕店跑去。

等她跑到蛋糕店时,老板已经做好蛋糕了,她咬了咬嘴唇,鼓起勇气说:"老板,我先给你打个欠条,剩下的钱过几天给你行吗?"话没说完老板已经不耐烦地皱眉了,她急忙补充道,"或者我在你店里打工,你让我做什么都……"

"我们不招人!"老板像驱赶苍蝇一样不耐烦地冲她挥手,"赶紧走开,别耽误我做生意!"

她犹不死心,恳求道:"我免费给你打一个月工,你给我个六寸的蛋糕就行了,今天是我朋友十八岁的生日。"她说到最后声音里已然带了哭腔,"一辈子只有一次呀!"

她还想说些什么,老板就已经不耐烦地将她往门外推,她没有防备,被他推得踉跄着后退了几步,有人从背后轻轻扶了她一把。

她回过头,看见楚玉站在她身后,表情悲伤而隐忍。

她所有的委屈霎时涌上心头,眼泪猝不及防地掉下来:"楚玉。"

这并不是她第一次被人拒绝,她从小生长在那样的环境中,有着超乎同龄人的敏感,苦难让她过早成熟,但在命运的深渊里,她又显得那么无能为力。

"原来我比自己想象中更没用。"她轻轻地说,捂着眼睛失声痛哭起来,"对不起,楚玉,对不起。"

她蹲在地上,大哭着一遍一遍地说着"对不起",那个少年蹲在她身边,温柔地、耐心地、一遍一遍地说着"没关系"。

那天依依漫天的眼泪以音像店老板路过帮她买了那个蛋糕为终结。

音像店老板看着眼睛红得像兔子的两个人,啧啧摇头:"你们这些孩子啊,太贪吃了。"

他们一人捧着一大块蛋糕,谁都没有动,窝在温暖的房间里看《这个杀手不太冷》。

玛蒂尔德问里昂:"人生总是如此艰难吗?还是只有小时候如此?"

里昂干脆利落地回答:"总是如此。"

他的话音一落,依依的眼泪就掉下来了,胸口像堵了一团棉花似的难受。

"我以为长大就会好一点儿的。"她小声地说,声音里裹着浓重的泪意。

她过早地懂得了生活的艰难,却依然自欺欺人地骗自己一切都会好起来,可是当现实残忍地戳破了她的幻想时,突然就觉得无法承受了。

"楚玉,"她屈着双腿抱住自己,下巴抵在膝盖上,瓮声瓮气地说,"我快撑不下去了。"

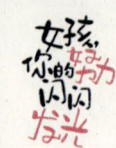

"没关系的,傅依依。"楚玉转身抱住她,轻轻地拍打着她的后背,"不要怕,没什么大不了的。"

就算这个世界再肮脏、再残酷,也不要怕,有我在,你什么都不要怕。

六、傅依依,你不要怕

临近期末时依依收到了《看电影》杂志寄来的样刊。

是她给电影《沙漠之花》写的影评——《贫穷是世间最大的灾难》,贫穷于她来说,就像与生俱来的胎记,蚀骨切肤之痛,写得入木三分,影评被付梓成铅,当然还有一千块的稿费。

这对她来说是一笔不小的收入,她拿着钱,不知怎么欢喜才好。

楚玉从始至终只对样刊感兴趣,拿着杂志看得极其认真,就差当场朗读了。

手指摩挲着她的名字,然后他像个孩子似的笑出来:"傅依依,是你的名字哦!"

依依也笑:"知道了。"

过了一会儿楚玉又叫她,一脸神奇地说:"傅依依,你的名字呀!"

依依直接懒得理他。

下午放学她就拉着楚玉直奔乔丹专卖店,可是橱窗里那双鞋已经卖掉了,也没有库存了,她不甘心,恳求售货员帮她从其他店里调货。售货员一脸为难,说这款鞋卖得太好,已经全城断货了。

她犹不死心:"你再找找啊!说不定……"

"算了。"楚玉柔声打断她,安抚孩子似的哄道,"以后还有很多机会啊!"

许是被他那句"以后还有很多机会"打动了,依依没有再坚持,又拉着楚玉奔去蛋糕店,买了一个很大的水果蛋糕,然后从书包里拿出两个大勺子,递了一个给他:"吃吧。"

楚玉知道她是想把他生日那天错失的都给他补回来,可是看到这样一个大蛋糕,他心中真是百感交集。

他颤巍巍地接过勺子,眉毛皱成一团:"傅依依,我真的不喜欢吃蛋糕啊!"

依依一个冷眼扫过来:"吃!"

他只好默默地挖了一勺子,慢吞吞地吃起来,

依依却在一旁狼吞虎咽起来,直到被嘴里的蛋糕噎得两眼发直才停下来,拿起蛋糕径直扔进旁边的垃圾箱里,转过头时却是一脸快哭了的表情。

楚玉正想问她怎么了,她突然扑进他的怀里,脸上的奶油蹭得他满衣服都是。

她一言不发地抱着他,许久后才笑嘻嘻地说:"蛋糕真的太难吃了,以后我们再也不吃了好不好?"

楚玉也跟着她笑,喉头却哽咽得有些说不出话来,许久后,他才轻声说:"好。"

除去买蛋糕花掉的一百多,那笔稿费还剩八百多,一路上依依都在纠结要把钱藏在哪里才好,免得又被父亲拿去买彩票了。

她就这样纠结了一路,到家门口还没想到藏在哪里好,她烦躁地甩甩头,一抬头却看见门口围满了人,她心里忽然蹿出一股不好的预感,急忙拨开人群走过去,果然看见灵堂已经布置好。

邻居们见她愣在原地,都红着眼眶上前安慰她,她从大家七嘴八舌的安慰中得知,父亲清晨又喝醉了,从马路沿甩了下去,撞破了脑袋,他当时烂醉如泥,等到被人发现时已经流血过多身亡了。

她努力瞪大眼睛想确认自己是不是在做梦,突然眼前一黑,失去了知觉。

依依不知道自己是何时清醒的,醒来后就被一群人拖着去披麻戴孝,麻木地跪在灵堂前磕头烧香,沉香熏得她眼睛生疼,可是她就是连一滴眼泪都掉不出来。

她知道大家私下对她指指点点,可是她已经没有心思在乎了,胃里不停地泛起阵阵恶心,终于在又一拨号哭声响起时,她忍不住捂着嘴巴冲到门外,扶着墙壁撕心裂肺地呕吐起来。

有人在背后轻轻地拍着她的背,依依泪眼模糊地回过头,眼睛慢慢聚焦,终于看清那个人担忧的眉眼。

"楚玉。"她叫他的名字,可是嗓子已经哑得发不出声音了。

楚玉见她这副模样,心头像被蜜蜂蜇了一下,火辣辣地灼痛起来。

这两天她没去学校,老师说她有事请假了,今天他去办公室才得知她家里出事了,放学后就火急火燎地跑来,却看到这番景象。

院子里因晚餐开席而一团忙乱,根本没人注意

到他们的存在,楚玉拉着她从后面上了二楼,找了一间没人的房间让她休息。

依依抱着水杯坐在墙边,惨白着一张脸,过了好久才梦呓般低声说,"我一直盼着他死,可是……为什么我这里,"她指着自己的胸口,忽然"哇"的一声大哭出来,"这里会这么难受?"

楚玉红着眼眶抱着她,反反复复就一句话:"傅依依,你不要怕。"

依依揪着他的衣服,伏在他胸口哭到近乎断气。

至此,她终于孑然一身。

七、我会去找你的

最近几天楚玉明显感觉到依依每天都心不在焉,他以为她还未从丧父的悲痛中走出来,便尽量不去打扰她。

周五下午最后一节自习课,她突然说:"她回来了。"

楚玉愣了一下才明白她口中的"她"是谁,还没来得及开口又听见她说:"她现在嫁了个有钱人。"顿了一下又补充道,"她想带我走。"

楚玉手一顿,笔把演草纸划了一个洞,他又继续埋头算题,假装漫不经心地说:"那挺好的啊!"

"我不想走。"她转身面对着他。

楚玉被她盯得浑身不自在,也转过头看她:"为什么不走?"

她皱了皱眉,目光有些咄咄逼人:"楚玉,你知道为什么。"

楚玉微微移开视线,叹息般低声说:"傅依依,人总要朝更好的地方走,你不要任性。"他抬起头,目光灼灼地望着她,宣誓般认真地说,"我会去找你的。"

依依所有反驳的话都顿在嘴边。

考完试后依依就和母亲一起离开了,刚到上海时她还经常接到楚玉的电话,他们互相鼓励,约定将来在北京见面。

后来有一天她给楚玉打电话却无人接听,再后来电话就成空号了,她给他写过很多封信,皆无回应。

她曾试图回去找他,刚跑到车站就被母亲抓回去,没收了她所有的零花钱,上下学也让她所谓的"哥哥"看着她。

高考前她终于说服哥哥,让他带她回了一趟宁安,她满心欢喜地跑去学校找他,可是他已经不在了。

"你走没多久他就退学了。"班主任不无遗憾地说,"可惜了,那么好的苗子。"

依依向她道了谢,失魂落魄地往回走,她突然发现,他们相识三年,她对他却一无所知,他离开后她都不知该去哪里找他。

等依依回过神时才发现竟然走到了楚玉以前打工的音像店,没想到老板还记得她:"你不是那个没吃到蛋糕在路边大哭的姑娘吗?"

依依看着老板笑嘻嘻打趣的模样,心里忽然生出一种物是人非的悲凉,她勉强地笑了笑:"你知道以前在你这里打工的男生去哪里了吗?"

老板看了一眼她身边的男生,有些别扭地说:"他没在我这里打工,我这个小店连自己都养不起,哪有钱雇人呢?以前你们来看电影,每次他都提前给我租金,只是不让我告诉你而已。"他指着隔壁的超市说,"当时超市开业装修,他还在那里打过工。"

窗外阳光明媚,依依却如身在冰雪中,她一直以为她对楚玉远比他对自己好得多,现在她才知道,他付出得更多,只是从未让她知晓。

书架的角落里放着他们第一次看的那部电影,里面夹着一张明信片,漫天大雪里,女孩蹲在雪地里大哭,男孩温柔地站在她身旁,像一场无言的守护。

明信片的背面写着王尔德的一句话:我们都生活在阴沟里,但仍有人仰望星空。

依依看着熟悉的字迹,忽然泪如雨下,她把明信片贴在胸口,蹲在地上,对着远方,放声大哭起来。

八、他仍在仰望星空

依依大学读的是导演系,她的毕业作品是一部关于入殓师的纪录片。

纪录片播出后,引起很大的反响,获奖无数,她从还未毕业的学生变成了炙手可热的新锐导演,前途无量。

有记者采访她,问她拍这样一部纪录片的初衷是什么,她说:"为了找一个人,他妈妈是入殓

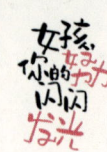

师。"她看向镜头，那里明明什么都没有，她却仿佛看着自己最爱的少年，温柔地、缓缓地轻声说："我不知道你现在在哪里，过得是否幸福，我只想告诉你，我会一直等你，直到你来。"

后来她一如既往地出现在各大媒体上，可是她等的那个人，始终都没有出现，再后来她上一档很有名的访谈节目时，中间有一个互动的环节，有粉丝寄来一张明信片，上面写着王尔德的一句话：我们都生活在阴沟里，但仍有人仰望星空。

她在那一刻忽然热泪盈眶。

在那暗无天日的年少时光里，他就是她唯一的星光。时隔多年，她的星光终于归来。

依依推掉了接下来的工作，按照邮寄的地址找去，她在他们成长的小城找到了他。

在那个干净而温馨的小院落里，他正温柔地帮一个女子摆放碗碟，猝不及防地抬头看见了她，眼中闪过一丝慌乱，很快便镇定下来，微笑着说："你来啦！"

仿佛他们才刚在学校门口分开，可是他们已经分离很久了，久到她无法确定他身边的人是谁。

楚玉看她的眼中有几分刻意的疏离："我看过你的纪录片，拍得真好。"

这样疏离的对话，依依一时不知该如何接话，恰好那女子拿着筷子出来，看见她便热情地招呼她一起吃饭。

依依连连摆手："不用了。"

她慌不择路地往门口跑，沿路绊倒了墙边的锄头，又砸到了旁边的水盆，一路乒乓作响。

可她不敢停下来，几乎是落荒而逃地跑到门外，脸上冰凉一片，她伸手一摸，全是泪水。

楚玉望着她离开的方向，眼中尽是痛色。

女子不说话，过了一会儿突然叹着气说："你这又是何苦呢？"

楚玉正拼命往嘴里扒饭，闻言愣住了，许久后他才低声说："不行啊，表姐。"

她好不容易才拥有了现在的一切，他不能毁了她。

当年她离开不久后，他的母亲突然生了重病，他为了赚钱给母亲治病退学了，他做过小工，送过快递，后来成了出租车司机。

其实她高三那年回来时他遇见她了，当时她和一个男生要去火车站，拦了他的车，上车后她就靠在后座睡着了，那个男生把她照顾得无微不至，从始至终，她都没有看到他。

那是他第一次意识到，他们已经不是同一个世界的人了，所以打那之后他从未找过她，直到有一天她对着镜头说"我会一直等你"，他才终于鼓起勇气去了她的新片发布会现场。

他去后台找她时遇见了她和当年那个男生。

那男生问她："找到了又能怎样？如果他没有长成你想象中的样子，走不到你的世界里来了怎么办？"

良久的沉默后，她一字一顿地说："那我就走到他的世界里去。"

他太了解她了，为了顾全他的自尊，她一定会放弃好不容易才得到的一切。

他们都曾穷困潦倒过，所以他比她更珍视她现在所拥有的一切。

那年她因买不起蛋糕在雪地里大哭的场景，他一辈子都忘不了。

他忽然想起很久之前看保罗·柯埃略的《牧羊少年奇幻之旅》，他说人总是害怕去追求自己最重要的梦想，因为他们觉得自己不配拥有，或者觉得自己没有能力去完成。

梦想即是如此。

他已经活在泥潭中了，一生不过尔尔，他唯一能为她做的，就是守护着他的星空，让她一生光芒万丈，前程似锦。

而她一无所知。🅼🅼

第一章 | 女孩，有梦就去追

我梦境的 结束 是你的开始

文◎凉风有信
图◎花月婷然　叮咛叮咛

流畅的钢琴声从教室内传来，蒋有希站在楼梯的拐角处。

怀里抱着一沓试卷，是刚刚在文印室打印出来的，微烫，可她浑然未觉，只是站在那里，专注地聆听。

下午四点，距离放学还有一段时间，楼道里很空旷，传出琴音的教室里摆放着一架黑色立式钢琴。十几个学生三五成群地站着，挨个坐到钢琴前弹奏一段，音乐老师心不在焉地倚着门。

钢琴旁边站着一位男生，衣着清爽，正在替每个上前弹钢琴的学生翻琴谱，微垂的长睫毛浓而密，面无表情的神色里透着耐心。

他偶然间抬头，透过窗玻璃看到了楼道里的蒋有希，他侧头对音乐老师说了什么。音乐老师随之走出教室，冲蒋有希招了招手。

蒋有希犹豫了一下，拘谨地走进教室。

三分钟之后，男生对蒋有希说了第一句话："你不太适合弹钢琴。"

蒋有希刚刚弹完一段D大调《卡农》，心跳如擂鼓，紧张得脸颊发红，因为这句话瞬间呆住。

男生的声音很小，旁人听不见，可是蒋有希觉得难堪极了。

就知道不该来。她站起来抱起放在一旁的试卷，急匆匆地离开音乐楼，一路跑回高一教学楼，回到她普通的、平凡的生活里。

夕岳中学的音乐楼，自项目启动的那天起一直备受关注。原因很简单，它由第一届校友盛柯出资修建，并以自己的孙子——盛怀鲤的名字命名。

也就是蒋有希在那天见到的男生。

音乐楼的建筑风格低调内敛，设备却极为高端，乐器全是国内外的知名品牌，免费提供给所有的音乐特长生使用。其中，五楼是钢琴室，每间教室里都摆放着黑色的贝希斯坦立式钢琴。

将音乐楼的关注度推向极点的，是这样一则消息——盛怀鲤将亲自指导钢琴班的学生练琴。

作为著名音乐家盛柯的孙子，盛怀鲤自小便显露出过人的钢琴天赋，获奖无数，是传说中的天之骄子。

盛柯资助母校建造音乐楼的消息传出伊始，蒋有希就发了疯似的学习，争取考上夕岳中学，为的便是这个免费练琴，以及得到盛怀鲤指导的机会。

可她没有想到，盛怀鲤如此冷酷无情。

"你不太适合弹钢琴。"

他声音很低，语调毫无波澜，几乎瞬间击碎了蒋有希的梦想。

蒋有希消沉了几天，后来有一天等到放学，她悄悄进了音乐楼，坐在五楼通向天台的楼梯口，怀里拿着练习册做题。直到教室里没什么人了，她才默默坐到钢琴前，犹豫半天后按下琴键。

她弹了完整的D大调《卡农》，没有看谱，想到盛怀鲤那天的话，心里就慌得厉害，连连弹错了

017

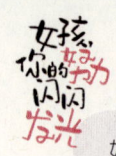

好几个音符。

"指法错误，曲谱没有记牢，更重要的一点是——你不够专心。"

依旧是没什么起伏的语调，蒋有希回头，盛怀鲤站在教室门口，夕阳投在他的肩上，光影朦胧。

蒋有希的心狠狠一坠，面上却装出无所谓的样子。

"我不是艺术班的，随便弹弹。"

她接着起身，离开教室。

蒋有希聆听过盛怀鲤的演奏。

那年她才十岁，由爸爸领着去看盛怀鲤的演奏会。十三岁的少年穿着黑色的燕尾服，长手长脚地坐在钢琴前，仿佛会发光。四下里一片寂静，他用十指敲击琴键，将大家带进古典的世界里。

演奏会结束之后，蒋有希吵着要签名，爸爸便想办法带她进入了后台休息室。记者正在采访，盛怀鲤倚靠着一架小钢琴，漫不经心地按下的音符不知曲目，却有着引人入胜的意境，仿佛午后阳光透过玻璃落在桌上，雨丝轻轻拂动叶尖，光影朦胧。

那天起，蒋有希决定好好练习，早点儿考下十级，可以像盛怀鲤一样光芒万丈。

可她没有想到，梦想诞生的下一刻便是破灭。之后的七年之内自己的琴技没有丝毫进步，而盛怀鲤也一眼看穿了她没有这个天赋。

不知怎的，她有些回避和盛怀鲤的相遇。

盛怀鲤几乎全天都待在音乐楼，指导别人，或者自己弹奏。他似乎很喜欢贝多芬，从《致爱丽丝》到《月光曲》，轮流弹了个遍。

放学后，人都走光了，盛怀鲤会在学校里逛一圈。蒋有希便在这个时候溜进音乐楼，一直练习到夜幕降临，保安过来催促说要拉闸锁门。

如此过了大半个学期，盛怀鲤的那句话带来的影响已经减小很多，蒋有希乐此不疲地练着琴。有一天晚上，她再次被保安催促着离开了琴室，却在电梯前遇见了盛怀鲤，他没有背包，手里拿着几本书，眉眼被白色冷光映照得深邃。

他听到脚步声，抬起头，朝蒋有希看过来。

蒋有希身形微顿，直接转身，往另一侧的楼梯安全通道走去，推了推门，纹丝不动。

"今天下午，楼梯的墙壁重新粉刷了一遍，还没干，明天才能通行。"盛怀鲤望着垂头丧气地走过来的女生，觉得好笑，"你好像很讨厌我。"

"没有！"

"那你为什么躲着我？"

"没有！"

"那你为什么不跟我一起等电梯？"

"我……我喜欢走楼梯……减肥！"

柔和的白色灯光落在女生的身上，眉眼里的倔强和腼腆一览无余。盛怀鲤的眼底漾出笑意："整个晚上，你一直在弹《致爱丽丝》，我昨天也弹过。"

电梯门倏忽打开，盛怀鲤侧身，不动声色地表露出"女士优先"的风度。蒋有希迟疑了半秒，视死如归地进了电梯。

她心跳如擂鼓，惴惴不安，却没有等来盛怀鲤的毒舌。

男生按下楼层键，语调波澜不惊，仿佛只是在陈述一个事实："这两个月，你练习的曲子，全部都是我弹过的，连顺序都一样。"

"叮——"

电梯门再次打开，夜幕袭来，凉风之中蒋有希的身影猛然一顿。

盛怀鲤竟然一直都在留意她！

男生似乎没有发觉她的不自在，说道："太晚了，我让司机送你回去吧。"

来接盛怀鲤的车停在学校门口，蒋有希犹豫地站在路边，盛怀鲤仿佛确认了什么一般点了一下头："你果然讨厌我。"

"没有！"

蒋有希气势汹汹地坐进后座，扭头看到外面笑得露出牙齿的男生，后知后觉自己中了激将法。

盛怀鲤也坐进后座，问了蒋有希家的地址，车子缓缓开动，在寂静的夜色里飞驰。他将一瓶苏打水递给蒋有希，说道："我们俩的水平不一样，你这样练习是没有效果的。"

就知道会毒舌……尽管早有准备，但蒋有希的心还是狠狠往下一沉。

在她沉默不语的时候，盛怀鲤说道："你的基础很差，但是你能坚持两个月也不容易。要是你真的不讨厌我，明天可以来找我，我给你列一个可以帮助你提高的练习曲单。"

依旧是毫无波澜的语调,仿佛是被调音钉紧紧扣住的琴弦,却瞬间让蒋有希沉下去的心提上了云端。

三

第二天去音乐楼的时候,蒋有希摸着兜里的早餐钱,绕路去教育超市买了两盒酸奶。盛怀鲤像往常一样在五楼最里间的钢琴室,旁边还有个女生。

蒋有希对这个女生有印象。

三楼是弦乐器练习室,但这个女生经常带着小提琴来五楼。盛怀鲤演奏的时候,女生就站在一旁拉小提琴,配合完美,默契十足。

此时女生将一枚玻璃珠混进冰块里,接着摇晃白瓷杯,哗啦作响。盛怀鲤闭眼背对着女生,在键盘上按下几个键,是玻璃珠混在冰块中的声音。蒋有希从后门进来,见到这一幕不禁倒吸一口凉气。

鉴定音乐天赋的方法之一就是绝对音感,即在听到某个声音的瞬间就能分辨出它的名字和来源。

冰块撞击白瓷和玻璃珠撞击白瓷的声音是不同的,二者同时撞击白瓷的时候,拥有绝对音感的人可以轻松分辨出来。

盛怀鲤和女生的游戏还在继续,蒋有希闭着眼,试图分辨出声音,却只能沮丧地感觉到酸奶盒冰得她的手掌发凉。

感觉到有人走近,蒋有希睁开眼,看到盛怀鲤已经走到自己的面前。

她将酸奶递过去,跟盛怀鲤在一起的女生笑了起来:"见过送情书、送巧克力的,头一次见人送酸奶,真廉价。"

蒋有希感觉脸颊发烫:"昨天……谢谢你。"

她匆匆转身,盛怀鲤的声音从身后不慌不忙地追上来:"蒋有希,你的手机号码是多少?"

蒋有希和教室里的女生同时愣住。

盛怀鲤说道:"号码告诉我吧,我直接把曲单发给你。也不用每次都偷偷来这边,弹钢琴从来都不是见不得光的事。"

他不会委婉,说话总是直切要害,却没有那种盛气凌人的感觉,语调不急不缓,带着琴音般的舒适。

蒋有希一直都知道,他身上有一种引人向往的气度。

按照盛怀鲤拟定的曲单练习了一段时间,蒋有希渐渐生出一种豁然开朗的感觉,过去仿佛在黑暗里寻找着脚印跌跌撞撞地往前走,如今终于可以自由奔跑起来。

只是她觉得奇怪,明明一开始说她不适合弹钢琴的,后来怎么又改变了态度呢?

暑假前夕,大家都在欢庆长假的到来,没有人安心学习,音乐楼里的乐器声也都是零零落落的。蒋有希依旧待在教室里练琴,盛怀鲤在旁边听着。

一曲完毕,盛怀鲤和她道别,说道:"暑假也不能忘了练习,开学了我要过来考核的。"

似乎有约,他没有继续逗留,直接离开。蒋有希又练习了一会儿,却发现怎么也无法集中精神。

之前她怎么都不敢在盛怀鲤面前弹琴,如今不过一个学期,不在盛怀鲤面前反而不会弹琴了。

蒋有希想了想,觉得是因为盛怀鲤不再毒舌了。

离开音乐楼的时候,蒋有希特意去值班室询问,想知道音乐楼在暑假期间是否依旧对外开放。值班老师摇头,她顿觉失落,忐忑地给盛怀鲤发了一条短信:我暑假可能没办法继续练琴。

发完她就后悔了。

她害怕盛怀鲤又毒舌,可是这会儿要是盛怀鲤问为什么呢?要实话实说吗?那样比天赋不够还难堪。

回家的路上,盛怀鲤忽然打来电话,什么都没问,只是说:"如果暑假有空,欢迎来我家练琴。"

站在人来人往的大街上,蒋有希忽然感觉鼻尖一阵泛酸。盛怀鲤这个人,明明嫌弃她没有天赋,把弹琴弄得跟偷鸡摸狗似的,却始终没有好奇为什么。

仿佛他知道,那是蒋有希难以启齿的秘密。

四

盛家与蒋家相距甚远,盛怀鲤早早约定,会派司机接送蒋有希。

说好八点在街道口见面,车子却迟迟没来。蒋有希只好自己搭乘地铁转公交,抵达蒋家的时候已近中午。

那是一栋三层的别墅,有着巨大的落地窗,白栅栏内种着粉色蔷薇,绿化树苍翠挺立。隐约听见钢琴声,蒋有希知道是盛怀鲤在弹,于是独自在院

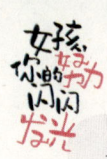

子里静立聆听。

他的琴声和他的人一样，永远那样引人向往。

一曲将尽，黑色保时捷开进院内，后座车窗敞开着，苏岑坐在后座上，扎着高高的丸子头，很可爱的模样。

苏岑就是那个拉小提琴的女生，有着甜美的五官，神情高傲，和盛怀鲤是青梅竹马。

保时捷开到面前的时候，蒋有希往蔷薇丛那边退了几步。保时捷却没有继续往前开，而是直接停住。苏岑看了蒋有希一眼，忽然嘴角上扬，探出头大喊："盛怀鲤！"

落地窗前闪过一道人影，不久之后盛怀鲤走下来。苏岑依旧坐在车里，说道："你都练半天了，我们去吃午饭吧，下午陪我逛街！"

苏岑的口气里带着炫耀，仿佛在向旁人宣告，她可以对天之骄子这般撒娇。阳光突然变得很烈，蒋有希的面庞涨得一片通红。她努力让自己的声音显得很平静："那我下次再来吧。"

盛怀鲤说道："不用，我不出门。"接着又问，"司机没有去接你吗？"

不等蒋有希说话，司机急忙解释起来："苏岑打电话给我，说要过来，我想着苏岑不喜欢等……"

盛怀鲤的声音带着隐隐的怒气："张叔，既然你这么听苏岑的话，以后就直接去苏家当司机好了。"

以前苏岑想来盛家的时候，都是直接给张叔打电话的，哪里知道张叔今天还要去接蒋有希。

她狠狠剜了一眼蒋有希，大力关上车门，说道："张叔，回去！"

可是第二天，她又来了。

彼时蒋有希已经到了盛家，正在盛怀鲤的指导下练琴。苏岑不看蒋有希，扬了扬手里的CD，对盛怀鲤说道："全新的《巴赫主题变奏与赋格》，要不要？"

苏岑语调轻快，仿佛昨天的摩擦并不存在。

蒋有希知道，苏岑讨厌她。

女生大多拥有一种天生的直觉，雷达可以精准地在人群中找到自己的同类，抑或敌人。

起先苏岑当蒋有希不存在，只跟盛怀鲤说话。暑假过去了一半，那天蒋有希离开盛家，刚刚从公交车上下来，张叔就开着一辆锃亮的轿车堪堪停在她的面前。

后座车窗打开，苏岑将茶色眼镜推到头顶，冲着蒋有希说道："我给你讲个笑话——路上开过一辆玛莎拉蒂，所有人都在看，只有一个女生毫无感觉，你知道为什么吗？"

蒋有希认真想了想："为什么？"

"因为啊，她根本不知道玛莎拉蒂是什么。"苏岑道，"蒋有希，别说玛莎拉蒂了，你连最普通的钢琴都买不起，还妄想喜欢盛怀鲤，真是做梦！"

讥讽如此露骨，苏岑仍嫌不够，"盛怀鲤不过是觉得你弹得比其他人认真一点儿，你别以为自己真有天赋，能一步登天！"

这句话像刺，深深扎进蒋有希的心脏，难堪又疼痛难忍。

蒋有希觉得自己一直都掩藏得很好。可是，感情可以改变很多东西，譬如那个人说的话。哪怕只

是不经意间的一句，也足够让你去在意，总是耿耿于怀。

被打击之后消沉，受鼓励之后努力要变得更好。她以为这是自己一个人的小心思，却被苏岑轻易窥破。

五

次日忽降暴雨，门前小路被淹没。苏岑的嘲讽一直萦绕心头，蒋有希犹豫着要不要去盛家，妈妈打来电话，说店里漏水，让她过去帮忙。

蒋有希去了店里，晚上雨势减小之后才回到家，果然看到了来自盛怀鲤的未接来电。

她想了想，拨了回去："不好意思，我今天忘了带手机。"

"你去哪里了？司机说你家没人。"

暴雨让墙壁渗水，贴的报纸全泅湿了。蒋有希默默撕着报纸，说道："店里漏水，我过去帮忙了。最近经常下雨，可能没办法去你家练琴了。"

这样明显的借口，盛怀鲤没有多问，只是说道："蒋有希，我爷爷回国了，他想听你弹钢琴。"

撕报纸的动作一顿，蒋有希不敢相信："你爷爷？"

盛柯是享誉国际的钢琴演奏家，曾在瑞士音乐学院任教，当今知名的钢琴家里，有很多都是他的学生。

蒋有希将报纸扔进垃圾篓里，深吸一口气："我明天一定过去。"

贫穷、自卑、怯弱，这些长久以来压在心头的东西，总会被另一种更强烈的情绪镇住、驱散。

盛柯有一头白发，步伐却很稳健，对蒋有希的琴技很感兴趣："小鲤说，你弹琴很有意思。"

他翻了翻琴谱，翻到《致爱丽丝》那一页，说道："弹弹这一首。"

蒋有希很紧张，比第一次在盛怀鲤面前弹琴还要紧张。可是盛柯的眼神里带着长辈的慈爱，蒋有希渐渐没那么紧张了，低着头，没有看琴谱一眼，认真弹奏起来。

"虽然感情有些生涩，但胜在真挚，指法也很流畅。"

比起盛怀鲤的实话实说，盛柯显然更懂得如何褒奖一个人。点评了一番之后，他说道："以后我指导你，愿意吗？"

彼时盛怀鲤从隔壁进来，苏岑拿着小提琴跟在后面。苏岑重重哼了一声，对盛柯说道："盛爷爷，蒋有希交不起学费的。"

然而盛柯只是笑着摸了摸她的头。

此后一年多的时光里，蒋有希一直跟着盛柯练琴。

盛柯并不过多干预她的练习，只是纠正一些细节，以及训练她的绝对音感。回家的路上，蒋有希也在有意识地训练，渐渐可以辨别一个路口有几辆车同时按下了喇叭，说话的人站在何方。

苏岑依旧不喜欢她，只缠着盛怀鲤。有时候，琴室的门没有关，蒋有希可以清楚地听到二人的谈笑声从隔壁传来。盛怀鲤的笑声很轻，而苏岑则是晶亮清脆的嗓音，如同和谐完美的二重奏。

这个时候，蒋有希的指尖便涩涩地滑过琴键。

有些东西永远不会属于自己，她心知肚明。

六

一切的改变，始于那场入学考试。

奥尔斯皇家音乐学院是全球顶尖音乐学校之一，每年只招收一百名左右的学生。

蒋有希和盛怀鲤一同报了名。

填写报名表的时候，蒋有希几次写错字，盛怀鲤笑了起来："这只是报名，考试的时候怎么办？"

然而考试的那天，出意外的不是蒋有希。

全国唯一的考试点，考生数百名，蒋有希一大早便过去了。考场外有很多记者蹲点，蒋有希从旁路过的时候听到了盛怀鲤的名字。

原本，盛怀鲤应该在两年前就报考奥尔斯，可他迟迟没有，反而去了夕岳中学当音乐助教。当时他对外的解释是"想多陪爷爷几年"，如今终于确定报名，记者们自然想亲眼见证他被录取的时刻。

可是，盛怀鲤一直没有出现。

蒋有希早早考完，留在考场等待盛怀鲤。夜幕降临，考场关闭，盛怀鲤的电话始终无人接听。第二天一大早，蒋有希去了盛家。

盛家没有人，好几天之后，盛柯亲自打电话给蒋有希，他说："苏岑从楼梯上摔下来了，这些天一直在医院，小鲤也在。"

蒋有希买了鲜花水果，最后却在病房门口踟蹰不前。

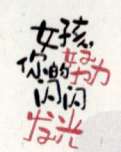

病房的窗户开着，盛怀鲤竟然和苏岑穿着一样的病号服，在给一株浅黄色迷你月季浇水。苏岑自他的背后扔过去一个枕头，他没有躲开，被砸中了也没有恼，只是抱着枕头，无奈地回头看苏岑。

与贫富无关，与贵贱无关，那一刻蒋有希真正意识到，盛怀鲤和自己是两个世界里的人。他的世界，属于苏岑。

仿佛是为了印证她的想法，一个星期后，在蒋有希收到奥尔斯的录取通知书的那天，盛怀鲤对着前来采访的记者们道歉，并表示今后可能不会再弹琴。

他没有说原因，记者们自然深挖背后因由，原来是青梅竹马摔下楼伤了手臂，不能再拉小提琴。

这段新闻报道出来的那天，蒋有希刚刚抵达浦东国际机场T2航站楼。手机视频里播放着盛怀鲤和苏岑在一起的片段，蒋有希走在自动人行道上，脚步忽然踉跄了一下。

她觉得一切像梦。

梦里唯一的真实，是盛怀鲤并不属于她。

七

蒋有希获得了全额奖学金，然而付完学杂费之后便捉襟见肘，需要靠打工维持生活。

她的第一份工作是教一个小男孩学钢琴。小男孩金发白肤，眼睛蓝得像夏日的晴空，萌得蒋有希要捂胸口。可是几天之后，蒋有希就被小男孩的熊孩子属性弄得在院子里暴走。

那天小男孩怎么也不愿意进屋里练琴，一个人在院子里疯跑，足球砸到墙上又反弹回来。蒋有希追不上他，干脆打开窗户，坐在钢琴前用琴音模拟足球撞碎窗户玻璃的声音。

小男孩果然没有辨认出，在院中呆住，半天没敢动，大眼睛转啊转，观察哪块玻璃碎掉了。

宋易霖便在这个时候推开了阳台上的窗。

他还没有说话，小男孩已经抱着头埋进蒋有希的怀里："老师快保护我，魔鬼来了！"

宋易霖远远看着，嘴角含笑。

蒋有希又模拟了一遍足球打碎玻璃的声音，小男孩果然被吸引了，连连要求蒋有希教他。

离开小男孩家时，蒋有希遇见了宋易霖。

他站在门外棕榈树下，身姿挺拔，阳光透过绿叶，在他身上投下绿色的斑点。他注视着蒋有希，开口便是："你一定是上帝派来拯救我的。"

宋易霖是华裔，很年轻，担任一家电影公司的创意总监，长期失眠。他说："我整天被隔壁那熊孩子烦到睡不着，都准备把房子卖掉。幸好你出现，没了那些噪音，有时候还能听到不错的钢琴曲。"

他将名片递给蒋有希，说："到我的公司来吧，待遇比当家庭教师要好很多。"

蒋有希看得出来，宋易霖和她不一样。这个人一旦对谁有了兴趣便会立刻表达出来，手段委婉，感情直白。

可她没有兴趣。

在蒋有希的内心深处，她甚至觉得，世间没有什么是属于自己的，得到只是因为偶然和幸运。

宋易霖再次找上蒋有希，已是很久之后。那会儿，因为蒋有希的有心引导，小男孩终于对钢琴有了更浓厚的兴趣，嚷着要考ABRSM（英国皇家音乐等级考试），父母便为他聘请了可以全天指导的退休教授。

他们打算将蒋有希推荐给另一个有小孩儿的家庭，但宋易霖在这个时候说："你知道吗？听不到你弹钢琴之后，我又开始失眠了。"

他用一副深情到肉麻的口吻说道："虽然我爱给我带来灵感的缪斯，但你可以让我得到安宁。"

"不，是音乐让你安宁。"

宋易霖无奈地望着她，不再油腔滑调，换了一副正经的口吻："蒋有希，或许你自己都没有发觉，你的琴声很特别，听之难忘。"

蒋有希怔住，问："哪里特别？"

"音乐是一种很神奇的存在，它没办法看见，却可以把一切画面呈现在我们的脑海里。"他看着蒋有希，目光诚恳，"你的音乐很用心，每一个音符都是倾诉，引人向往。"

蒋有希恍然想起来，盛怀鲤从来都不过问她的私事。不是他不关心，而是早就从音乐里听出来了。

有点儿毒舌又怎样，他依旧美好？

八

毕业这一年，和大多数出身平凡但想要抓住梦想的人一样，蒋有希选择了参加全球青年钢琴比赛，并顺利进入总决赛。

第一章 女孩，有梦就去追

在奥尔斯学习的这几年，她的风格越发凸显，总决赛尚未开始，已经有多家经纪公司想要跟蒋有希签约。

蒋有希没有犹豫，签了宋易霖的公司。

总决赛当天，蒋有希看见了盛怀鲤。

他和苏岑站在贵宾室的走廊外面，对着电梯，电梯门打开的时候，蒋有希正巧看到了他的侧脸。她下意识就喊出了他的名字，盛怀鲤没有反应，苏岑反而抬头看了一眼。

比赛开始的时候，蒋有希才发现自己的钢琴出了问题，有几个键失灵。

这种恶劣的手段，遇见过好几次，蒋有希都懒得生气了，直接对宋易霖说道："你不是赞助商吗？半个小时内能赞助一台新钢琴吗？"

进入总决赛的选手，都已签约，彼此之间是竞争关系。比起借钢琴，还不如立刻弄过来一台新的。

宋易霖立刻打电话，蒋有希坐在钢琴前，想起了刚才的惊鸿一瞥。就在这个时候，室内光线一暗，那个出现在蒋有希脑海里的人影忽然在眼前具象。盛怀鲤穿着一身黑色礼服，比过去稍显成熟了一些，眼神却越发平静。

他手里拎着工具箱，直接走到钢琴前，一边打开琴盖一边说道："听说你的钢琴坏了，我这边正巧有工具，十分钟就好，不会耽误你登场。"

蒋有希没有想到他会在此刻出现，四肢僵硬得不知如何摆放，半晌说道："盛怀鲤，谢谢。"

盛怀鲤没有反应。

休息室里还有宋易霖和苏岑，苏岑穿着一身白绸荷叶领长裙，下巴扬起，千金小姐的气质越发凸显。她没有像从前那样讥讽蒋有希，但态度也并不亲和，只是说道："蒋有希，虽然我不太懂，但盛怀鲤和盛爷爷都很欣赏你，你可别让他们失望。"

那天的比赛，是蒋有希发挥最好的一次。

大约知道台下坐着欣赏她的人，大约不想让喜欢的人失望。宣布比赛结果的时候，蒋有希忽然想到，自己一路走过来的梦想轨迹，似乎……是盛怀鲤的人生规划。

这个念头生出来之后，便怎么也甩不掉。

蒋有希将第一名的奖杯塞进宋易霖的怀里，转身去找盛怀鲤。金碧辉煌的大厅里，地砖光可鉴人，记者和艺界人士们言笑晏晏。盛怀鲤在角落里，陪着一个小孩儿玩电子琴。

他弹得断断续续，调不成调，蒋有希却听出来是《致爱丽丝》，神色微变。

她站在盛怀鲤的身后，喊了一声。

没有回应，她便又喊了一声："盛怀鲤。"

她连声叫了好几次，盛怀鲤终于回头，却不是他亲耳听见，而是那个小男孩提醒的。

他显然没有想到蒋有希会找过来，平静的神色里有几分慌张。

"你那么喜欢贝多芬，是因为……"眼泪忽然仓皇而落，蒋有希只希望自己的猜测是错误的。

她说："是因为贝多芬也失聪，对吗？"

一瞬间安静极了。

隔了好久，盛怀鲤才问："你怎么看出来的？"

"因为苏岑。"

蒋有希知道苏岑讨厌自己，可是比赛之前的那个惊鸿一瞥，只有苏岑看见了自己。如果因为钢琴损坏而无法上场，苏岑应该高兴才是，可她竟然告诉了盛怀鲤。

蒋有希后知后觉地想起来，当年在医院，盛怀鲤也穿着病号服，或许不是为了安慰苏岑。

此刻盛怀鲤终于点了点头："你猜得没错。"

苏家父母不和，离婚的事闹了好些年。苏岑与他们不亲昵，反而格外依赖盛怀鲤。

奥尔斯入学考试的那天，苏家父母又争吵起来，劝架的苏岑脚下一滑，从楼梯上滚了下来。盛怀鲤赶过去的时候，争吵已经升级，他被一个飞出来的花瓶砸中头部，造成了外伤性耳聋。

为了不让苏家的事曝光，此事一直没有公布。

盛怀鲤说得平静，蒋有希却格外震动，几乎艰难地从唇齿间挤出词语："你永远都不能弹钢琴了吗？"

"是的，永远不能。"盛怀鲤看着她，竟然露出一个温柔的笑，"不过，你可以啊。"

盛怀鲤永远都不会告诉蒋有希，早在第一次相遇之前，他就被检查出了先天性听力障碍。

医院建议他多跟人交流，于是，盛柯安排盛怀

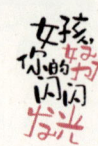

鲤去了夕岳中学。当时，苏岑和盛怀鲤之间玩的小游戏，和绝对音感无关，只是在训练他的听力。

可是不论他怎么努力，听力还是在逐渐丧失。苏家发生的事，对他不过是最后一击。

他一向对弹琴这件事很认真，认为怯弱自卑的人不适合与钢琴为伴。在遭遇毒舌之后，蒋有希竟然依旧坚持来练习。

她的琴声里有自卑，有怯弱，有怀念，更有一种引人向往的东西，可以战胜一切自卑和怯弱。

蒋有希对音乐的吸收，如同树苗汲取水分。只要土壤足够多，她便会努力生长根须，触碰寻找水源，然后大口大口地吸收。她身上有一种属于音乐的生命力，这是每一个音乐人都珍惜的。

他恍然想起多年前的一天，下着暴雨，久久不见女生出现在院子里。

苏岑说："盛怀鲤，别等了，她不会来的。"

盛怀鲤不信，亲自去了蒋家。蒋有希不在家，邻居招待了他。

从邻居的口中，他第一次听说了蒋家的情况。女生其实自小学钢琴，只是十一岁那年，在听完一场钢琴演奏会之后，回来的路上遭遇车祸，她的父亲当场死亡。之后，母亲患上了狂躁症，听到钢琴声便会失控。

彼时的盛怀鲤想了想，在雨停后的暮色里给女生打电话，说道："蒋有希，我爷爷回国了，他想听你弹钢琴。"

他生出一个无法抑制的念头，一定要成全女生的梦想。

这样的百转千回，他不会说出来，还有一句话，也永远不会说出口——"我可以坦然接受失聪这件事，是因为有幸遇见了你。"

你身上有勇气，有蓬勃坚韧的生命力。请你继续走下去，走向光芒万丈的明天。而我退在路的一边，以局外人的身份永远为你祝福。MM

三年内所有的星期天

文◎韦秀英

1903年，有一位叫科尔的学者在纽约的数学学会上占尽风头，因为他破解了一道世界性的难题。

当人们都对他取得的成绩赞许不已的时候，有一个人提高声调对科尔说："先生，您是我这辈子见过的最有智慧的人！"

"我并没有你想象中的那样聪慧，我只是比一般人更加勤奋努力罢了。"面对这样的夸赞，科尔只是微微一笑，继续说道，"你知道我破解这道难题，花了多长时间吗？"

那个人回答说："一个礼拜吗？"

科尔微笑着摇了摇头。

那个人又回答说："一个月的时间吗？"

科尔依然摇了摇头。

得到这样的答复，那个人更吃惊了："我的上帝啊！你不会花了一年的时间吧？"

科尔很平静地回答说："先生，你错了，不是一年，而是三年内所有的星期天……"

科尔的回答让在场的所有人都沉默了。

勤奋努力与坚持学习的重要性可见一斑。MM

第一章 | 女孩，有梦就去追

①

工作日的射箭俱乐部里很清静，芝甄站在屋檐下找好位置后，从箭筒里连抽三支，瞄准位于室外距她七十米的靶嗖嗖地射出去。

两支八环，一支九环。她皱了皱眉，不满意自己的状态。

距离下一次市级比赛还有四个月，然而，过了这个暑假，她就上高三了。她从小喜欢射箭，家里支持过她，也幻想过她能进国家队，可一年一年比下来，她还是没被省队录取。眼下家里也不支持她了，希望她能将射箭当作爱好，专心考大学。

芝甄跟家里保证，就试这最后一次，如果还没被省队看上，她就放弃。

就在她觉得烦躁时，一群人扛着巨大的摄像机，搬着什么道具，从远处浩浩荡荡地走了过来，只有年轻男孩手里什么都没拿，兀自走在前面。

这群人在距离她两个身位格的地方停下开始布置，男孩拿起弓，开始摆pose（姿势）拍照，还接受起了采访。

虽然他们倒碍不着芝甄练习，可吵吵闹闹还是惹人心烦。突然间她想起了这个男孩是谁。他是安腾，今年的高考状元，好像还是什么数学竞赛冠军，反正很厉害，加之长相不赖，好像在网上也挺有名。

"喊，真拿自己当明星了啊，还摆拍！"

芝甄看着安腾那外行的握弓手势，毫不吝啬地翻了个白眼。

可能是炫耀心理作祟，芝甄的状态反而越来越好，引得旁边的人都忍不住看。射箭终归不是像踢足球、打篮球那种全民运动，普通人还觉得挺新鲜的。

眼见着收工之后所有人都收拾好东西准备走了，安腾却迟迟未动，他低头又把弓举了起来，顺手抽了一支箭。

看着他这次的姿势，芝甄心里咯噔一声。

他并没有瞄准多久，搭弦、放箭几乎一气呵成，包括芝甄在内的所有人都听到了系统叫出的："Ten（十）。"

当我变成曾经的你

文◎默默安然
图◎猫 草
　　花月婷然

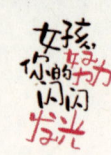

安腾放下弓,耸了耸肩,仿佛刚刚的十环只是随便练练手,丝毫不用在意。

紧接着,他就转身要走了,但是,走之前他貌似无意地回头看了芝甄一眼,轻轻地笑了一下,像只惹人厌的狐狸。

芝甄知道他就是故意的,顿时火冒三丈。

"等下,"芝甄走向安腾,"正式比一场吧。"

她满心以为安腾不会拒绝,这是竞技体育,谁没有征服欲呢?没想到,他丝毫没考虑,客气地说:"算了,没兴趣。"

说罢,他扬长而去,步子都没停顿一下,芝甄注视着他离去的方向,半天没缓过劲来。

他没兴趣,就能射出十环?那他刚刚那一下纯粹是为了羞辱她?

芝甄气鼓鼓地跺了一下脚。

那之后,芝甄每每想起来就觉得气不过,安腾那个家伙在她脑袋里阴魂不散。其实,之前她也没有多关注这个人,就只是偶然看见他的两张照片而已。可自从撞见了一次,也不知道怎么回事,她动不动就看到关于他的新闻。

"这个人是多爱出风头啊!"和同在市队的朋友煲电话粥时,芝甄忍不住埋怨,"不就是分数高点儿吗?至于这样被天天报道吗?"

"芝甄,你知道从这通电话开始,你提了他多少次吗?"电话那头的人大笑,"没十次也有八次!我看你是口是心非,崇拜人家吧?"

"你再乱说,我不理你了啊!"

"好了,好了,不过,我也挺感兴趣的。"对面的女生还是笑个不停,"我回头打听打听,看安腾以前有没有参加过比赛什么的。"

本以为朋友就是随口一说,但没过两天,芝甄就接到电话,女生激动地喊着:"喂,你知不知道那个安腾啊,之前还真是我们的同行!"

"真的?"芝甄惊呆。

"是啊,我随便找前辈打听了下就知道了,听说他当时可是被称为天才啊,进市队第一年就被省队挑中了,那时候才十四五岁吧。"

这个"十四五岁",刺痛了芝甄的心。

"没想到的是,他没进省队,而且从市队退出了,从那之后好像就再也没玩射箭了。"

芝甄脱口而出:"为什么?"

"谁知道呢?'天才'的想法哪是我们这群凡人能理解的。"

不爽,太不爽了。"天才"两个字令芝甄不爽,他有进省队的机会却轻松放弃更令她不爽,仿佛在说自己用尽全力在争的,无非是人家随意就可以丢掉的东西。

这样想着的芝甄,没想到自己会再一次遇到安腾。周六,她去一家妈妈联系的英语补习班试听,下课的时候人都挤到一起,在门口,她被绊了一下,向前趔趄了两步,下意识地扶住了前面人的肩膀才停稳。

扶住那个人的那一下她自认用力过大,所以,赶忙就说:"对不……"

前面的男生转过头来,安腾的脸猝不及防地对着她,只是比那天多了副眼镜。她硬生生地把话咽了回去,手就僵在半空。

"巧。"安腾也还记得她,只是表情毫无意外。

芝甄却反应很大:"你怎么在这儿?"

安腾指了指楼的另一边说:"上托福班。"

"哇,不是刚高考完吗?"

"反正闲着也是闲着。"

耸了耸肩,安腾转身继续往前走。芝甄望着他的背影,和那天在射箭俱乐部里的情景几乎一模一样。她咬了咬牙,追了上去:"喂!既然遇到了,今天也没别人,我们去比一次射箭吧?"

"不要。"

"为什么?还是说你那天纯粹就是蒙出来的十环?"

激将法果然有用,安腾停住了脚步,似笑非笑地说:"你倒是蒙一个给我看看啊。"

"那……"

仿佛实在被她缠得没法子,安腾叹了一口气,摘下眼镜用衣角擦了擦。芝甄看到眼镜片非常厚。不过,眼睛看上去倒还好,并没有受太大影响。

"我发过誓,不碰射箭了,那天只是给你做个示范。"

"呸!"芝甄心里说,"明明就是为了气我。"

"我不射箭的原因是我的眼睛突然变成弱视,

第一章 女孩，有梦就去追

只有0.2的视力，我不想让父母再担心了。"他朝芝甄淡淡地笑了一下，"明白了？"

说罢，安腾就像之前一样甩开她，大步流星地兀自往前走了，可这一次她站在他的背后，觉得他的背影是悲凉的，刚才那个笑容也是悲凉的。她觉得逼着人家面对伤痛的自己，真是太逊了。

"那……"她有点儿慌了，双手抓着裤线，不知所措，"你还是喜欢射箭的吧？"

她的声音不大，但已经走开几十米的安腾还是听见了。他停顿了几秒，只是转过头，眼镜片把他眼睛里的落寞映得特别清晰。

"喜欢啊，特别喜欢。"

其实，并没有硬性规定说近视的人不可以射箭，韩国传奇选手林东贤就是0.1的视力。其实就算是视力正常的人看那么远的靶子不过也是一团颜色，但话虽如此，终归看得见还是比看不见要好。芝甄的视力始终不错，所以，她也无法理解看靶子只是一个色块，甚至连色块都是模糊的，是怎样一种情况，想想就觉得不可思议。

芝甄在那家暑期班正式报了名，她一向讨厌提高班，以前都是尽可能找理由不上，但这一次一是因为马上要高三了，二是因为……偶尔能和安腾遇见一次。

她不愿去想究竟哪一个原因占比更重。

"你就不想重操旧业吗？"芝甄对安腾的那点儿同情很快就被羡慕、嫉妒、恨覆盖了，因为她想到，即使视力退化，安腾仍旧可以一箭十环，证明他是自愿放弃的。

可是，芝甄又不懂了，他这样不会不甘心吗？

两个人坐在快餐店里吃东西，芝甄就是想忽悠安腾和她再去一趟射箭俱乐部。安腾什么都不吃，嫌弃热量太高，淡淡地道："就算不射箭，我仍然有很多事情可以做，我的人生不会因此而毁掉。"

是啊，他成绩好，意识到这一点，芝甄一阵丧气，猛啜了一口可乐："我跟你不一样，虽然很喜欢射箭，可又算不得出类拔萃，爸妈希望我不要考体校，给自己留条后路，可我除了射箭……"

她的话还没说完，安腾一副听不下去的样子，狂摆手打断了她："你该不会想说你除了射箭，什么都不会，就是个笨蛋吧？"

芝甄脸一红，虽然她就是想这样说，但从安腾嘴里说出来好像更让她难为情一点儿。

"你这是给自己找借口。"安腾刻薄地揭穿了她的心理，"你催眠自己说，除了射箭这个天赋，其他都不行，其实是把成绩不好的原因推给了射箭而已。

可假如真的是这样，你在射箭上也应该有所成就啊，所以，你又在反向安慰自己，觉得是因为你必须应付学业，分给射箭的时间不够才这样的。所有一瓶子不满、半瓶子晃荡的人，都是这样想的。明明只花了百分之三十的精力去努力，却已经在和别人拼天赋了。"

他的话像刀片一下下地划在芝甄的心上，她几次想反驳，张开嘴却又说不出话来。她心里清楚他说得都对，只是她自己不愿意这样想。

"没什么事，我走了啊？"

趁着芝甄还在发愣，安腾已经站了起来，不过，他的话尾带着个钩子。于是，芝甄仓皇地站起身，拉住他的书包带说："就算你不愿意重新玩射箭了，你可不可以辅导一下我？"

安腾眯了眯眼睛，神色又变成了初见时的那副狐狸样："你想让我教你？你能给我什么好处吗？"

"我……我……"芝甄咬着下唇，眼睛滴溜溜地转，"我零花钱也不多啊，要不……到我下次比赛之前，每天请你喝一杯奶茶？"

"谁爱喝那种甜得要命的东西啊？"安腾把书包带从芝甄的手里抽回来，然后攥在自己手里悠闲地甩着圈，"这样吧，我辅导一下你也不是不可以，但……前提条件是你要完成我给你布置的作业。"

"好呀！"芝甄根本没犹豫，答应下来。

"好！那从今天开始，把你的书包给我。"

芝甄根本不明白他要干什么，乖乖地递过书包。

打开拉链，从里面抽出高二下册的英语书，翻到最后的单词列表，安腾随手捏起了四张，对芝甄说："什么时候你把这几张的单词及引申词组，全部背下来，再给我打电话。注意，不是死记硬背，而是听写、意思以及用法都要滚瓜烂熟。"

说着，他从书的边缘扯下一张纸条，写上了自己的手机号，往芝甄的脑门上一拍。

027

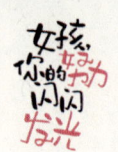

"我先走啦!"

字条当然无法自己粘在脑门上,立刻就翻飞下来,芝甄摊开双手去接,手舞足蹈地跟着往下蹲,硬是没接住。等她蹲在地上拾起那张字条再抬起头,安腾早就不见了踪影。

她抬头看了看英语书,又低头看了看膝盖上写着安腾名字的字条,蹲在那里不住地双手搓脸。

她感觉那是个不可能完成的任务,那个人一定是故意耍她的——一个自己这样想着。

但她还是想试试,至少可能有下一次打电话的机会——另一个自己却这样想。

那个暑假,芝甄的爸妈对于她的转变一头雾水却又欣喜非常,往年的假期,她根本就在家待不住,作业都是拖到最后几天再赶工,可她现在恨不得连吃饭都举着书,爸妈简直想给那个提高班送锦旗。

只有芝甄自己知道这一切有多难,从前她也不是没有心血来潮想要好好学习过,可哪次不是没坚持多久就放弃了?挫败感是一面墙,生物趋利避害的本能让她每次在离墙一段距离的时候就自动将注意力转移到其他方面了。

那四页单词她反反复复背了好几天,才终于能够做到怎么测试都能过关。然后,她立刻

约见了安腾。还是在那家快餐店里,安腾变着花样地考她,害得她差点儿马失前蹄。不过,潜移默化间,她发觉他给自己讲了很多东西,比她在书上看到的更灵活一点儿。

"行吧,今天就先这样。"安腾活动了一下手腕,"去活动一下。"

在射箭场里找了个角落,安腾站在后面,让芝甄自己来。虽然射箭的动作已经很熟练了,可安腾站在身后,芝甄不自觉地就紧张起来。她左左右右微小地调整着站位,手在握把上松松紧紧好多次。

安腾低头摸了摸眉毛:"再不开始,我走了啊?"

他话音未落,芝甄的箭终于射出去了。

九环。

她觉得还不算丢脸,扭头想要和安腾说"还行吧",就听见安腾发出了一声:"啧。"

芝甄立刻就生气了,在射箭方面她还是很有自尊心的。她立刻又取箭搭弦,誓要射出一次十环给安腾看看,然而,就在这时,安腾从旁边伸过一只手握在了她的手上方一点点。

复合弓的握把也就那么大,芝甄下意识地就想松手,不料,安腾喊了句:"别动!"

她吓得一下握紧了弓,端起了肩膀。

安腾的手又向下移了移,覆在芝甄的手背上,紧跟着他另一只手从她另一侧的肩膀上绕过,又轻轻地捏住了箭尾。这样一来,他整个人就覆在她的背后,虽然有意隔了一点点距离,可温度还是源源不断地缠绕住了她,她一动也不敢动,眼神失焦地看着前方。

"愣什么?"安腾并没有看她,只是松开捏着箭尾的手,掉转手腕在她的脑袋上弹了一下,"你不用在意我,平时怎么来,现在就怎么来,我看看你的轨迹。"

怎么可能不在意啊?芝甄越是想保持表面淡定,手脚就越是慌乱,箭一出去,她自己就知道飘了。

七环。

她的脸立刻就红透了,咬着嘴唇,不敢回头。

"你是用眼睛瞄准吗?"安腾歪头看她。

芝甄小声说:"不然呢?"

"就算你视力再好,用眼睛能瞄到最中间的那环吗?"说着,安腾再度抽出一根箭,搭在弓上,

第一章 女孩，有梦就去追

这一次他的手用了力，整个胸膛也贴了上去，他在用自己的身体校正芝甄的角度，"你要用你自己的身体去记，记住十环的感觉。"

芝甄很想集中注意力，可是，她没办法，她的脑袋像一个开水壶，正"咕嘟"冒着热气。她根本就不清楚究竟是自己在握弓，还是她已经变成了安腾手里的弓。

"你要把你自己和弓箭融为一体，拿你自己去找靶心。"

当安腾将下巴抵在芝甄的肩膀上时，她仅存的理智彻底崩盘了，就在这时，箭轻轻飞出，记分系统随即喊出了她最爱听的那声——十环。

虽然，芝甄很清楚安腾只是为了顺应她的角度，可她的脑中还是不由自主地绽开了焰火。

这个暑假对于芝甄来说太不一样，她只有两件事可做，一个是完成安腾布置的作业，另一个就是泡在射箭馆里在安腾的注视下练习。

她渐渐习惯了那种注视，仿佛有经验加成一般，能把她的身体推正。只是，时间长了，她就发现安腾在偷懒，她在兢兢业业地练习，他在背后偷偷摸摸地玩手机。

芝甄眼珠一转，有了坏主意。她故意让箭脱了靶，然后甩着手，小声地喊了句："啊……"

"怎么了？"

微信发了一半，安腾停下，走到她旁边。

"抽筋了。"芝甄弯曲着手指，委屈巴巴地说。

如她所料，听完她的话，安腾立刻捏住了她食指和中指的指尖。她咬着下唇，强忍着笑意，但眼神仍不住地往他的脸上飘。

"这两根是吧？我帮你捋捋，疼也不许叫啊！"

安腾抬头看了芝甄一眼，不知道是不是错觉，她好像看到他的眼镜背后闪出了一丝诡异的光。还不等她点头答应，他突然捏住她的手指，猛地抖了一下。她看到自己的胳膊就像动画片里的触电一样，在半空抖动出了波浪线。

其实，安腾用力是有把握好度的，她并不疼，就是吓了一跳。她揉着肩膀，一脸莫名其妙地看着他。和他对视了几秒之后，她的莫名其妙就渐渐变

成了心怀鬼胎，最后变成了不好意思。

因为安腾的脸上明明白白写着——小样儿，看你还装？

"我……我好了！"芝甄摸着后脖子慌乱地左顾右盼，半天才想起去拿弓，"我继续……"

"行了，累了就休息一下，我请你喝饮料，我出去买。"安腾抓住了她要去抽箭的手，虽然很轻很轻，但芝甄还是低下头，嘴角控制不住地上扬。

说来也奇怪，在遇见安腾之前，她满脑子想的都是进省队，感觉人生艰难，满心都是现实与梦想冲突的悲愤。

可自从和安腾熟起来，她莫名其妙地就想笑，心思变得很淡很轻，细碎得自己都捕捉不到，可她知道自己很快乐。

他们为了清静，找的位置比较靠里，走到前台需要拐几个弯，所以，芝甄并没有看到安腾走到半截突然狠狠地捂着额头扶住了墙。可疼痛还在继续，迟迟没有消散的迹象，安腾眼前一片漆黑，他只能一点点地蹲下去，将额头抵在膝上。

整个世界只剩下自己脑中的血管突突的声音，此刻，安腾唯一的愿望就是芝甄不要走过来，不要撞见他这个样子。

好在视线渐渐清晰起来，虽然还是剧痛无比，但安腾强忍着掏出手机，这才想起自己刚刚发了一半的微信，字还打在输入框里。

那是发给妈妈的。

安腾犹豫了一下，还是把那句话补全，发了过去。

我明天去医院。不过，等一个月再走吧，我真的有重要的事。

发完这一条，安腾扶着墙站起来，缓缓地朝大门口走去。

而在里面等着的芝甄终于感觉到时间过了太久，她跑到前台，也没看见安腾的影子。她不明所以，立刻给他打电话，结果却是要求转到语音信箱。

一直笼罩在周围保护膜一般的快乐渐渐雾化成了湿漉漉的惆怅与担忧，渐渐坠落，很快就将芝甄的心打湿了。

那之后没过多久，芝甄就开学了，一进入高

029

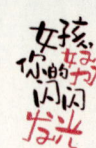

三,一切都变得不一样了。而那天在射箭俱乐部安腾不告而别后,她再也没联系到他。

电话打不通,补习班也遇不到,后来,她实在忍不住去隔壁托福班问,得到的结果是:"安腾后面的课不上了。"

"为什么?"

"不清楚,但他本来就是要出国的,家里应该都办好了。而且,他英语底子本来就不差,来上课可能只是巩固一下吧。"

知道了真相,芝甄却无法释怀,她觉得自己是傻了点儿,知道安腾念托福就应该猜到他是打算出国的。但她确实没往那处想,她还天真地和他约定,要他去看自己的比赛。

所以,安腾突然消失,是已经出国了吗?可他连一句告别都没有,难道都不拿她当朋友吗?

因为太失落了,所以她无法淡然半分。

没有了安腾,之前的约定也就都不作数了,可芝甄没有颓废。她假装安腾还在,自己给自己留作业,做到了,才能去练射箭。

不管怎样,她不想被瞧不起,她希望无论他在哪儿,只要有一天想起她,就会看到她的比赛成绩很好,学习成绩也不差。

离比赛越来越近,芝甄抽空就去队里练习。自从安腾消失后,她每次射箭都感觉有个人在背后板着她的肩,那种感觉时常让她觉得毛骨悚然,却又止不住地心酸。

"喂,芝甄,你后来有遇见过那个安腾吗?"一起训练时,之前她打过电话的那个朋友,突然提起了安腾。

芝甄的汗毛忍不住竖了起来,她虽然控制住了表情,却还是脸颊发僵。她想将和安腾在一起的这段日子包成一颗糖,藏在心底,不和别人分享。所以,她缓缓摇了摇头:"没有。怎么了?"

女生将视线重新转回远处的靶子上,拉了个"哦"的长音,用讲闲话的语气说:"也没什么,看见你就突然想起来了而已。我和你说过,我爸爸是搞网站的吗?"

芝甄点了点头。她记得好像还是个挺大的网站。

"之前你不也说吗?安腾这个高考状元,各种接受采访什么的。结果,前两天的饭桌上,我爸突然提起他来,说其实一开始的那些宣传是个幌子。

安腾高考之后没多久就被查出了脑肿瘤,国内做不了这个手术,但以他家的经济情况出国做手术有点儿吃紧。

所以,趁着他高考成绩好,他父母和媒体达成了一个约定,就是想先放出高考状元的宣传,然后过一段时间再放出得肿瘤的事,这样比较容易筹款。"

其实在听到"脑肿瘤"三个字时,芝甄的脑袋已经完全空白了,即使女生就在她的旁边说话,她听来也像在山谷的那边,将她托到半空中与世隔绝的,是她和安腾的那些回忆。

"结果,安腾他们家突然改了主意,说不筹款了,也不让对外界透露得病的事,我爸还觉得挺可惜……"

女生自顾自地说完,才扭头看芝甄。而此刻芝甄的样子,却吓得她差点儿咬了自己的舌头。

芝甄站在那里,双眼空洞,整个人像木偶一样,偏偏眼泪在无声地扑簌簌地流下来,顺着下巴往下滴。

"你怎么了?喂……"

女生摇了摇芝甄,她缓缓有了反应,可一动嘴唇,哽咽立刻冲破牙关,她终于号啕大哭起来。

怎么了?她说不清楚。

说她自视甚高也好,自作多情也罢,可芝甄心里就是有一个疯狂的想法,安腾的不告而别,安腾决定不向外界透露得病,甚至连筹款都不要了,是不想让她知道,是为了她。

距离比赛还有一个星期的时候,芝甄开始给安腾的语音信箱留言。

她有一肚子的话要说,以至于每次拨电话前都要先平复情绪,才不至于说着说着露出哽咽的声音。但她真正说出口的话是十分轻描淡写的,就好像仅仅是心血来潮。

"喂,你是不是已经出国了啊,这个手机号还用吗?

"我就快比赛了,这次你不来看,一定是个损失!

"话说自从我在功课上认真之后,我爸妈对我继续练射箭也不是那么反感了。

"说到底还是得谢谢你啊,可是……"

可是，你人呢？

没说出来的话，在芝甄的心底绵延成了长长的省略号。

而此刻安腾刚刚接受完最后一次化疗，正在忍耐着化疗产生的副作用。其实，化疗对他毫无意义，他一直是反对的，但做父母的实在无法忍受什么都不做。

征兆从很久以前就有，他的视力突然下降，其实是肿瘤压迫引起的，但所有人都以为单纯是眼睛的问题。听父母的话放弃射箭时，他也不舍得，但那时他还是太自信了，他知道自己就算不去当一个运动员，他也可以有很好的人生，所以，他甚至没有允许自己认真地难过一次。

他的性格如此，即使确诊了也还是参加了高考，即使只是要去国外做手术，他也希望能够将一切准备好。说得好听些，其实他就是不想安安静静地等待最后宣判，就算注定要死，死前他还是想按部就班地过日子。

他就是这样的人，从来不懂得何为混日子，也很少有同龄人伤春悲秋的烦恼。

没想到的是，最后的这段日子里，他遇见了芝甄，他人生中除了生病之外最大的意外。

在陪着芝甄练习的时候，安腾才真正意识到自己原来那么后悔，他应该说什么也不放弃的，那么，现在他至少会更开心一点儿。所以，他无论如何都想让芝甄可以得偿所愿，他希望芝甄的人生就算不辉煌，也没有大志向，但至少可以走在实现梦想的路上。

此刻，安腾甚至觉得这比去治病更重要。

"妈，我想吃点儿甜的东西。"安腾突然对病床边的妈妈说。

化疗过程中他什么都不想吃，现在总算提出想吃东西了，妈妈忙不迭地出去买。妈妈出去后，他打开手机，开始听语音信箱里的留言。里面有几十条，听了很久很久，他一直望着窗外，没戴眼镜的他看世界一片模糊，可在芝甄的声音里，这种模糊也变成了温柔的同义词。

她真是话痨。他笑笑。

去美国的日期就在一个星期后，也就是芝甄比赛那天。他计算好时间，看完比赛再赶去机场是来得及的。为了能去看这场比赛，他才答应下来这痛苦的一个月化疗。

"你可别让我失望啊。"

安腾对着手机说，却没有发出去。

比赛那天，场馆里算不得热闹，毕竟只是市级赛。因为观众零零散散，所以那些座位上的人可以看得很清楚，直到比赛开始，芝甄环顾了几圈，安腾都没有来。

先进行团体赛，再进行个人赛，芝甄在自己的位置上稳稳地站定，活动了一下肩膀。

背后推着她的人又来了，她感觉得到。

——你要把你自己和弓箭融为一体，拿你自己去找靶心。

——你尝试将靶子想成一个其他的东西，一个你一定要达到的目标。

——你的世界里只有它，其他什么都不存在。

十环、十环、十环……芝甄的成绩令所有人惊讶。她的教练完全不懂她进步这么快是因为什么，在教练眼里，她算不上一个很有天赋的孩子，心理素质不好，发挥始终不稳定。

可这一刻，芝甄整个人化成一支孤注一掷的箭，朝胜利不偏不倚地飞去。

直到教练过来拍她的肩膀，芝甄才清醒过来，她微微抬起头，听着场馆里的掌声，视线一点点变模糊了。

然而，就在她转身想要去和大部队会合时，她恍惚看见楼上过道的墙边有一个身影立在那里。她使劲揉了揉眼睛，那个人却已经变成一个小小的背影。

芝甄立刻就想去追，却被教练叫住："你要去哪儿啊？"

"教练，我有点儿急事，我能不能先……"

"至少也得等颁奖之后。"

那是安腾，绝对是他。芝甄越想越确定。知道他还没走，她既高兴又不安。她总觉得，这一次才是真正的告别。

可等她终于能离开，哪里还找得到安腾的身影？但是，她发现安静了许久的他的微信，发来了一条语音。

"干得漂亮，没给老师丢脸。我要出国了，可能会有点儿忙，有空再联络吧。"

假如那个身影真的是安腾的话，她只能去机场

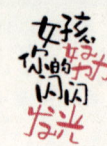

赌一把。

芝甄赶到机场时，安腾已经过了安检，正从传送带上拿物品。说不期待是假的，在过安检前的时间里，他一直忍不住左顾右盼，但现在他死心了，死心到听见了两遍他自己的名字，才回头看一眼。

但后面等着安检的人源源不断地拥进来，他只能被推着往里走。他看不见芝甄，却清楚地听见她的声音。

"安腾！我们约好未来再见！"

未来再见吗……争取吧。

安腾没有停下脚步，迅速用手机回复了一个字："好。"

和安腾的这条短信几乎同时来的是教练让她快点儿回去，省队的教练想和她见一面的消息。

站在安检警戒带外的芝甄手中紧紧地握着手机，用笑容将眼泪凝固在了眼眶里。MM

你应该拥有阳光下的成功

文◎李彦宏

李彦宏

百度公司创始人、董事长兼首席执行官。他毕业于北京大学信息管理专业，随后前往美国布法罗纽约州立大学完成计算机科学硕士学位。

此刻，北半球正值夏天。白昼变长，阳光充沛，生命从青涩走向成熟。你可能是在读的学生，或是即将离开校园、进入职场的毕业生，也可能是正在为理想打拼的职场新人。现在，你们正处于人生走向成熟的阶段。

在百度搬离北京中关村以前，我办公室的窗一直朝向我的母校——北京大学。透过那扇窗，我可以看到我当年住过的宿舍和从青涩走向成熟的自己。大学时光给了我独立思考、做出判断的能力，我一生都从中受益。

回望过去，我时常觉得幸运。我在我一生最美好的时光，从事我最热爱的事业，能在自己不断成长的过程中，为世人创造一些价值。在这样的路上，我坚守着那些简单、朴素的信念，并依靠这些信念的力量逐步接近成功。

此时此刻，你们也是幸运的。因为在这样的世界，秉持朴素的信念，将获得巨大的力量；在这样的世界，你不必违背自己的内心，放弃棱角和个性去学习圆滑的处世之道。

因循这些法则，我们将以对他人和整个世界友善、负责而积极的心态和行动，让自己的人生舍弃不必要的迂回和闪避，让内心的渴望驱动真实的自我，拥有阳光下的成功——如果人生真的有捷径，这就是最短的路程。

你们注定将经受考验和磨砺，甚至，一些痛楚。但这就像夏天的乌云和雷雨，只能短暂占据天空。如果这个世界曾经施予你不甚积极的影响，你需要从现在开始，放下这些包袱，获得阳光下的成功——因为这符合社会和整个世界进步的方向。

我和百度都无法提供人生的捷径和职场上的潜规则，而且我们并不为此感到抱歉。因为这些并非用户所需。

你不必因为外界环境的影响而扭曲本真的自我；

你不必操习那些你曾经不屑一顾的所谓技巧来获得他人赏识；

你不必让自己的成就与虚与委蛇、见风使舵、患得患失、畏首畏尾相联系。

在阳光下拥有朴素的成功。让自己变得敢于、乐于、善于为世界创造价值。MM

第一章 女孩，有梦就去追

我在中国科大等你

文◎艾 科 图◎莹 月

1

王初临以全省第二名的优异成绩，如愿考上了中国科学技术大学，而曾经与他不相上下、伯仲难分的我，却因发挥失常名落孙山。那个几家欢乐几家愁的暑假，并未因为落榜者的伤悲而阻止"胜利者"的歌舞升平。十年寒窗一举成名，背后隐匿的是起早贪黑的奔跑和孜孜不倦的逐梦，所以当我看到学校电子屏上打出"热烈祝贺我校王初临同学考入中国科大"的庆贺标语时，内心也是由衷地钦佩。想来，这样的荣耀，原本有我一份的，可怎奈造物弄人，非要让我与金榜题名失之交臂。

在王初临的欢送宴席上，我一言不发。欢悦的觥筹交错并不能消弭我的失落。此时此刻，意气风发的王初临拍拍我的肩膀说："胜败乃兵家常事，这次马失前蹄，今后奋起直追便是，干吗这样萎靡不振？你放心，作为好友，我先去科大探路，看看那里究竟是不是做科研的天堂。反正我们都在这座城市，想念了可以随时见面，你安心复读一年，我在科大等你！"

我泪眼蒙眬地听着王初临的安慰，感觉人世间最痛苦的事情，就是不能如愿与英雄同行。复读一年，生不如死，如果抱憾而死，我死不瞑目。我信誓旦旦地告诉王初临："科大距离附中只有两站路之遥，别以为你读了大学就可以从此太平，小心我随时过去骚扰。"

王初临"扑哧"一笑说："尽管放马过来，我肯定好饭好菜款待贵客。"

就这样，与我同桌三年的王初临，在一片欢声笑语中走进了梦寐以求的象牙塔。而我，也灰头土脸地踏进了气氛沉闷的复读班，重启一程孤军奋战、执剑天涯的拼搏岁月。

2

本以为复读班里聚拢的都是高考战场上败下阵来的"平民草寇"，复读生活犹如坐牢，人人不苟言笑，个个神情紧张，没承想第一天就遇到一件改变我如此看法的奇葩事件。

那是在老师点名的时候，当班主任喊出"复读"二字时，我的同桌蓦地而起，滔滔不绝地开始自我介绍："大家好，我是付独，爸爸姓付，独我一子，自幼受长辈溺爱，故得此名。也许就像算命先生预言的那样，我必须经历复读两年的坎坷，才能如愿考上大学。但我从不相信歪理邪说，所以虽然今年名落孙山，但我坚信进入复读班后，有了大家的鼓励和帮助，明年暑假一定是我金榜题名之

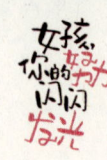

时!"

付独那别具一格的自我介绍,一下子就镂刻在我的心底。我偷偷瞥他一眼,嗯,眉清目秀,肌肤赛玉,身材高挑,面容俊朗,堪称首屈一指的帅哥。他刚坐下,我便为自己的心猿意马暗自羞愧。真是好了伤疤忘了疼。于是,我继续板着脸,翻着书,凝着眉,一本正经地想着好友王初临初入大学的情景。

"嗨,很高兴能和你成为同桌,今后多多指教啊。"刚刚下课,付独就忍受不了孤独,迫不及待地找我搭讪。

我还没有完全从高考失败的痛苦中剥离出来,浑身有气无力,回答得非常官方:"嗯,我也是。好好学习,天天向上!"

"你高考考了多少分?我离本科线还差5分。"付独哪壶不开提哪壶,专往人心窝里捅刀子。

"我高出本科线10分,但是,与理想的大学相差甚远,所以选择了复读!"我极其反感探究隐私,那是对尊严的无形摧残。

"天啊,你那么优秀都来复读,我还有啥可遗憾的呢?看来我真的非常幸运,能够遇到你这样的同桌,今后一定多多帮我啊。"付独俨然把我当成了救世主,神情夸张,言辞滔滔。

优秀?优秀从来都与我绝缘。要说优秀,王初临才当之无愧呢。他时尚沉稳,幽默率真,自信阳光,智冠寰宇。对了,他在科大等我呢,明年今日,该是我缠着他吃遍科大美食的时候了。

我突然很想去科大,看看那个曾经与我并肩作战,而今已跃入龙门的朋友。

3 🍁

那是一个周五下午,放学之后我按照约定的时间,背着沉重的书包,站在中国科大东区大门外,边看着来来往往的大学生哥哥姐姐们进进出出,边等着王初临出来"接驾"。

见到王初临的刹那,我就后悔过来找他。虽然我们年龄相仿,但是时隔多日,我依然一副中学生的青涩装扮,浑身上下透着难以掩盖的稚气;而眼前的王初临,举止优雅,谈吐大方,周身散发着理工男生特有的持重。我想转身就走,却被他及时喊住。

王初临问我今天怎么有空过来找他。我佯装一脸轻松说,中学生就不能过来向大学生讨教吗?读了大学更应"礼贤下士"才对啊。

王初临嘿嘿一笑:"你还是那样幽默活泼,丝毫没变。走,带你去品尝一下大学食堂的珍馐美味!"

我跟着王初临走进神圣的科大校园,徜徉过宽阔笔直的樱花大道,再穿过一条两边被苍茂的梧桐并排围拢的天使路,又绕过环境清幽的郭沫若广场,才来到一家包罗天下美食、敬待四方宾客的东苑餐厅。中国科大东西南北中五大校区相邻而立,美景胜境不胜枚举,而此时此刻仅仅在东区,我便有刘姥姥进大观园的新奇振奋和目不暇接。王初临点了很多我从未见过的美食,我也毫不客气地大快朵颐起来。

王初临问我复读生活感觉如何,我佯装一脸轻松道:"有我适应不了的生活吗?明年9月,你还在这家餐厅给我接风洗尘便是!"

看到我信心满满的样子,王初临夹起一块鱼肉放在我碗里,说:"你真是打不死的小强啊。还是那句话,你好好努力,我在科大等你!"

送我离开科大的路上,王初临还絮絮叨叨地叮嘱我复读需要注意的事项。与他道别后刚刚转身,我的泪水就无声地漫过了脸颊。

如果平日里我能够将知识学得像他一样扎实,何至于现在进入复读班,夜以继日地准备"二次大战"?又何来现在的自卑?也许,复读生只有在复读生面前才能惺惺相惜。但是王初临依然给了我莫大的鼓励,我开始习惯于在学习枯燥烦闷的时候,就过来找他谈心,然后再一脸轻松地回到题海中垂死挣扎。

4 🍁

周一清早,付独抱着一大堆不会解答的试题向我请教。起初我还耐心讲解,后来我有些怒不可遏道:"语数英物化生,门门都遇闭门羹。请问你哪门课没有问题?"

我的怒吼令付独瞠目结舌,他幽幽地说:"对不起啊,我的基础比较薄弱,不会的题目过多,给你带来麻烦了。你今天心情不好吗?要不我去请教班长吧。"

他刚转身,我振臂一呼道:"你给我回来!

看不起我是吗？从今天开始，你学习上遇到的所有'疑难杂症'，全都拿我这里来，我保证'药到病除'，让你看看什么是'华佗再世''妙手回春'。"

很显然，我极不厚道地把问题堆成喜马拉雅山的付独，当成了"病入膏肓"的"求医者"，且自诩华佗再世拯救万民。但他依然不疾不徐、不气不恼，并且非常感动地递给我一枚巧克力，笑说："谢谢你！有了你的鼎力相助，明年高考我肯定能够旗开得胜，让算命先生见鬼去吧！"

听他这么一说，我"扑哧"一笑，将巧克力塞到嘴里，一抹绵密的醇香袭上心头。原来，虽然沦落复读阵营，但我依然傲视群雄，在我的感召之下，付独同样不知天高地厚。这是无知者无畏吗？也许复读生就应该摒弃一切自卑，信心百倍地铿锵前行。

放学之后，我为今天的暴躁，诚恳地向付独道歉。也是从这一天开始，我有的放矢地给他补课，偶尔遇到自己也不会解答的习题，就在放学回家路过科大的时候，请王初临出山传道授业解惑，顺道死皮赖脸地在科大蹭顿美食。

为了这事，王初临一度抱怨："你说我上辈子造了什么孽啊？每次口干舌燥地帮你解答完所有试题，还要无可奈何地请你胡吃海喝，到哪儿说理去？"

我一边啃着鸡翅一边振振有词："等我明年考上了科大，加倍还你就是。看到你刷饭卡的时候手在颤抖，我也于心不忍，但是，要怪就怪科大美食甲天下。"

我没敢告诉王初临，其实我每次过来请教的难题，绝大部分都是我的同桌付独请教我，我答不出来，又怕因此在同桌面前丢了威信，所以才偷偷跑来寻求解题之法的，待获取解题要领之后，也好回去在付独跟前继续伪装万能的"百度姑娘"，以便给他"指点迷津"壮我声威。

但付独并不知道我在外面拜师求教，我之所以能够在他面前"无往而不胜"，皆是因为背后有王初临这位高人指点。这是我在两个男生之间的秘密，此秘密只有天知地知我知，不过与此同时，学到了很多难题的解题之法，我也获益匪浅。

酒足饭饱之后，我背着书包跟随王初临晃晃悠悠地走在科大校园清幽的小路上，那唯美浪漫的画面，和电视剧里一模一样。

只是剧中的男女主角你侬我侬，温情相依，而我和王初临，纯属青梅竹马、互怼互嘲的死党而已。

这所著名大学是我们青春道路上一处相约的驿站，他在这里安静地等我，而我，必须快马加鞭，蓄力追赶，早日来此与君把酒言欢，共绘愿景。

5

我就是凭借这种伎俩来答疑解惑，天衣无缝地在付独面前保持着"学霸"的威名的。

我将王初临视为追赶的目标，付独把我看作学习的榜样，我们就像时而蜿蜒时而笔直的铁轨，不管目的地多么遥远，都心无旁骛地按照既定目标向前奔跑。

复读的第二个学期，我问成绩已有大幅提升的付独到时想报考哪所大学，他目光炯炯地反问我："你呢？"

我说我的目标是中国科学技术大学，因为那里有个须眉知己在翘首等我，我不仅欠他很多顿饭，欠他一个深情的拥抱，更欠他一个青春诺言。我不想疏离这份难能可贵的友情，我要证明自己并非眼高手低！

付独被我的肺腑之言深深打动，他一脸真诚地说："我的理想是成为一名网游大师，开发更多有趣的游戏，来丰富人们枯燥的生活。所以，我一定要考上传媒大学！我要用事实，给欺骗姥姥的那个算命先生一记耳光！"

我紧紧地握住付独的手："那让我们一起努力吧，向着各自的目标加速前进！"

时至今日，我已养成按部就班的生活习惯，周一到周五白天上课考试，考试上课；放学后帮付独答疑解惑，举一反三；周六晚上要去科大叨扰王初临，请他帮我解答积压了一周的试题，然后，再厚着脸皮借着义务陪他吃饭过周末的由头，狂刷他的饭卡。

每次走进科大校园，总有一抹莫名的神圣感盈满心胸；每次走出科大校园，都有一股喷薄的力量在心口翻腾。面对着庄严厚重的科大校门，我攥紧拳头在心里默念：一墙之隔，两个世界。曾经失之交臂的诺言，请安心等我兑现，"百度姑娘"定然不负君意。MM

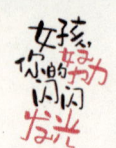

橘生淮南则为橘，生淮北则为枳。秦枳以为自己只是酸涩的枳，却没有想到，有朝一日，她也可以结出甘甜的果实。

1

你有没有因为喜欢一样东西而喜欢上去做一件事？

你有没有因为学会做一件事，而坚持不懈地想要去做好这件事？

你有没有在做这件事时，尽管波折重重，仍然不愿意放弃努力？

秦枳有，这件事，就是写故事。

2

起初，秦枳是在一个游戏论坛里写小说。

那个游戏做得很火，在当时几乎所有的角色扮演游戏中独占鳌头，秦枳会从游戏关注到论坛，是因为游戏里一个系统公告。

大致内容就是论坛里几个版块同时举行比赛，一来是吸引玩家参与度，二来是借机完善游戏机制。奖品十分丰厚，从周边，到见面会机票酒店，到点卡不等。若是能拿一等奖，就能得到一台最新款的笔记本电脑。

秦枳很心动，她在众多比赛中选择了一个自己最擅长的——写故事。比赛内容是根据游戏里的NPC（非玩家角色）发挥想象力，写出一个属于NPC主角的故事，若是写得好，除了得奖，还会放在官网上，作为官方宣传故事。

秦枳在游戏里晃了一圈又一圈，终于选定了一个角色，她到现在还记得那个角色的名字：翩跹。

她是游戏地图中在淮南道一个在青砖白瓦下跳舞的NPC。秦枳记得第一次看到那个NPC时，她就被吸引住了，不知是翩翩舞动时身姿的妖娆，还是翩跹广舒水袖时的落寞。

明明那只是游戏里一个毫无生命的NPC，却在秦枳眼中，写满了故事。秦枳还为她写了一首词，"莫问玲珑珠，莫羡花不如。绣裙染绿薄日暮，谁言女子定入君王户。草木铺彩路，飞鸟吟歌蹰。芙蓉醉面翩跹舞，青砖白瓦亦遭仙人妒。"

故事很简单，讲的是一段仙人恋。结局一贯地凄凉动人，就像秦枳当时看过的每一个故事。

秦枳随手一写，随手在论坛里一发，转身就将这件事忘在了脑后。等她再注意到论坛里的比赛进度时，是她在论坛里收到了许多站内短消息。

逐条翻过去，大多数是对她的故事的唏嘘感叹，只有一条，格外扎眼。秦枳记得发送的那个人，是论坛里很有名气的版主：无心在爱。

3

无心在爱给秦枳发消息，邀请秦枳加入墨社。

墨社，一个由玩家组成，扎根在游戏论坛里的文字爱好组织，几年下来，已颇具规模，在论坛里很受欢迎。

秦枳翻着无心发来的链接，入眼就是一行字：墨社，莫舍，一点心情，一点墨，一间墨社，一芬芳。不知怎么的，就对了味儿。秦枳在站短里回复

淮北有枳思淮南

文◎鹿鹿七
图◎猫　草

第一章 女孩，有梦就去追

无心：我加入。

这三个字像是具有魔力。

自那之后，秦枳迷上了写故事，写自己，写别人，写游戏，写NPC，原本对游戏的痴迷渐渐转移到了论坛上，也渐渐地在游戏论坛里收获了一份不同于现实世界的满足感。

论坛里很多人喜欢看秦枳的故事，留言，追文，评论。也有人特意通过站内短讯，加秦枳的QQ，将自己的故事讲给她听，希望借她的笔把自己的故事讲出来。

秦枳忽然就找到了存在感，那是她在学校从未有过的感觉。秦枳想到了高考结束后，那个匆忙混乱的夏天。她在父母亲人的建议下，选报了一个自己不喜欢的专业，去了一个自己不喜欢的城市。因为不喜欢，所以缺乏热情。

秦枳觉得自己迷茫得像是一个机械人偶，日复一日，上课，做练习，考试，成绩不好不坏，光阴不快不慢。没有喜欢，没有不喜欢，一切平淡如白水。

墨社像是一支巨大的彩色水笔，将秦枳的一杯白水，搅得色彩斑斓。

秦枳在那个叫作墨社的地方，一待就是三年。以她之名，发表在论坛里的文字不下几十万字，有长有短，几乎每一篇都有很多人追看、评论。她们以自己的名字能出现在秦枳的故事里为荣，她们会每天在论坛里给秦枳道晚安。

只言片语，却让秦枳内心温暖。

秦枳以为，她大概就只会这样在论坛里了。她满心想着，用自己的笔，给自己创建一个属于自己的世界。这个世界，没有不甘，没有纷争，没有钩心斗角，没有尔虞我诈，没有责备，没有压力，是她最想要的模样。每当她伤心难过的时候，她就喜欢躲在这里，插上耳机，沉浸其中。

但，好景不长。

似乎每一款热门游戏到最后，都会被开发商发展为敛财工具，秦枳所深爱的这款，也不例外。

越来越多的人开始在论坛里谩骂、叫嚣、爆料。大服中的八卦源源不断，帮派、玩家矛盾层出不穷。再也没有人有耐心去看完一个故事，去品读秦枳略显小女儿心态的文字。

秦枳看着论坛里那些标红高亮，甚至被版主禁封的帖子，哪里还有当初让她心动的模样？

就连墨社中那些曾让秦枳唏嘘感慨，以羡慕的姿态仰望的写文大咖也渐渐淡出，再无暇打理论坛。

除了秦枳，她总觉得，哪怕论坛乌烟瘴气，至少她还能为那些真心喜爱文字的人留下一方净土。

所以当那些没有硝烟的战火蔓延到秦枳用文字构筑的小世界里，当喋喋不休的口水争论一波波淹没她费尽心血描绘的故事中时，她终于明白，这里再也不是她熟悉的地方了，一味地龟缩逃避，也并不能阻止世事的变迁。

秦枳有些难过。

论坛里一个秦枳的忠实粉丝问她："你这么喜欢写故事，为什么不去给杂志投稿呢？"

秦枳盯着电脑上的这行字，如梦初醒。

是啊，她的故事这样受人欢迎，为什么不去投稿，不去给更多的人看呢？

秦枳关闭了论坛，开始疯狂地百度搜索各种投稿链接。

百度里的投稿链接很多，还有各种投稿邮箱。秦枳挑出几个自认为满意的稿子，开始一个一个地尝试，大多数都石沉大海。少数回复，也不过寥寥数字，皆是风格不符，予以退稿。

次数多了，连秦枳自己都有些怀疑，是不是她并不适合写故事？那论坛里被人追捧，盛极一时的过去也只是假象？

可秦枳还是不愿意放弃。她内心是复杂的，一半欣喜，一半担忧。喜的是她的稿子只是风格不符，并不是没有进步的空间，忧的是她当局者迷，并不知道问题在哪里。

秦枳能做的只是继续写，继续找，继续投，颇有些不撞南墙不回头的孤勇。

到后来，她甚至有些惧怕看邮箱回复，怕看到退稿，可是更怕看不到退稿。

所以当秦枳收到那封比之寥寥数字的退稿信多了几倍内容的退稿邮件时，内心激动得无法言语。

这是第一次有人有条有理地给秦枳回复，她反复看了许多遍，每看一遍，似乎都能看出点儿不一样的东西。回复里先是肯定她的文字功底，然后指

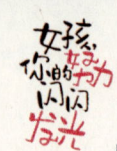

出她的故事的不足,接着给出了许多中肯的意见。其中一条,就是让她多去看看杂志,这样才能更好地把握故事的节奏。

透过这些文字,秦枳仿佛看到了那位给她回复邮件的编辑认真的样子。她心中忽然生出一种"我一定要努力,这样才能对得起她"的冲动。

当天秦枳就跑到书店,买了许多市面上当红的杂志,她一本一本耐心地看,比照那位编辑博客里发出的约稿函,然后根据自己的理解总结,选定了一个栏目,开始去写新的故事。

这一次,秦枳没有盲目地乱投,而是直接发到了那个熟悉的邮箱里。

6

秦枳心怀忐忑,整整等了一个月,依然是退稿,可是这一次,她等来了第一个主动加她的编辑。秦枳兴奋地在宿舍尖叫起来,她偷偷地称呼她为W。

几乎所有的收稿编辑在邮箱里都会标注这样几件事,请在投稿时标明标题、栏目、字数、笔名、联系方式、QQ或电话,以及收件地址。然而事实是,并没有多少编辑会真的去看你那些信息。

秦枳在经历无数退稿邮件后,早已认清了这件事,她并不奢望有编辑会在芸芸众生里一眼相中她这样一个毫无章法的小透明。可每次投稿,她依然耐心认真地填写每一条信息,她心中仍然会生出隐隐的期待。

W的出现,就好像是听见了秦枳内心的呼唤,她向秦枳证明了一件事,只要你愿意努力,总会有人看到你的闪光点。

W加秦枳后,对她这次投稿进行了系统的分析,并针对秦枳的问题,一条条举例说明。秦枳在屏幕这边,小心翼翼的,生怕错过一个字。提问,咨询,跟W进行沟通交流,终于知道自己最大的问题在哪里。

因为在论坛长时间散漫地写作,所以行文节奏都存在问题,偏重于辞藻华丽的修饰,而忽略了情节的重要性以及结构的合理把握。

W说:"你好好琢磨琢磨样文,不懂再来问我。"

W还说:"你要想清楚,你到底想通过这个故事,给大家传达一个什么样的信息,这就是大家常说的行文主题。"

秦枳如获至宝,她没有继续再问,而是细细咀嚼,消化着W说的每一句话,每一个问题,结合自己以前胡乱投稿的底稿,一点点理解吸收。

这一次,秦枳终于抓到了自己的症结。

W博客的样文中,有一篇是墨夕颜的《莲殇》,秦枳很是喜欢。她已经记不清自己看那篇文看了多少次,但是这一次,她一边看,一边回想着W说的话,仿佛又收获了些新的东西。

不同于以前想到什么写什么,想到哪里写哪里。这一次,秦枳整整构思了一个星期,才缓慢下笔。那篇文写完后,她又反复修改了好几遍,确定没有问题,才忐忑地投出去。

一等,又是漫长的一个月。当W的邮件回复过来时,秦枳握鼠标的手都是颤抖的。

邮件里只有四个字:恭喜过稿。

7

往后的秦枳,似乎自带洪荒之力。

再给其他杂志写稿子,收到退稿后,她也不会像最初那样茫然无措,而是先审视自己的问题,然后找编辑咨询请教,尽量避免下一次出现重复的问题。

不只是写文,就连学习,秦枳也获益良多。因为当初的坚持和不懈努力,让她在以后面对许多事情上,都多了一份与常人不同的坚韧毅力。

她相信,只要真心热爱,只要坚持努力,就一定会有收获。

世上千里马常有,而伯乐不常有。

秦枳不敢称呼自己为千里马,可是,她很庆幸,W发现了她,认可了她对文字的满腔热情。

机遇可遇而不可得,只有做好万全的准备,才能在它出现时,牢牢抓住它。

往后很久很久之后,秦枳都十分感谢她的生命中曾经出现的这两个人。无心让她对文字着迷,积累了许多经验,而W则引导她进入了一个更为广阔的天地。

因为她们的肯定和赏识,才让秦枳一点点扎根于自己心中的淮南,不甘于平凡。

后来每当有人问起秦枳,是如何坚持写文的,秦枳总会笑着说,只要不轻言放弃,刻苦努力,诗和远方,就在前方。🅼🅼

第一章 | 女孩，有梦就去追

花开不败

文◎职烨
图◎冷色系 草莓点心

　　写下这个热得要命的八月的第一个字的时候，我突然注意到窗外成片绽放着许多不知名的小花，红的，黄的，粉白的，花花绿绿地挤在一起，满目漂亮的色彩。天啊，这些花是什么时候开放的？这样如火如荼的势头应该不会只有几天的时间吧？

　　我不知道这一年里这些花儿是不是也是这样漂亮地开放着，如果是，我想我应该感谢它们。我嗅得出空气里有许多甜美的味道，有一个很美丽的词突然冒出来：花开不败！

　　我想我终于可以平静下来，告诉你们这一年里发生的许多故事，我想无论将来发生什么事情，这一年里的点点滴滴、滴滴点点，我是再也不会忘记了。

　　高三开始的前一个星期，开了一次家长会。

　　那是一次很严肃的家长会，一次没有人缺席，甚至没有人迟到的家长会。老师在那次会议上调动起了家长们几乎所有的情感。高三的重要性自是不用多言，所谓"成也高三，败也高三"，无论过去孩子们多么成功，也无论他们多么失败，班主任那么一个瘦弱的小姑娘，竟然在讲台上斗志昂扬一讲就是两个小时，无非是让我们相信，任何事情都是可能发生的。奇迹或恶果，都会在这一年里戏剧般地登场。

　　学校为了让每个学生清楚地了解自己在班级、年级甚至在区里、全市的排名，精心制作了一张高一高二的各科成绩排名表。现在想起来，我不得不承认，那张表真是做得太精致了。每一门成绩的总分、标分名次，与年级里的均分对比情况，甚至还有精心设计的由此得出的成绩走势图，最后还附带综合名次的具体分析，密密麻麻地挤满了一张纸，真可谓是煞费苦心。

　　父亲是阴着脸从学校回来的。情况如我所估计的一样不容乐观：年级排名190名。可怕的位置。

　　"还是有希望的。老师说什么都是有可能的。"父亲说他是相信我的，然而我不知道是不是应该再相信自己一次。可是，已经没有退路了。我

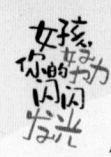

们是中国象棋里过了河的卒子，不能回头。

我唯有扬鞭策马，奋起直追，才对得起父母，对得起老师，最重要的是对得起自己。

十一年漫漫的准备期，终于到了要拉开战幕，拼命一战的时刻了。我必须和我的散漫、不负责任的过去说再见。

我在已输得一败涂地的情况下仓促应战，因为战斗已经开始了，躲都躲不掉。

高三真的很不一样。

如果说高三题海战术的可怕还没有在这位恶魔登场伊始显露出来的话，那么高三所带来的改变首先是在心理上的。你的脑子中始终会有一串铃铛轻轻悬在那里，它无时无刻不在。上枯燥的英语课，你的思绪悠悠地飘到窗外浮想联翩的时候；做计算量大得要命的纯属练耐心的"超级低级"数学题，你动了一丁点儿想参考别人答案的念头的时候；深夜十二点强迫自己坐在桌前背长得绕舌的政治课知识点，背得脑袋如小鸡啄米一般的时候，那串铃铛"嘭"地就来了个震耳欲聋："高三了，怎么能这么堕落？"然后，整个人一激灵，紧跟着心脏狂跳不止，马上强打精神，继续应战。

在高三刚开始的那段时间，几乎每个人都踌躇满志，跃跃欲试，每个人都魄力异常地"非复旦交大不进"，我在床头贴上一张"杀进复旦"的特大标语，在每天早起和入睡前都大喊几遍，以增加自己那点儿少得可怜的信心。所有的梦想都在高考的压力下抽象成了自己认定的那座神圣学府，当时一听到关于复旦的任何消息，就立即热血沸腾，激动不已，仿佛所有的东西都在那所学堂耀眼的光环下黯然失色。

我从来都没有想过190名的分数和复旦的巨大差距，周围的同学们似乎也意识到那种千军万马过独木桥的可怕阵势。我们固守着心中的梦想，疯狂地嚷嚷着"我要××"，那种心理和由此制造的一触即发的紧张气氛，是不念高三的人所不能体会的。

来自高三的第一次真正较量很快来临了。

第一学期的期中测验，一次我们认为已经准备好却被杀得惨不忍睹的考试。我们的排名就如同老师先前所预言的那样来了一个天翻地覆的变化。班里许多名不见经传的同学如同一匹匹黑马，一下子让大家大跌眼镜。排名起起浮浮、蹿上滑下之间，许多人开始变得实际起来。北大的校门的确艺术得够格，可并不是每个人都能够在那儿感受高雅的，僧多粥少的尴尬让每个高三学生在现实与梦想的巨大落差前狼狈不已。

我是那极少数仍抱着幻想不放的人。请注意我用的是"幻想"一词，也就是那种在当时看来是绝对不可能实现的事。按理说，我这种在高一高二不争气地徘徊在二三百名之间，而在高三已过去四分之一，却仍是保持小幅增长势头的人，对复旦这样一所全国顶尖的学府是不应该再产生任何幻想的。可是天晓得我当时怎么就会有如此一种革命乐观主义精神。我固执地抱着"每考一次，前进五十"的念头，痴痴地盘算着，傻傻地得意着。

而后来的事实也证明，正是由于当初自己那种吓人的乐观，才有了执着下去的动力，才使绝对不可能的事逐渐地一步步闪现出希望的曙光。

用残酷的事实去挫败年轻人原本就不堪一击的脆弱的自信，是高三向我们抛出的第一道撒手锏。

心理防线的牢固程度是能否在这场战争中胜利的一个极为重要的原因。

当时的我并没有意识到这种执着得有些傻气的劲头竟有如此大的魔力，只是一味地坚持"复旦"那个守了十一年的抽象名字，我甚至没有意识到要用什么样的代价去交换这个儿时就有的美丽的愿景，只是紧紧地跟着它，一遍遍地默念它。

我在毫无知觉的情况下用自己的狂妄换来了一丁点儿优势，其实我没有意识到，这的确是一个不错的开始。

我去找班主任谈了一次，那个长得娇小可爱的女人味十足的老师一见我就柔柔地说："这次考得不错，下次保持，华政可以冲一冲。"我到现在还想不通自己当时怎么就那么斩钉截铁，胆大妄为："我要考复旦。"一向淑女气十足的老师竟也掩饰不住地张开了"O"字形的嘴巴，好在她很快顾及我的感受，继而柔柔地说："那你可要再努力一些啊。不过，有希望的，有希望的。"我傻傻地咧开嘴笑。桌子上有一束玫瑰开得正艳，红得像要滴出水来，朝气蓬勃地向上舒展着。阳光斜斜地射进来，照得初秋的办公室里一阵暖意。

现在想起来，那位老师轻描淡写的一句话给了我多大的动力。且不说她的话里到底有多少肯定的成分，但那句"有希望的"如同一盏明亮的灯，在接下去的日子里始终不远不近地悬在我的脑子里，连带着那天桌子上玫瑰香甜的味道，让我觉得整个人都温暖起来。

接下来的日子开始变得越来越平淡，越来越简单，单一地重复。

每天早晨，我气喘吁吁地冲进那间坐得满满的教室，放书包，拿练习，开始演算。那一日一日相似却又不太相同的日子现在想来已经抽象成了总是写得密密麻麻的草稿纸，黑板上一直擦不干净的公式、习题，老师一句句发自肺腑的叮咛和永远飘浮在空气里的窸窸窣窣的粉笔屑。

男生们的头发总是乱蓬蓬地一根根戳在那儿，女孩子们所有的漂亮衣服也都被简化成了整齐划一的校服。我们偶尔也会从堆得像小山一样高的乱七八糟的纸堆里抬起目光涣散的眼睛，瞅一眼黑板上新近抄写出的交多少钱、买什么书之类的歪歪斜斜的通知。日子就这样在平平淡淡的点滴中流走。

班里同学的幽默细胞在这种单纯的环境中被训练得异常尖锐，任何一点儿细枝末节的小事一旦被抓住了，就立即被夸张地扩大再扩大，然后引来全体的轰动。老师说，这是一种高三综合征的表现。因为我们的生活太单一了，因此，任何一点儿能激得起涟漪的东西都会给我们带来不可估量的快乐。

高三的体育课是学校规定的唯一不能被侵占的课，男生们经常在体育课上打篮球打到毛衣都能拧出水来，女生们则在一边踢毽子、跳皮筋，逍遥快活。

每周五下午两节课后的短暂时光被我们定为"游戏日"。我们绞尽脑汁拼命地往学校带东西玩。有一种"弹硬币"的小儿科游戏特别受我们青睐。弄几个一角、一元的硬币放在桌上，用几块橡皮搭起来做球门，不管男生女生全趴在桌上大叫大笑，煞有介事地玩得不亦乐乎。我自己也搞不明白，已经举行过成人仪式的我们怎么会这么容易满足，笑起来怎么就这样歇斯底里！

"玩的时候就拼命地玩，学习的时候就拼命地学习"是我们高三信奉的一条不破的真理。

高考倒计时牌上的数字越来越小，我们已经没有时间了。老师向我们嚷："该干什么就干什么吧。"我们没有像别的书上写的同学之间那样钩心斗角，大家在一起的时候总是快快乐乐的。无论多么苦，多么无聊，我知道，至少还有和我站在同一条战壕里的兄弟。没有那种在学校里装着玩、在家拼命用功的学生，因为没有时间也没有精力去准备那些虚伪的东西，没有人愿意那样做，坦白地说，是不屑去做。

后来有一天，不知是谁在教室里插了一捧新鲜的百合，粉白的那种香水百合，整个秋季，教室里始终萦绕着百合甜美的味道。我们就不经心地在淡淡的甜香里日复一日地演算，没有人去刻意注意那捧恬然的百合，但它和它的味道真真实实地深深地烙在了每个人的心里。

我不知道该用什么词语来准确地表达那一阶段自己的感觉，可能是"踏实"吧。我依旧在每天早起和晚睡的时候大喊一句"杀进复旦"，但不再一遍又一遍地将"复旦"挂在口头了。每个人都小心翼翼地将梦想收藏在心底，用各自的方法尽最大的可能努力着，进步和荣誉这些缥缈的东西都是我们不能抓住的，只有这一天一天实实在在的日子是我们可以看到并掌握的。我看得见我的同学和我自己在这一天天质朴的日子中真实的努力，我的成绩就在这种踏实感中稳步攀升，一点点不快也不慢地前进。这种感觉，现在想起来，真是很好。

高三第二学期的日子较之第一学期的平静有了较大的改变，增添了许多躁动与不安的成分。第一轮对知识的梳理和第二轮对综合题的系统掌握已经告一个段落，第三轮紧张的考试和题海战术的轰炸接踵而至。

那真是一段难以形容的日子。课程表改成了"语语数数外外+1+1自修自修"这样可怕的

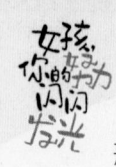

形式。

老师上课时不再帮我们概括什么，只是发下一沓一沓的各科模拟卷当堂测验。我不知道老师怎么会有那么多的考卷，每个区的每种卷子我们都要做一遍，分析一遍，再抽查一遍。还有别的市的，全国的各类统考卷，以及历届的高考卷，甚至连那些不知名的学习报上的怪试题也被老师无一遗漏地搜罗下来给我们做。一节课的话就小测验，两节课连在一起就大测验，全年级统一的自修课就模拟考。所有的考卷都是算分的，老师来不及批的小测验就让同学们相互交替着批。分数成了这个冬春交替的忽冷忽热的季节里的最刺激人又最不值钱的东西。

那真是一种强有力的刺激。自己的实际分数和原先所设想的是一个刺激；别人的分数和自己的分数一比较又是一个刺激；而几次分数排成的总趋势则是最大的刺激。我在这一天几个的刺激中渐渐变得麻木，刀枪不入，在一次又一次的打击中"再从头收拾旧山河"，在惨不忍睹的失败中锻炼和血吞牙的勇气和毅力，变得越来越沉稳，越来越坚强，那是高三最刻骨铭心的一段日子。

考试和分析成了生活的全部内容。算时间做卷子、订正、分析，根据错题再做练习，反反复复，复复反反。我们将"今天回去做n张卷子"改成"今天回去把这本书做掉"，将睡觉的时间一拖再拖，将叫醒的闹钟越拨越早。

每天背n个单词，每天做n张考卷，每天完成n份订正。

计划表上涂得密密麻麻，每完成一样就用彩笔画去一样。那一道一道触目惊心的杠杠和考卷上红艳艳的大叉叉，零落地洒满了每一个黄昏和早晨，铺满了学校和家庭那条唯一看得见漂亮花朵的小路，像山一样高的发黄的纸页，浸在发霉的空气里缓缓地挪动。有时候在家背书背得眼泪都要掉下来，书都想扔到窗外去，可是，只要默念几遍"复旦"马上就会平静下来。我载着沉重的脑袋、空白的心，心甘情愿地埋在那间要馊掉的屋子里一遍遍地背着"之乎者也，abcd"。执着啊执着，我不明白我这么一个散漫惯了的人怎么会一下子变得这么专心致志。

到如今，我坐在空调房里惬意地整理着高三一年的书籍，仍是佩服自己当时的毅力和勇气，几大本密密麻麻写满批注的笔记，半米高的每张都仔仔细细做、仔仔细细订正和分析的考卷，还有一本字典一样厚的十六开的数学经典习题，每道题竟都有四五种解法，被看了不下十遍。在那个冷得要命的冬日和气候怪异的春天里，我用皲裂的双手、粗糙的笔迹一个字一个字、一道题一道题地编织着心中那个神圣又唯一的梦想，我想这就是高三所带给我的影响与改变吧。

成长是憧憬和怀念的天平，当它倾斜得颓然倒下时，那些失去了月光的夜晚该用怎样的声音去抚慰……

老狼的歌我很喜欢，在那段日子里，老狼让我安静，让我释然。我想如果要用一个人的歌声去给我的高三配乐，老狼的，很合适。那是平静下藏着波澜的声音。

我带着190名的"耻辱"，用一种破釜沉舟的心情和现实做最后的搏斗。我仔细审视了一下手中的砝码，什么都没有了，只有努力。我想，每个曾经拼搏过的高三生都体味过这种拦截掉所有退路的狭隘的美丽，都是在用心感受最后的心情里的那种悲壮情怀。

填志愿是一件要命的事情，远比我想象的要复杂，让人受不了。

"保守，保守，再保守些"成了填志愿的首要原则。

我的处境有些令人绝望，全家上下的那点儿可怜的背景不足以引起任何人慈爱的眷顾，自己的成绩又软弱得没有半点儿呐喊的能力。纵是大半年的努力换来了年级前80名的稍稍靠前的位置，但在前几年190名的阴影和复旦这道高不可攀的门槛前也变得怅然无助起来。

最后，甚至连校长也发话了："你考复旦，只有30%的希望。要考虑清楚啊。"

那几日我的神经变得空前脆弱起来，在难以企及的梦想与相对保险的退步中飘忽不定，犹豫不决。

于是，我选择放弃。我不敢让复旦如同一个美丽的童话一样仅仅存在于口头，我不敢用不自信的鸡蛋去碰一下那块坚硬无比的石头。我无法忍受万一失败所带来的那种从天堂到地狱的绝望。我在全票赞成的欢呼声中，颤颤巍巍地写下了那所我想也没有想过的学校的名字，任"背叛"的字眼在脑中炸开。

交掉表格后，我一个人坐了两个小时的车，偷偷地跑到复旦的校园里去坐了一个下午，去哀悼我梦想的破灭。复旦真漂亮啊！铺天盖地的杜鹃花安静地在校园里醉人地开放，恰到好处地映衬着如我想象中的肃穆、神圣的复旦校园。我的眼泪一下子流下来。我不甘心啊，我不甘心一个做了十二年的梦就这样被一张薄薄的纸彻底打碎，我不甘心高三这一年来日日不顾一切的拼搏就这样被一句"保险"理由而葬送。我知道没有什么可以代替复旦在我心中那种举足轻重的地位，若是真的以高分进了其他学校的任何一个系，那种遗憾又岂是坐到复旦门口去大哭一场所能排遣的呢？

我知道那一个燥热无比的星期天下午，对我而言意味着一种执着意念的胜利。现在，想起来，那一个下午的宁静美丽的复旦，帮助我做出了一个属于我自己的多么重要的决定。

最后，我终于做出了属于我自己的决定——在所有人诧异的目光下要回了我的那张志愿表，郑重地在表格上填上了"复旦大学"四个字。

那真是我十二年来写得最舒服的、最漂亮的四个字，这四个字也是我这么多年来凭自己的意愿所做出的最重要的一个决定，是体现我人生最初分量的一个决定。

我要我所要的，纵使在现实面前被撞得头破血流，纵使在高考考场中输得一败涂地，这是我自己做出的选择。接下来的日子就再也没有什么值得书写的地方了。

拿到复旦的通知书后我终于还是忍不住去看了那间熟悉的教室。讲台上的玻璃瓶里意外地插着一束淡紫色的勿忘我，嫩绿的小碎花瓣零星地点缀其中，轻轻地在风里摇曳。

高三的三百多个日日夜夜里的一点一滴，也正如一朵一朵姹紫嫣红的小花，开在每个人的心里。也许不是每朵花都美丽得惊天动地，不是每朵花都香艳得惊世骇俗，也并非每朵花都能结出丰硕的果实。但那些花儿真真实实地在每个人心中最柔软的地方绽放过一回，也确确实实留下过一些花开的甜香。这些花儿的影子连同高三带给我们的，是今天我们用来看世界的一双成熟的眼睛，这份刻骨铭心会影响我们今后在人生路上的每一个选择，每一次决定。

花儿开过了。我们承认也好，忽略也好，只要花开，就会不败。MM

失败取决于态度
文◎张君燕

一个失意男子上山找高僧倾诉自己的困惑。

"大师，为什么我屡受挫折，尝尽失败的苦痛，我的人生难道就这样悲哀无趣吗？"

高僧手转念珠，双目微闭，良久才说："施主请跟我来。"失意男子随高僧来到寺院之外，距他们不远处是一个小小的水塘，水塘里，一群鸭子正欢快地嬉戏。

高僧轻轻一指，说："施主不妨看看这些鸭子。"

水塘里，一只灰鸭子跳到白鸭子中间，立刻遭到了白鸭子的围攻，一片混乱后，灰鸭子羽毛纷飞，仓皇上岸。

男子黯然地说："大师，我就像这只灰色的鸭子，受尽他人欺负，每每以失败而退场。"

高僧并未答言，让男子继续观察。

片刻后，灰鸭子引吭高歌，又欢快地跳入水塘。尽管又一片混战，但灰鸭子似乎乐此不疲。

高僧问："你觉得灰鸭子失败了吗？"

"在灰鸭子看来，那本不是一场战斗，更像是一场游戏，所以也就无所谓失败。每次游戏结束，它都精神饱满，这又怎么能算是失败呢？"男子喃喃自语。

高僧悠然地说："其实，失败与否取决于你的态度。结果让你沮丧、郁闷，那就是失败了；你对结果不屑一顾，依旧昂扬向上，你就没有失败。"MM

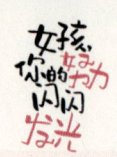

像阿甘一样奔跑的秋树

文◎小 乱
图◎猫 草

不流泪的公交站牌

新学期的第一堂课,棉棉的心还没从外婆家那片漫无边际的山坡上收回来,坐在课堂上昏昏欲睡。让棉棉真正清醒的是一连串的自我介绍声。别人自我介绍都简单明了,这个人是怎么回事:"大……大……大家……好!我……我……叫吴……吴秋……裤……"

笑声是在那个"裤"字落下去之后爆炸开来的:"没秋裤啊,时尚界人士啊!"

在大家的哄笑声里,棉棉看到了自己右手边座位上站得东倒西歪的那个男生。她认得他。

棉棉赶到公交站时,车子半天不来,倒是有个中年女人跟一个男生站在了棉棉身旁。

"没事儿的,你的情况我都跟你们柯老师说了,还有,有同学笑话你,不用理他们,知道吗?"女人絮絮叨叨,棉棉探头看了看那个男生,站得歪歪斜斜,嘴眼也是歪歪斜斜。棉棉心里想:这不会是被惯坏的富少爷吧?咦,不对,富少哪用坐公交?

棉棉收回目光,把耳机塞进耳朵里。车还不来,棉棉的目光飘向身边的那对母子,女人在抹眼泪,男生仍是歪歪斜斜,面无表情。

女人的电话响了,她突然转向棉棉,说:"姑娘,一会儿19路来了,你能……"

男生没容女人把话说完,拉长声音叫了声"妈——",女人只好转身走了。

棉棉看那男生的眼里分明有泪光,只是始终没掉下来。她指了指男生身后的站牌:"你挡了站牌!"

男生挪了挪位置。棉棉看出了他并不是故意歪斜,而是身体不由自主。现在,那个公交站不流泪的"站牌"竟然就站在自己的右手边,是她的同学。

清秀的柯老师清了清嗓子,她说:"大家不要笑,这位同学叫吴秋树,秋天的秋,大树的树。秋树小时候生过一场病,所以现在……"

"难道……这就是传说中的脑残?"一个男生扯着嗓子鬼叫起来,教室里再次爆笑成一锅粥。

柯老师拍了拍手里的黑板擦,她说:"我觉得拿别人生的病开玩笑是极没素质的表现。还有,今天我希望大家回去看一部电影,《阿甘正传》,然后写了读后感交上来!"

洁白轻盈的羽毛在飞翔

第二天在公交站,棉棉没看到秋树和他的母亲。她甚至多等了一趟车,仍然没见着他们。她的心里隐隐有些担忧,他不会因为那些同学就不来学校了吧?棉棉想起站牌下秋树眼里闪烁却没落下来的泪光,想起在阿甘面前轻盈洁白飞翔的那根羽毛。电影里,阿甘靠着笨重的铁架子辅助行走,同学们讥笑他,向他扔石头。只有女生珍妮向他喊:"阿甘,快跑!"那一刻,棉棉的眼泪溢出了眼眶。她想到了外婆家的邻居姐姐小双,小双是村子里的人说的疯子。

小双长得很漂亮,常常瞪着大眼睛看人,仿佛都能看到人的心里去。只是,再一转眼,她会吃青草,会吃土,会把整盆水从头上浇下去。她喜

棉棉，她在山坡上跟在棉棉后面跑，笑声像银铃一样。小双总是找不着家，村里人善良，谁见了她，都会牵着她的手把她送回家。

可是这个夏天，小双丢了。

阿甘因战功显赫被总统接见狂喝十五瓶可乐时，棉棉笑出了眼泪。她喜欢那样看着笨笨的阿甘，他那么执着，那么努力。她想，不管吴秋树是不是阿甘，她都要好好珍惜他这个同学，像从前跟小双姐姐在一起时一样。

棉棉攒了钱想给小双买一双漂亮的皮凉鞋，只是，钱还没攒够，小双就离开了。

棉棉登上19路车，车门缓缓关上那一刻，她看到了蹒跚而来的秋树。他满头大汗，书包在身后一摇一晃的。棉棉喊司机师傅等一下，车上好多人投来不满的目光。棉棉说："那是我同学，身体不好！"

车子停了下来，秋树吃力地上了公交车，车上没有座位，他仍然站得歪歪斜斜。棉棉冲他笑了笑说："你看，刚刚好！"

尽管《阿甘正传》的读后感大家都交了，但重新分配座位时，秋树的身旁一直还是空着的。棉棉收拾了书包坐过去。她说："吴秋树，以后不准欺负我啊！"

秋树的嘴咧得很大地笑了。

棉棉是个敏感细腻的女生，她很敏锐地觉察出秋树也是很敏感的。比如英文课上他读课文的声音成了齐声朗读里最不和谐的声音时英语老师的眉头拧成了疙瘩，那之后，秋树就再没出声读过英语课文。再比如，同学跟他说话时，他总是用最少的字来表达。这让棉棉觉得很心疼。他不过是被那种可恶的病击中，他有什么错？同学们为什么不能像外婆那个小山村里的人对小双那样呢？

秋树写字的手拿不稳笔，不明就里的老师们一次又一次把秋树的作业返回来让他重写。柯老师挨个跟老师说明了之后，情况并没好转。

秋树很努力地一笔一画地写，结果还是要返工，他无比沮丧。

棉棉很想去质问那些老师。可是，要跟老师去理论的勇气，她还没积攒够。她觉得自己真的不如珍妮勇敢。

数学课上，柯老师让秋树说解题思路。那道题很难，棉棉根本不知道怎么做。秋树在练习本上写了长长的一大篇，却沿袭一贯的简约风格回答："答……答案等……等于……仍！"

同学们这次没有笑，而是窃窃私语："仍是什么啊？"

棉棉刚想张嘴帮秋树解释，柯老师说："没错，答案是0。但我要说的不是最终结果，而是解题思路！"

那节课，秋树说了很长时间，说得很多同学都不耐烦地皱起了眉头。柯老师可真是的，让说话舌头下含了青橄榄一样的吴秋树说个没完了。

吴秋树终于说完了，满头大汗。棉棉悄悄递了纸巾给他，冲他竖起了大拇指。

"坐下。"柯老师显然也长长地舒了一口气，她说，"我再把吴秋树同学的解题思路给大家解释一下！"柯老师用了很短的时间把秋树的解题思路说得清清楚楚。末了，她清了清嗓子说："这道题我的方法比秋树的方法麻烦很多，而秋树是走了直线。"

同学的目光纷纷落到吴秋树的脸上，秋树的脸红通通的，不知道是因为紧张还是有些害羞。

下课后，柯老师把秋树叫到了教室外的走廊上。棉棉从外面回来，刚好听到柯老师说："我知道老师们让你返工了很多次作业，他们想告诉你，你跟大家没有什么不同。将来上了考场，或者是在人生这条路上，没有谁会因为你身体的某种缺陷就让着你，你要学会把自己的位置摆得跟大家一样。我知道这很不容易，但老师相信你能做到。像阿甘一样，即使慢，我们也要一直向前跑，知道吗？"

像阿甘一样尽力奔跑

因为秋树的身体状况，老师不要求他必须上体育课。可是，每节体育课，秋树都会沿着操场跑步。

最开始，同学会撇着嘴议论纷纷："咦，真的要当阿甘啊！"也有同学讽刺棉棉："有人要当阿甘，就有人要当珍妮，好伟大啊！"

换作从前，棉棉一定会冲上去跟那人大吵一番。可是，她学会了宽容。因为她陪着秋树在操场上跑圈时，秋树很慢很慢地说："我们不能要求别人怎么做，就像我们不能选择自己的出生方式，但我们可以选择自己怎样生活下去。我很感谢老天爷给了我这样的考验……"

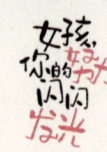

说这话时，棉棉惊奇地发现，秋树和她在公交车站见到的那个面容悲戚的少年不一样了。她很想说点儿什么，最终却只是握着拳头说了句："加油！"

风吹过发梢，棉棉开始在秋树的前面，渐渐地，两条腿像灌了铅一样，秋树超了过去……

从秋天到冬天，秋树都在跑。棉棉很天真地问："你真的要像阿甘一样吗？"

秋树点头又摇头。过了好一会儿，他推过来一张字条，字条上的字像被风刮过一样四十五度角倒着，但比从前车祸现场一样的字已经好太多。

字条上写着：

其实，我只是想让自己像阿甘一样更有勇气一些！

再一个春天来临时，秋树在全市的数学竞赛上夺得了唯一的一个金奖。那天傍晚，秋树沿着操场跑了很多圈。班里的很多同学也加入到跑圈的队伍里。

夕阳火红，棉棉想到了小双，想到了奋力奔跑的阿甘以及那句"人生就像一盒巧克力，你永远不知道下一块会是什么味道"。是什么味道其实并不重要，重要的是接受它，然后好好享受它。MM

愿 你

文◎张咏言

亲爱的自己：

我不知道为什么写信给你，更不知道你何时能收到这封信，在这里有些愿望寄托给你。

首先愿你平安无事地度过青春期，但别"平安无事"地度过青春。你不是他们口中的乖乖女，这点我比谁都清楚。你有时候果断、激动，甚至有点儿"草莽精神"，着实让我吓了一跳。

愿你的世界里天天都是好天气。即便忘带伞，也要告诉自己：我今天偏要淋雨！原来驱赶阴霾的太阳，是明媚的自己。

愿你的成熟不是被迫。学着笑而不语，学着承认不相信，学着接受不尽如人意。我知道，你是个急性子，但请慢慢来，不着急。

愿你有好运气。对一切充满感激，喜欢美好，喜欢自己。你笑起来有一颗虎牙和一个酒窝，这点很好。

愿你有盔甲，也有软肋。善良得有原则，感性得有底线。对无底线的侵犯，就该连本带利地还击。凶狠之后别失礼仪："对不起，弄伤了你，可我是个女孩子，我必须保护好自己。"

愿你不饶点滴，不饶自己。若想以后有选择权，从现在开始就要好好学习。你所做的一切都不为谁，所以别找理由，请独自承担。

愿你活成自己想成为的模样。不必取悦任何人，也不无故讨厌某个人。你总是偷偷在意其他人的看法，为此我十分苦恼。希望你明白，无所谓的东西不用放在心里，他或她的言论权当吹过的耳旁风。

愿你付出时甘之如饴，所得归于喜欢。不甘平庸，是你。有人说你好强，我怎么没发现？好吧，我也并不完全了解你。只是别累着自己，哪怕收获再怎么丰盈。

愿你可以走过长长的路，有的是精彩的故事。若没有人陪你颠沛流离，便以梦为马，随处可栖。

愿你在最无趣无力的日子仍对世界保持好奇。撑不住了就先睡一觉，等等再说。世界很大，随时都会绽放奇迹。

愿你有高跟鞋，但穿着球鞋，愿你一辈子心上没有补丁，愿你的每次流泪都是喜极而泣，愿你筋疲力尽时有树可栖，愿你释怀后一身轻，愿你出走半生，归来仍是少年。

祝你一生久安，岁月无忧！MM

第一章 女孩，有梦就去追

序

桌上摆着江小禾半个月前寄来的信纸。

我随手摸到一支钢笔，抽了张草稿纸，在纸上写了一个字：江。

钢笔下墨顺畅，我没急着收笔，笔尖点在最后一横晕开一个墨点，眼睁睁看着那一点慢慢扩散，沿着纸的纹路，漫延出丝丝缕缕的毛边。只是看到这个字，似乎都能感受到扑面而来的火焰般的明朗，大概放在再黑暗的世界里都可以肆无忌惮地发着光。

我发了一会儿呆，突然轻轻弯了嘴角，然后落笔——你以为你是谁？

一

没有人从一开始就甘心承认平庸，六岁的稚子收到的老师评语只会是"不够努力"，而不是"不够聪明"，十六岁逃学打架的少年可借此宽慰自己，然后继续翘掉一下午课，三十六岁的无业游民仍可借此喝一壶闷酒怒骂人生不公。

升三年级那天我当上中队长，得到邻居阿姨家夸耀的时候，我也觉得自己是神气的，不过，我只神气了三秒。

我看到了江小禾戴着三道杠眯着眼睛朝我笑。三秒后，我用力扯开江小禾的手腕，眼睛红着夺门而出，江小禾不言不语地走回房间。

胜负已分。江小禾大我两岁，那天以前，她一直是我最喜欢的小禾姐姐，我宁愿每天放弃两集《阿童木》，也要做她甩不掉的小尾巴。因为她身上有光。

那个下午，我哭了很久，不仅为我丢失的神气哀悼。因为那是我第一次意识到，原来我和江小禾是可以有比较的。

那也是我第一次见到住在我小小心脏里那只名为妒忌的凶兽。我再也不肯叫她小禾姐姐。

二

于是我开始了努力追赶江小禾的生活。江小禾学钢琴，我就学小提琴；江小禾是广播站站长，我就拼了命地参加各种演讲比赛；江小禾是合唱队成员，我就削尖了脑袋要进鼓号队。

为了防止江小禾发现我的心思，我从不和她选一样的，但我一定要比她做得更出色。

江小禾，你以为你是谁？

一切都顺利进行着，我一直以为我隐藏得很好。临近市里比赛那几天，合唱队和鼓号队常常排练到天黑，我不得已和江小禾结伴同行。

和她单独相处的每一刻都无比熬煎，我装作无意，口中不停念叨着引以为豪的一切。尽管江小禾鲜少回应，我仍自得其乐，好似国王向平民炫耀着自己金丝银线的袍子。

追逐你的背影

文◎赵润浠
图◎叶 子

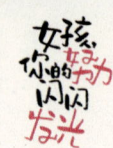

直到比赛的前一天，那天晚上天很黑，一路无语，直到路过街角路灯，江小禾突然叫了我的名字，说："比来比去你累不累？"

原来江小禾看到了我心口的那只凶兽。

我的心揪着，如同等待审判，但没有铺天盖地的惧怕和惊恐，甚至十分平静，我才发现我其实是想要她知道的。

因为……比起参加演讲比赛，我更愿意缩在被子里构建自己的童话王国；比起下午待在学校排练到天黑，我更热衷于早早守在餐桌前；比起小提琴，我更喜欢《阿童木》。可是每当我想放弃，那只名为妒忌的凶兽就会怒吼，就会在我的胸膛里冲撞怒吼："江小禾！"

但此时此刻，江小禾本人面无表情地站在我面前，她的脸因为黑暗而模糊，只有侧颊染上一点儿黄晕的灯光。

那只凶兽却终于蜷缩起来，伏在地上栗栗危惧，我的胸口终于一轻。然后，江小禾说服我努力做自己。怎么可能？

"如果非要比不可……那你要控制好它。"

"谁？"

江小禾戳了下我的胸口。

三

"激励你的，往往不是警世通言和心灵鸡汤，而是你深埋在胸口的嫉妒和虚荣。"江小禾告诉我，那只恶兽为人所不齿，却又为人所惧怕。正因如此，必须不卑不亢地面对它。

我和江小禾做了约定，只有我们两个人的约定。我做到了，而且做得还不错。拥有让别人刚刚好艳羡的成绩，也在自己负责的社团里欢笑恣意。

我还是会奔波各地参加比赛，却也忙里偷闲得了些许清欢，偶尔顶不住压力的时候，也会无声无息地哭，但一觉醒来又是明媚的一天。

我考上了江小禾所在的高中。

开学报到那天，我很早就看见江小禾了，她在晃动的视野里安安静静地站成一道剪影。但江小禾身上的光几乎炸开了，明亮到刺眼的程度。

我曾经在脑海里无数次想象过这幅画面，画面随着时间的推移在脑中不断被美化，被加上了各种滤镜，还带上了浮夸的柔光特效。

但此时此刻，我只是笑着安抚胸口的小东西，眨了眨眼睛。

我一直有很多话想对她说，但我可能永远都不会说出来了。

江小禾啊，你不必停，我会在后面追。

四

我以为一切都在平静有序地进行。总是我以为的，为什么我以为的总不能是我以为的呢？真正知道江小禾要出国的消息竟然是在路人的谈话中。

知道真相的瞬间我就像挨了记五雷轰顶，那种剧烈的心痛太明显，几乎超过曾经所有的喜悦。

如果我一直不知道，她是不是会瞒上一整个学期？是不是直到踏上那个陌生国家的土地，再也瞒

不下去了,我才能得知真相?我是真的以为可以拥有和江小禾并肩的机会。

我还在为两个人的约定固执着,江小禾却已经亲手把我推开了。

站在江小禾班门口的我出乎意料地冷淡。冷淡背后是冰峰陷落的巨大疯狂,自己不能控制,似乎十五年的固执任性、孤注一掷全被同时唤醒了一般。胸口的恶兽仿佛要挣脱囚禁的牢笼,这感觉很可怕。

江小禾看到我,睫毛抖了抖,眼睛不可思议地眨了好几下。光明喜欢在她睫毛的末梢留下些许印记,产生出轻佻玩味的错觉。

"说话啊!"

"说什么?"江小禾目光恢复了平静。

"什么都好。"我低着头,耳边是无尽的耳鸣,心也跟着疼了,裂开一条缝。

江小禾抬手想搭我的肩膀,我用力把她推开:"江小禾!"霎时,所有人的注意力都集中在我身上。

"好事都被你做尽了是吧?有什么难言的苦衷?什么都不告诉我,把我当傻瓜一样!我就活该被你的光辉灿烂照耀得睁不开眼睛吗?你以为你是谁啊?"

爆发后便是长久的沉寂,我很平静,甚至能分神去想一想别人的反应:他们可能以为我疯了,大概以后还会和朋友讲起,当作一个笑谈。

江小禾教给我的从来都是"有所不为,宁死不为"。但她忘了,后面还有一句——"所有必为,虽死不惧。"江小禾教我制服那只凶兽,我学得很好。

透明咸涩的液体滑到嘴角,渗进唇缝里,我才意识到我哭了。我也不明白为什么,反正眼泪是突然流下来的。

江小禾显得有些慌乱,用手背帮我擦,那是熟悉的温度和触感。

我小心翼翼地呼吸,被江小禾蹭了蹭脸颊,仿佛方才情绪失控骂人的是她。

"圆圆,别哭呀。"枝叶缝隙的光斑透过窗户打在江小禾的肩膀上,亮晶晶的一片。我盯着光斑出神,小声说:"光在你身上。"

江小禾似是没听清,也没再问。她说:"没事的,我会经常回来的。"

江小禾说的从来都很对,但我不想听了。我一把搂住江小禾,特别用力。江小禾被我扯得生疼,试图把我的手臂拽下来。

"江小禾……你以为你是谁啊……"

江小禾认真看着我的脸,却没再多说什么,只是轻轻揉了揉我的头发。

头顶上的触感轻轻柔柔的,我上一秒还莫名其妙的眼泪就这么止住。跑回宿舍,仿佛彻底脱力,我蹭着门慢慢地蹲下去。胸口的恶兽寻回了理智,我也终于找到了丢失的光,我又可以看得到很远很远的远方了。

十六七岁的年纪。没有世界末日,没被琐事压垮,每天开开心心。

没见过高山为谷,也不屑深谷为陵,不理解和光同尘,学不会哀而不伤,知世故而不世故,一些恰好懂了,一些又恰好不懂。

见过的很少,想要的很多,对未来有一万个展望,笑起来比别人都好看。一切刚刚好,信我所信,爱我所爱。光明洞彻,坚韧纯粹。

想说的话太多,却始终不敢落笔。

想说我努力的一切都是为了你,你是我的初衷,我不可能忘记,其他一切,不过尔尔;想说你看我现在过得很好,说不定比你过得还要好;想说我很想你;但最后落笔只有——你以为你是谁?

充满着狂妄不羁的少年意气,不顾烈日灼心,绝非白日焰火。感觉好像被谁拉扯着,跑得快要飞起来,风从耳边掠过,眼前是长路。我不再追逐你的背影,我要做最明亮的自己。MM

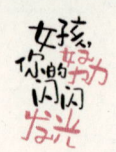

一

高二的金秋，我对着十六根生日蜡烛，许下自己的愿望，概括起来就是三个关键词：辩论赛、光芒万丈、何冉熙。

圣诞节，我向二十四个同学凑够了买一个苹果的钱。传言说，平安夜收到苹果的人会一生平安。我把苹果偷偷塞进你的桌里。

元旦，我靠近了我的第一个生日愿望：辩论赛。我的入队申请得到回复，成为校辩队的一员。

你在乍暖还寒的天气中吹着响亮的口哨，篮球在你指尖转出美丽的"舞姿"。我看着你的背影，紧紧地攥着刚到手的队员证，暗下决心：辩论赛是我能够走到你面前的唯一钥匙，我一定要拿下它。

你曾在高一结束时问我："你欣赏我什么呢？我一无是处。"

欣赏你什么呢？大概是你望向别人时炯炯有神的眼睛，是你唱歌时的眼波流转，抑或是你静静地望向窗外时的模样，而远处是漫天的云卷云舒。

你的眼神飘忽不定，你说"天气不错"，便轻巧地拒绝了我。

都还年少，所以表白被当作一时的心血来潮。

只是谁说，莫道满园花开早，相逢还须年少？

二

还记得高一军训时，你站在我身后，炎炎烈日，脚在地面站久了都觉得发烫，教官却让我们一动不动地站军姿。帽子下的头发黏成了股，汗水洗了脸。我认为，我应该晕倒。

身子软绵绵地就要跌倒，本来打算姿态优雅地侧躺下去，可是你看我抱住头，第一时间就从身后扶住了我。

我眯眼瞅你：高高的鼻梁，俊朗的眉眼，黑漆漆的眼瞳中掠过一丝惊慌。你不像坏小孩儿的模样，所以我放心地向后倒去，结结实实地撞上你的胸膛。

你说："同学，你别晕我怀里啊。"

你背着我去校医院，汗水浸湿了你的衣服。我趴在上边，有些潮乎乎的感觉。我环住你的脖子，想在你背上睡一会儿。你抖一抖脊背："同学，你说句话，你别在我身上'驾崩'啊。"

若不是我不得不装作一个软塌塌、手无缚鸡之力的弱女子，我真想揍死你。我在你背后咬牙切齿，真恨不得自己再胖上十来斤，让你的喘气声更粗重些。

你将我放在校医院的病床上，我眯缝着眼看你跷着兰花指，一脸嫌弃地帮我脱了鞋子。我假装睡着。不久，你轻推我的肩膀："同学，醒醒。"

我缓慢地拉开眼睑，你把温热的药拿在我

我已发光，却不见想要照耀的人

文◎金某某
图◎鱼　姬

面前。

我说:"谢谢你。"

你说:"喝药。"

藿香正气水难喝到令我咂舌,却也成为我喝过的最甜蜜的药。

你叫何冉熙。坐在教室第一组倒数第二排的位置,我在第一组第二排的位置,隔着四个人头五张桌子的距离,不远不近。我们都是活泼好动的孩子,都喜欢在崭新的环境里表现自己,你总是要和我抢着回答问题,老师乐得合不拢嘴,让同学们向我俩学习的同时,任命你为班长,我为英语科代表。

数学课上,我在黑板上演算一道思维拓展题,算法繁复,几乎写满了半块黑板,答案正确无误。还没等到老师表扬我,你站起来说,她的方法太笨了,接着三言两语便剖析了解题的关键。老师率先鼓掌,同学们都一脸仰慕地望着你,只有我,尴尬至极。

你就是这样一个自作聪明又很聪明的人。但是,尴尬的我打算报复你。

你英语不好,你初中毕业时,英语甚至都没有及格。在练习口语时,全班同学互问好,都是"你好吗""见到你我很开心"的简单句式。我站起来,挑着眉:"何冉熙,I love pork, would you like to become a pig for me?(我喜欢猪肉,你愿意为了我变成一头猪吗?)"你眨巴着眼睛,说:"Yes, I like it.(是的,我愿意。)"

听懂的女同学在偷笑。我不知道你有没有听懂我要表达的意思,但是我想总有一天,你会明白你曾经承诺的事情有多滑稽,如果那时你还记得这句英文。

课间,我和班上的女同学嬉笑打闹。我很想在下课期间,大大方方地向你伸出手,说一句:"何冉熙,一起玩吧。"你却在课间第一时间运篮球出门,路过我时,脚步不曾停顿。

我记得期中语文试卷议论文的主题是"高中生该不该谈恋爱"。全班只有我支持了高中生恋爱。语文老师在教室读我的作文,你公然叫好。可是你有没有想过,品学兼优的我为何要忤逆老师的教导,写下这样的文字?

我们的故事在我的臆想中风生水起,而你只是把它当作一件稀松平常的事。

校庆的时候,你毛遂自荐,说要代表班级为亲爱的母校献歌一曲。你的歌喉了得,一帆风顺地进入彩排。校庆那天,我早早地搬好凳子,霸占了最佳的位置。你穿着修身的西服,化了淡淡的妆,像希腊神话中的阿多尼斯。

我不明白,明明只是一首歌曲,为什么要作为压轴节目表演?你站在表演台上,欣喜地介绍:"学姐高中时就读于母校,正值校庆,学姐特地放下学业,来为母校献舞一曲。"欢呼声中,一位身着华服的女子翩然而至,笑意嫣然。

我想离开,又情不自禁地想要看完这场表演。我的目光一直追随着那个美丽的学姐,看她酒窝里盛着笑,长袖曼舞,顾目流盼。

她曼妙若仙,身边开满玫瑰。

旁边的同学拽拽我的衣服,问我为什么哭。

我说:"学姐美哭我了。"

我只是产生了深深的挫败感。

校庆结束,我在后台帮忙拾掇音响,学姐去慰问老师,我听见有人说:"学姐真美,应该有很多人喜欢吧。"

你整整校服的领口,说:"谁不喜欢闪闪发光的女孩子?"理所应当的语气。

我没有动听的歌喉,也没有妖娆的身姿,但是那一刻,我发誓,不久以后,我也要闪闪发光,让你喜欢。

我在我十六岁的生日郑重许愿:辩论赛、光芒万丈和你。

我能想到能让自己发光的地方,除了舞台便是学校铺满红地毯的大会堂。现在,我要努力跻身那个地方。

同学似乎都很诧异,我为什么要干这种蠢事,那不是高一新生才干的事情吗?我不置一词,把辩论技巧之类的书翻得啪啦响。

你问:"你为什么进校辩队?"

我埋头于《狮城舌战》,淡淡地说:"我要闪闪发光。"

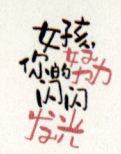

你不置可否,转身回到座位。

我与各个班级打辩论,争取"校园最佳辩手"的头衔。我用整个高二练习辩论,我在摸爬滚打中拿到"最佳辩手"的奖状,我们组成最佳辩论队,将要代表学校参加校联赛。

我将在高三踏进荣耀的大会堂。你却在高二末申请降级。

"我的英语太差劲了,我想再读一次高二,我担心高三会跟不上进度。"你这样说。

于是,我们浩浩荡荡地奔向高三的生活,你孤零零地收拾书本,踏进陌生的教室。

六

很少再见到你了,高三时,老师总爱拖堂,我看不到你运着篮球驰骋球场的样子。我找机会去你教室蹲守,看到你从远处走来,冲你歪头打招呼:"嗨,好巧啊。"

你有些惊讶,却也只是点点头。

我说:"我们很想你。"还是懦弱地多说了一个字。

你漫不经心地道:"嗯,我也是。"

"我下周日早上九点有辩论赛。"

"加油。"

柔和的光打在脸上,深棕色的光滑桌面,软软的红地毯,络绎不绝的观众。直到席位满员,我也没看到你。而那一场,我们打得很精彩,观众的掌声经久不息。高一的小学弟冲我跷起大拇指:"学姐,你站在那儿,就如同一个发光体。"

我或许发了光,但是没有照耀到我想照耀的人。

教室后边有个心愿墙,辩论赛结束后,我几乎是含着泪在便利贴上狠狠地写下:*或许我世界闻名,你才会看到我的存在*。我自欺欺人地以为是自己发的光芒太微弱,所以才没能实现第三个生日愿望。

我当然没有世界闻名,我只是以不错的成绩去了一所全省闻名的大学。

七

原来"喜欢"这件事情,无关于你是躲在黑暗角落瑟瑟发抖的灰姑娘,还是在镁光灯下婀娜翩跹的白天鹅,它只是让你一厢情愿地以为,只要变成他喜欢的样子,他就会喜欢你。

我依旧申请加入校辩队,在顺利通过面试后回宿舍的路上,同行的舍友无限崇拜地问我,何至于辩论这么好?

我莞尔:"大概是因为年少时喜欢了一个少年,我以为只要闪闪发光,深情就能换来回报。"

而他只是赐予你无限想象与能量,然后路过你,任你走向远方。**MM**

做一个最好的你

文◎道格拉斯·玛拉赫

如果你不能成为山顶上的高松,
那就当棵山谷里的小树吧,
但要当棵溪边最好的小树。
如果你不能成为一棵大树,
那就当丛小灌木;
如果你不能成为一丛小灌木,
那就当一片小草地。
如果你不能是一只香獐,
那就当尾小鲈鱼,
但要当湖里最活泼的小鲈鱼。
我们不能全是船长,
必须有人也是水手。

这里有许多事需要我们去做,
有大事,有小事,
但最重要的是我们身边的事。
如果你不能成为大道,
那就当一条小路;
如果你不能成为太阳,
那就当一颗星星。
决定成败的不是你尺寸的大小,
而在于做一个最好的你。

第二章 请看我漂亮的坚持

如果你曾热爱,你会懂那种炽热的目光,像是扑火的飞蛾,只为一刹那的光和热。

热爱会令你忘记胆怯,不畏艰险,笑对苦难。

即使晚睡早起,你的卧蚕熬成了黑眼圈,那又怎么样?

没有坚持不辛苦,但辛苦也要笑着坚持。

踮起脚尖,伸开双臂,每一次,当你姿态优雅地旋转,我都想深深地为你喝彩。

女孩,你不仅要站得高,更要舞得美丽,让全世界都能看到你漂亮的坚持!

武亦姝：
从诗词中走来的00后美少女

文◎张西武
图◎无 轩

2017年的春天，00后美少女武亦姝在《中国诗词大会》第二季总决赛上，一举战胜女博士陈更、北大《诗刊》编辑彭敏和人称"万词王"的大学老师王子龙，夺得冠军。这个00后的高一学生顿时成为"网红"，刷爆了人们的眼球，宛如一位古代才女走入人们的心里。

武亦姝出生在一个普通的家庭，她是那种性格沉静、不善言谈的女孩，成为诗词大赛的冠军绝不是偶然，也并不是她有天赋，而是因为她爱古典诗词，就像热爱生命一样享受那份感觉。

时间回到三年前，她刚上初一，那些枯燥的数学方程式、古诗文，背不完的课文，逃不过的书山题海，几乎变成了生活的全部，加上父母望女成凤的压力，从小聪明伶俐的小亦姝忽然患上了学习恐惧症。

在小亦姝的心里，忽然有一种少女的失落感，难道美好的青春年华就这样被枯燥而繁重的学习葬送吗？那一日下午第四节课，按照惯例，背诵完课文的同学才可以放学回家。个别同学三番五次背诵不过关，他们愁眉苦脸地继续背着写着。完成背诵的同学兴高采烈地走出教室，而在这群孩子中，只有小亦姝完成了背诵却依然闷闷不乐。

细心的班主任王老师察觉了，跟出教室，想要一探究竟，便拍着小亦姝的肩膀说："武亦姝同学，你看同学们放学了是多么开心啊，而你为什么忧心忡忡呢？有什么烦心事告诉老师吧！"

性格内敛的小亦姝迟疑了一下，她有心思，却又不想说出来，老师教课已经够辛苦了，还要关心学生们的喜怒哀乐。她抬头时正碰触了王老师那双满含真诚和关怀的眼睛，她腼腆地一笑，说道："老师，我也没有什么不开心的事情，我只是现在对学习产生了恐惧，天天背诵这些古诗古文，有什么用途呢？我现在可以轻松地背下课文，总有一天，我会被无穷无尽的背诵累垮，就像那些背不下课文的同学一样痛苦。"

王老师听到小亦姝的心里话，陷入了沉默，这也是学校教学中容易被忽视的问题。是啊，为什么要学习？为什么要背诵？老师又何尝跟学生说明白过？难道就是为了考试，为了前途吗？

王老师一边沉思一边拉着小亦姝的手，漫步在校园中，两旁婀娜多姿的杨柳掩映在夕阳中，早春翠绿的新叶生机勃勃。忽然两只小鸟飞落柳树上，婉转啁啾，王老师忽然灵机一动，指着树上的小鸟问道："看这番景色美吗？你能用一段话来表现这个美丽的画面和你心中的愉悦之情吗？"

小亦姝一脸疑惑地说："老师，这景色真美，可是我不知道如何表达我内心的喜悦！"

"此时此景就用那句'两个黄鹂鸣翠柳'来表达，你说好吗？"

小亦姝深感敬佩："老师，这是我们学过的诗句，从来没想到会有这么美妙的感觉。一句诗胜过千言万语的描绘！"

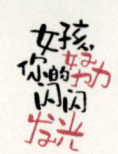

"你再想想李白的《将进酒》，苏轼的'明月几时有，把酒问青天'，诗词的韵律是何等美妙啊！如果你能感受到古典诗词的美好，热爱这种感觉，那么你会对诗词产生兴趣并愿意学习下去。

没错，高考中古诗文的默写也不过6分，我们却用了那么大的精力去背诵，如果把这件事当成差事来应付，你不但学不好也会很痛苦！诗歌和文学不会像一加一等于二那样让你直接应用到生活中，但是它们会让你从学习中获取滋养心灵的营养，追求人生的更高境界。"

那一刻，小亦姝忽然有茅塞顿开的感觉，对学习有了全新的认识，压抑在心头的阴云消散了。她意识到，学习不但是将来立足社会打拼的资本，更是一个人内在精神世界的更高追求。

从此，小亦姝爱上了学习，爱上了古典诗词。当同学们都在追星、玩网游、看爱情剧的时候，她沉浸在古典诗词的美感和享受中。她经常随身携带着苏轼诗集，她爱上了陆游、苏轼、李白，他们成了少女心中最美的男神！陆游有诗云"我与狸奴不出门"，她非常喜欢，她在家不是摸猫，而是沉浸在诗词的世界里。

古语云："腹有诗书气自华。"诗词的爱好让她的心境忽然得到极大的提升，几年来学习成绩直线上升，而且掌握了两千多首诗词，成了学霸级的学生，中考时更以优异的成绩被上海复旦附中破格录取。

2017年，16岁的武亦姝走上了《中国诗词大会》的舞台。高挑的个子、俊秀的外表、温婉的气质、淡然的心态，和骨子里所散发出的文化底蕴，在总决赛上折服了亿万观众，满足了人们对古代才女的美好幻想。

孔子说："知之者不如好之者，好之者不如乐之者。"爱好和兴趣是最好的老师，只有从心底里热爱才能真正去学好，诗词如此，所有的学问无不如此。心中有诗，爱诗，不为名利，相信诗词会带给我们美好的精神追求，武亦姝获得成功的秘诀，正如她所说："文化在我们每个人身上的烙印总归会显现出它的力量！"MM

七条学习建议

文◎玛丽莎·赫伯

1.活动不要过量

（你）想参加各种各样的活动吗？不能这么做。你应该只参加对你确实重要的活动。谁也不能样样事情都做，而且做事情太多会减少你学习的时间。

2.课堂上积极参与

课堂上尽量多提问。如果你的老师在学年初就认识了你，那么以后他们会更乐意帮助你。

3.确定目标

当你对所学课程有所了解时，你就应该为每门课制定目标。你应该知道你最终想要取得什么成绩，而且应该为此努力。

4.知道如何使用时间

有些课程会比其他课程要难，对那些较难的课程额外安排些时间。另一个建议：在你的头脑最清醒时先学这些课程。

5.勿推迟即刻需做之事

如果有一个重要的课题要做，不要等到该课题到期的前夜才开始做。如果你把该项工作分散在几天或几个星期来做，你就有时间处理出现的问题。

6.不要单干

请你的父母或兄弟姐妹经常督促你，以确保该做的事都做了。如果老师允许，找一个同班的同学一起学习，这样你们就可以互相鼓励，互相支持。

7.使学习变得轻松

千万不要迫使自己连续不停地一次工作数个小时。你的大脑会感谢你的。MM

第二章 | 请看我漂亮的坚持

季冠霖：因为喜欢，所以值得

文◎迩半坡

可能有不少人觉得，只要有一副好嗓音、会说一口标准的普通话，就能当配音演员，而她却说："如果没有2000~4000集的训练量，应该说你是不会配音的。"

观众看不见，但配音付出的感情和心力，一点儿都不比实际演员少。而她又说："配音这种幕后工作，注定要为他人作嫁衣。配得好，是幕前明星大腕的光彩；配得不好，就是砸配音演员自己的饭碗。"

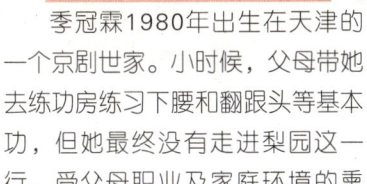

"主持人"梦圆"配音圈"

季冠霖1980年出生在天津的一个京剧世家。小时候，父母带她去练功房练习下腰和翻跟头等基本功，但她最终没有走进梨园这一行。受父母职业及家庭环境的熏陶，这个自小就说一口标准普通话的小姑娘，表现出了超高的语言天赋，在一群说着天津方言的同学中显得尤为突出，经常被老师提名在课堂上朗读课文。

高中毕业后，季冠霖以得天独厚的优势，考取了天津师范大学播音主持专业，梦想将来成为节目主持人。上大学期间，她是朗诵艺术团的团长。

有一次，她被一家广告制作团队相中，请她在学习之余为一段广告做后期配音。这次机会让她结识了配音界的前辈周海涛老师。工作完成后，周老师问她："小姑娘，你想从事配音这一行吗？"这时的季冠霖对配音并不了解，只记得小时候特别喜欢看《罗马假日》《茜茜公主》等外国电影的译制片，那时的她曾对妈妈说："这些外国人说的中国话真好听。"妈妈笑着对她说："那不是外国人说的，是配音。"

带着好奇，季冠霖决定试一试。周海涛作为启蒙老师，对她要求非常严格。季冠霖在他的带领下，利用课余时间在天津配音圈一共做了两年的译制片配音，周老师都是鼓励她："不错，你要是能再处理一下就更好了！"

大学毕业前一年，季冠霖以优异的专业成绩被天津交通电台提前招用，主持一档早晨5点到7点的直播节目。那段日子苦不堪言，每天凌晨3点就得起床，早上5点赶到交通电台做节目，做完两个小时的节目后，再进录音棚为译制片配音，经常半夜12点才回到家。每天这样反复，睡眠不足3个小时，季冠霖几近崩溃。

长时间超负荷地工作，季冠霖扛不住了，咳嗽得非常厉害。她想跟台里请假休息几天，但师姐告诉她说："你千万别请假，这样的工作机会太难得，你在这个位置上坐住了，毕业后就可以留下。"季冠霖便带病坚持做节目，直至病情加重，无奈地辞掉了工作。

2004年，大学毕业后不久，季冠霖来到北京谋求发展，一心想找一份主持的工作。但奔走了大半年，投了很多简历，也没有找到肯收留她的地方。

最后，季冠霖去一家电台应聘时，负责面试的老师对她说："你的声音很好，可以试试配音演

057

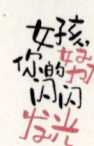

员。"说完,那位老师给了她一个电话号码。走出电台之后,她就急不可待地打电话过去。接听电话的正是资深配音演员齐克建:"你现在在哪儿?我这儿正缺人呢!"

苦练配音"代言"明星脸

为了生计,季冠霖不得不放下"主持人"的梦想,走进了北京的配音圈。第一部戏是为国产电视剧《张大千》中的女三号配音,结果她以优质嗓音"来之能战、战之能胜",赢得了一致的肯定。

然而,隔行如隔山,配音与主持是截然不同的两个行当,配音这活儿绝对是掺不了水的"真功夫"。要想配好音,需要长期的训练和积累。

季冠霖首先面对的最大难题,是控制不好自己的情绪,前一分钟还在大笑,后一分钟可能就是哭戏,中间几乎没有酝酿和铺垫,需要把握好度,否则就是失败。

入行之初,季冠霖在家对着电视练,调成静音,一边看着台词本,一边一遍遍跟着电视配音,琢磨人物的内心、性格和情感,经常一练就是四五个小时。

季冠霖清楚地记得,为了控制情绪,每次在练习配音前,她就把自己的手和脚用绳子绑起来,直到四肢发麻,嘴唇脱皮,她才停下来休息。

"好声音"自有天赋恩赐,而好配音必然是苦练而成的。正如季冠霖所说:"虽然大门对每一个人敞开,但没有人会给你一天的时间去录1000遍。情绪对不对、口型能不能对上,有控制地表达情绪,这都要靠悟性。"

配音演员的收入普遍不高,不给配音演员署名更是这个圈内不成文的规矩。在这个行当里,缺少的就是新人。

他们的工作可以说是相当单调和枯燥,一般都是从中午12点开工,晚上12点结束算是早的。朝九晚五的工作时间绝对是一种奢望,熬夜是家常便饭。

自2005年以来,季冠霖已在近200部影视作品中"代言"。从《甄嬛传》里的甄嬛到《泰坦尼克号》里的露丝。从国产影视剧到中文版的译制大片,女主角动听的声音都来自同一个女配音演员——季冠霖。

"绝美配音"终成"幕后一姐"

多年来,季冠霖和所有影视演员一样,从名不见经传到一举成名。

电视剧《神雕侠侣》刘亦菲版的"小龙女",让季冠霖在业内声名大噪,经常会有圈内人慕名邀她配音,甚至连她的名字都还没搞清楚,就指名要找"《神雕侠侣》里刘亦菲的那个声音"。不过,季冠霖的得意之作,还是给热播海内外的电视剧《甄嬛传》里孙俪扮演的"甄嬛"配音。

最初,季冠霖在接到为"甄嬛"这个角色配音时,既喜又愁,一是孙俪演得好,二是导演郑晓龙要求很精细。这部大戏,她前后录了半个月,每天与"甄嬛"一起经历悲欢离合,一字一句皆是精雕细琢。

全剧录完之后,孙俪出色的表演加上季冠霖拿捏得恰到好处的声音,让"甄嬛"赢得了万千观众的喜爱。

热心网友将季冠霖配音的多部热播剧的精彩段落剪辑成短片,发布到网上,引发网友热议和惊叹。

在微博的强大推动下,大众终于知道,在甄嬛、小乔和东方不败的背后,竟然隐藏着同一个人,季冠霖才是真正的"中国好声音"。

身为年青一代配音演员中的佼佼者,季冠霖凭借自身的尝试和创新,早已习惯于把自己隐藏在幕后,但能够为如此重量级的一批演员和角色配音,以及近200部影视作品的辛勤积累和完美演绎,"配音一姐"的称谓实至名归。

面对走红,季冠霖表现得欣然且坦然,她常告诫自己:"人生不一定要备受瞩目或享有光环,做自己热爱的事业,得到更多人的认可,才是内心恒久的追求。因为喜欢,所以值得。"MM

我就是很努力，有什么好笑的

文◎李开春
图◎阿　点

现在微信"朋友圈"流行一种说法："你必须足够努力，才能让自己看起来毫不费力。"

我对这种心灵鸡汤式的说法并不认同，为什么要让自己看起来毫不费力呢？从什么时候开始，我们这么害怕表现出自己很努力？

我从小到大听过最多的一句话是："你（我）怎么（要是学习）这么爱学习呀（肯定比你强）！"每次我都会回答："对啊，我就是爱学习呀。"

我是别人口中那个"学习好的孩子"，但我从来不和其他成绩好的同学一起玩，原因只有一个：太累了。

好学生的圈子，大家学习都好，默认的规则是：如果取得同样的成绩，100%努力的人是书呆子，50%努力的人就是天才。

就好像那个笑话："学霸"之所以考100分，是因为他的实力只有这么强；而"学神"之所以考100分，是因为试卷只有这么多分……

我上高中时在重点实验班，老师按成绩排座位。每天早上，坐在前两排的同学，讨论的不是前一晚的数学作业和物理大题，而是最新的电视剧。谁看的种类多，看的时间长，谁就在这场无聊的攀比中占了上风。

我的前桌是个好胜心极强的人，每天变着法讲各种电视剧的进度。不仅如此，课间休息和午休时总抱着一本言情小说啃，还逢人就介绍。

但事实上，她的妈妈，也就是我妈的同事，向我们描述，她每天看书看到凌晨3点。

而模拟考试前的课间操，简直是演技的巅峰对决。走廊里充斥着这类台词："我昨天玩游戏玩到半夜，根本学不进去。""我也是！一口气把小说看完了，我都怕一会儿在考场上睡着了。""我这个月上课都没认真听，这次完了，完了。"

我在20多年的好学生生涯中，遇到过太多这样的人。"学霸"们为了证明自己是天才，装作"不读书也能取得好成绩"来打击和迷惑对手。另一方面，他们可能也怕，如果努力了却没有成功，会遭到别人的嘲笑："你看他那么努力，不也就那样？"

我理解这种心情，人总希望给自己留一点儿余地，失败的时候起码还可以说，自己只是没有用功，而不是能力不行。

很多事情都是这样。社交网络上有一个博主，每天发各种美食图片，说自己从不刻意节食减肥，也不锻炼，但依然能保持完美身材。后来被粉丝扒出：事实上她从来不吃高热量的食物，三餐控制得很严，每次拍完照食物不是分给同伴就是扔掉，而且她每天去健身房，从不间断。

在人们的潜意识里，"毫不费力"似乎比"拼尽全力"更高级。人们羡慕天生就拥有各种"天赋加成"的人，所以拼命假装自己就是那样的人。

我相信世界上可能会有天生就瘦、天生就美、怎么折腾也不变样的仙女，也可能会有不努力也能比一般人厉害的天才。但是我觉得，靠努力维持的

好身材、好面孔、好成绩，一点儿都不逊色。

郑秀文说她出道以来就没吃饱过，小S说她没有办法接受油炸食品，黄晓明说自己是易胖体质，所以只能吃很少的米饭……为了实现目标而拼命克制口腹之欲，才是真正厉害的事。而承认自己依靠努力才取得成就的人，格外值得敬佩。

比起隐藏自己努力的人，那些自己偷偷努力，还对其他努力的人冷嘲热讽的家伙，更过分。

我大学同班有个男生，每天在宿舍戴着耳机，打开电脑上的视频播放器，让人以为他是在看电视剧。

实际上，他的视频永远是暂停状态，显示屏的角落里是各种学习资料。有人经过的时候，他还会故意频繁敲击鼠标，装作在玩游戏。他还会时不时转头问室友："喂，你们不杀两把吗？"

看到同寝室的同学在学习，他还会忍不住吐槽："你学习好努力、好认真啊！"看到室友出门，必定追加一句："又去图书馆学习啊！"自己去图书馆碰见室友，立马解释："来图书馆蹭会儿空调，顺便看看美女。"

这样做真的好吗？

自信的人不会阻止别人努力，只会让自己加倍努力。之前看到娜塔莉·波特曼接受访谈，被问到怎么看待努力和幸运。她回答："在学校的时候，总有人得到好成绩之后还要说自己几乎都没学。我在心里说，我知道你学了。世上的确有人不用付出很多努力就能获得成功，可能是因为幸运，但是我不期待自己是这样。"

不可否认人需要幸运，但更需要的是努力。我觉得躲躲藏藏不让别人知道自己有多努力，很不大方，这会让努力了却没有得到回馈的人感到不公平。要诚实面对你获得成功的过程，同时也不要对自己的努力孤芳自赏。

这样才对。MM

特长就是专心地做一件事情

文◎黄海飞

法国作家莫泊桑，很小便表现出了出众的聪明才智。只要是他读过的书，不管是什么人何时问起，他都能够倒背如流。而且他爱好广泛，不但热爱读书背书、写诗作文，还喜欢踢足球、弹钢琴、修理汽车、去烧烤店学习制作烧鹅，甚至是去乡下种菜。

有一天，莫泊桑跟舅父去拜访他的好友著名作家福楼拜。舅父想推荐福楼拜做莫泊桑的文学导师。可是，莫泊桑却骄傲地问福楼拜究竟会些什么。福楼拜反问莫泊桑会些什么。莫泊桑得意地说："我什么都会，只要你知道的，我就会。"

福楼拜不慌不忙地说："那好，你就先跟我说说，你每天的学习情况吧。"莫泊桑自信地说："我上午用两个小时来读书写作，用另两个小时来弹钢琴，下午则用一个小时向邻居学习修理汽车，用三个小时来练习踢足球，晚上，我会去烧烤店学习怎样制作烧鹅，星期天则去乡下种菜。"说完后，莫泊桑得意地反问道："福楼拜先生，您每天的工作情况又是怎样的呢？"

福楼拜笑了笑说："我每天上午用四个小时来读书写作，下午用四个小时来读书写作，晚上，我还会用四个小时来读书写作。"莫泊桑不解地问："难道您就不会别的了吗？"福楼拜没有回答，而是接着问："我还想问问，你究竟有什么特长，比如有哪样事情你做得特别好的？"这下，莫泊桑答不上来了。于是他便问福楼拜："那么，您的特长又是什么呢？"福楼拜说："写作。"

原来特长便是专心地做一件事情。莫泊桑下决心拜福楼拜为文学导师，一心一意地读书写作。莫泊桑一生共创作出了中短篇小说约300篇，长篇小说6部，游记3部，以及许多关于文学和时政的评论文章。他的《羊脂球》更是得到了世人的好评，最终取得了跟他的文学导师福楼拜同样丰硕的成果。MM

第二章 | 请看我漂亮的坚持

愿你敢放手一搏，纵无所得
文◎曲玮玮

曲玮玮
复旦大学学生，连续两届新概念作文大赛一等奖得主，代表作《今天以后，人生无数可能》。曾参加《一站到底》、《我知道》、《超级演说家》等节目。

中学时，常有人叫我"学霸"。

其实，我只是成绩不错，吊儿郎当几年最后考进复旦大学了——但我真不是学霸。不是说我完全靠运气蒙混过关，我也热血奋斗过，每次临近考试，晚上一定猛灌几杯咖啡，看书到凌晨三点。

跟真正的学霸相比，我少了孤注一掷的底气：他们可以从高一开始规划三年学习生活，从此目不窥园。他们敢放弃一所985学校，花一年时间复读，一定要考进北大。他们能心无杂念地把精力放在一件事上，而且这件事要等几年才能有结果。

而我呢？我忙于给自己开脱——高考结果是由各种因素共同决定的，甚至从天而降一场小感冒就能毁掉三年努力，成为人生的"癌症"。多学一个知识点也没什么用，毕竟距离三年后那场考试还有时间。所以啊，还不如洒脱点儿，白日放歌须纵酒。

我也知道"努力才有好成绩"的道理，可偏偏无法执行。因为离目标太远了，似乎所有的努力都虚无缥缈。

大多数人浮躁而缺乏底气。

磨好一把利剑，我们希望马上能手握它去战场冲锋陷阵；朝山谷喊话，希望马上能听到回音。希望学过的技巧三天后就能派上用场，希望今天背诵的重点明天就能考到。即使有人耳提面命地告诉你"读书很重要""学英语、锻炼口才、练好PPT（幻灯片）、健身很重要"，你通晓一切道理，却迟迟没有行动。因为你读一本书，书的内容与气脉成为你的血肉，需要漫长的时间来潜移默化；你坚持去健身房举铁，坚持早上练英语听力，得到的进步也太难即刻检验。

生活里太多事的反馈周期太长了，就像在茫茫大海中航行的小船，不见灯塔，不见彼岸。行驶在寂寞的航线上，太容易泄气而陷入崩溃。

我们更偏好反馈周期短的事。

我曾在一场演讲中分享过自己的"励志故事"，一个月平均每天只睡五个小时，最后以山东自主招生笔试第二名的成绩考进复旦大学。

其实，相比三年寒窗，突击一个月并不难，当目标近在眼前，我们当然愿意咬牙为之冲刺。与其航行在苍茫大海，我们更愿意做那个投进湖底就闻听扑通一声的小石头。

想想看，大学里我们都是靠几天突击复习通过考试的，用一晚上熬夜奋战变身"学霸"，最后轻松拿到不错的成绩。而真学霸，是从开学第一节课就钻进图书馆看书的。

所以，嗑瓜子能一口气嗑一小时，学习却不行。嗑瓜子周期短，瓜子马上落肚，而学习的反馈周期太长，见效太慢，我们会感觉太多努力石沉大海，回报遥遥无期。

我很钦佩那些专注做一件大事的人。除了三年目不窥园的学霸，我的朋友中，有的愿意为了写一篇不一定会刊发的报道，调查奔波八个月；有的愿意为写一本可能会失败的长篇小说蛰伏一年；而有些科研人员甚至能为捉摸不定的项目献出漫长的一生。

他们想必是寂寞的，像看不见海岸的水手，望不见火光的飞蛾，奔向无边天涯的侠客。他们不需要清晰可见的成就来支撑自我，甚至找不到世俗的标尺去衡量他们人生的进度。

他们是真勇士，拿最宝贵的时间跟命运赌博。

我想，当有一天，你不仅愿意奔赴近在咫尺的成功，也愿意跋山涉水，尝试去征服远方始料未及的失败，那时，你听过的道理，就能支撑你过好一生了吧。MM

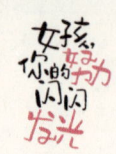

要当就当最好的兵

文◎李 莉 冯 戎

参加央视15套节目《渴望现场》，之后接受《红海行动》电影方要求，演唱推广曲《春风的话》；参加中央电视台《过年七天乐·不信你不笑》，讲述亲身经历的亚丁湾护航；参加北京卫视《2018年北京春晚》，与张涵予共同演唱《军港之夜》……

作为中国第二十五批亚丁湾护航编队中唯一的女陆战队员、北京大学心理与认知科学学院2012级本科生，山西长治女孩宋玺最近受到了不少关注。

2018年2月26日，宋玺在朋友圈晒出她的最新发型，跟寸头差不多。在电影《红海行动》中，蛟龙突击队中有位女队员也是这个发型。

"托春风给妈妈，给妈妈捎个话，今年春节我又不能回家。万家欢乐的灯火，有我的汗水洒。妈妈你知道，我的心中有国家……"如果你关注春节期间火爆大银幕的电影《红海行动》，你可能听过这首歌，电影的推广曲《春风的话》。

唱这首推广曲的姑娘名叫宋玺，现在是北京大学心理与认知科学学院一名大四学生。大学期间，参军入伍成为一名海军陆战队员，曾护航亚丁湾，是山西长治人。

精干帅气的齐耳短发，棱角分明的瓜子脸，一身运动休闲装，身背双肩包，眼前的宋玺瘦瘦小小，俨然一副高中生的模样，活泼可爱，怎么看都很难把她与海军陆战队侦察兵，荷枪实弹去亚丁湾护航这样英姿飒爽的特种兵形象联系起来。

想当兵，想尽一切办法步入军营；本可以进机关，或做文艺兵，却选择进入训练最艰苦的海军陆战队……为了自己的军旅梦，宋玺一路"自找苦吃"，她说："吃苦才能让自己变得更强大，要当就当最好的兵！"

2月22日，刚刚跟妈妈从西安吃美食归来的宋玺，谈起自己的当兵梦，满嘴苦，一脸笑。

她偷偷报名参军，立志当最好的兵

宋玺的爸爸宋文杰是一名军官，军旅生涯19年。也许是基因使然，从小在部队大院长大的宋玺对部队有着特殊的情结，连她小时候最喜欢的玩具也只有枪。

家乡长治又是革命老区，宋玺是听着父母讲革命故事长大的，爱国主义情怀连同一颗当兵梦的种子，很小时就种在了她的心里。

"从小没吃过什么苦，可我总要长大，凭能力做事啊！"宋玺说，当兵梦的种子高考前就萌芽了，但爸妈不想让唯一的女儿吃苦受累，大学前想考军校的愿望被扼杀在摇篮里。进入北大，大一、大二时部队来学校征兵，一连两次报名，都被否决，爸爸宋文杰比较迂回，劝宋玺上两年学再报名，妈妈张宝风则态度坚决，甚至拉了老师当同盟军，一起劝她不要去当兵。

2015年上半年，读大三的宋玺从师兄、师姐

处得知，参军不用征得父母同意，便瞒着父母偷偷报名，应征入伍。所有审核流程基本走完她才通知家里。宋玺调皮地说："都大三了，要是再不报名，可能就没有机会当兵了。"看到女儿的坚持，张宝风和宋文杰终于同意了宝贝女儿的选择。

2015年9月，宋玺背起行囊，离京前往广东南海舰队的训练基地服役。"别的孩子都是跟父母恋恋不舍，抱着哭。俺家这丫头，蹦蹦跳跳地就上了火车……"回忆给宋玺送行的场面，张宝风有些哭笑不得。她说，返回长治的路上自己和丈夫念叨，这孩子跟咱们不亲？咋能那么高兴地就走了呢？

火车上，宋玺和张宝风通了一次话，说天黑就能到训练基地，可能就不能打电话了。果然，当天晚上手机就打不通了。"我靠着老家的院墙，一直打了两个多小时电话，关机；第二天又打，还是关机……我这心里扑腾扑腾的，整个人都快垮了。"张宝风说，再次接到宋玺电话是一周后，却得到了宋玺因随便发笑而挨批评的消息。

"当兵之前，我是非常自我的。高中有一段时间我上课常迟到，班主任罚我三天不能去上学。当时我不服气，觉得我没妨碍别人，在没损害别人利益的前提下，我可以选择做什么。后来我渐渐知道，在一个集体里迟到很不好，既没有尊重老师，也没有尊重知识。"宋玺说，随便发笑被批评是她在部队学规矩的开始。

部队有严格的纪律，任何行为都要遵守规定。"吃苦受累，我都不怕，可是这严格到头发丝的规矩着实让我心里苦。"宋玺说，在新兵连的两个多月，这些规矩让她完成了一个从普通人到兵的转变。

在部队，干什么都要打报告，出入列、上厕所、喝水、打喷嚏、咳嗽都要打报告，忘记打报告就要挨罚。打扫卫生，除了整理内务，还要大扫除，地板、地缝和厕所都是用钢丝球刷出来的。

让宋玺感觉最难的一关，是叠被子，刚发下来的被子都是软绵绵的，要拿凳子压。"我就不喜欢叠被子，浪费精力，有时间多睡一会儿多好。"最初的一段时间，由于不了解、不习惯部队纪律，宋玺每天过得"战战兢兢"，经常受罚，比如抄条令条例。后来，宋玺分析制定这些规矩的原因，才开始慢慢接受。"打报告是班长对整个班的人负责，他要掌握这个班实时的动态战力、实力和物资，你

必须通过打报告让他知道；叠被子跟心性有关，它其实是一种心性的养成，培养你的耐心。"宋玺说，当想明白为什么会有这样的规矩时，她就会更认真，并且做得更好。因为她要当最好的兵。

每日的高强度训练，加上适应各种严格规矩，在新兵连一个月，宋玺的体重从100多斤下降到80多斤。

膝盖受过伤，白天训练，晚上疼得睡不着觉

对于当兵训练的苦，宋玺总爱说："还好吧！不算啥！"新兵连要实战训练，除了队列队形、负重跑步，还有爬战术等。宋玺的膝盖受过伤，在大学为了能进校女篮二队，一晚上拼命跑，结果把半月板弄伤了。当时没有注意，后来到部队训练爬战术，要一遍遍爬，宋玺一开始爬得比较快。但每天练习，膝盖磨得很疼。战友们每天晚上脱下迷彩裤一看腿上都是疤、黑青，她因有旧伤，膝盖晚上疼

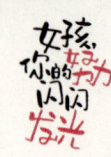

得都睡不着觉。"当时就知道了啥叫刺骨的疼痛，但第二天训练时就又是一条好汉了。"

"你没喊疼吗？"记者问。

"在部队里喊疼是很丢人的。"宋玺说。

刚到新兵连时，宋玺就得知海军陆战队有个两栖侦察中队，由女兵组成，就特别想去那里。但当时接兵的班长觉得宋玺个子不高，又细皮嫩肉的，有点儿小瞧她，觉得她去不了对单兵素质要求很高的陆战队。这个"小瞧"，激发了宋玺的斗志，在新兵连的每一天，她都刻苦训练，并暗下决心，一定要成为海军陆战队的一员。

新兵连训练结束分配连队时，因表现突出，演出队、北京机关、新兵训练基地等都抢着要她，可是宋玺还怀抱着成为海军陆战队队员的梦想，再一次坚持下来。

2015年12月，宋玺加入海军陆战队成为一名侦察兵。满怀着新鲜与激动投入了训练，但没过多久，宋玺就遭遇了打击。

海军陆战队要练体能、练战术、练攀登索降等，训练比新兵连更苦更累，要求更高。高强度训练下，宋玺膝盖损伤更严重了。平时扎马步，她还能咬牙坚持，比别人扎得更稳、时间更长，但日常走路、上下楼梯，她只能单脚蹦，受伤的膝盖疼得没法走。当时正好选拔去新疆寒训的队员，宋玺没去成，她说："我来当兵就是为了能出任务，能去沙场。去不成，我可伤心了。"2016年4月，因膝盖的旧伤，她被劝去话务班工作了一段时间。同年7月海军陆战队要海训了，她觉得重返沙场的机会又来了，便打报告要求参加海训。

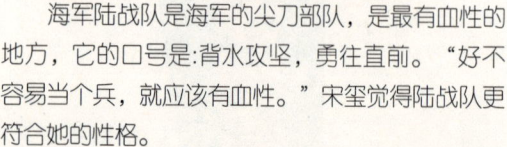

她用吃的苦把梦想变成了现实

海军陆战队是海军的尖刀部队，是最有血性的地方，它的口号是：背水攻坚，勇往直前。"好不容易当个兵，就应该有血性。"宋玺觉得陆战队更符合她的性格。

为了像个真正的军人，她参加了海军陆战队艰苦的海训。"海训就是夏天最热的时候到最南端的海边去训练。"宋玺说，海练的时候，戴头盔、穿迷彩、穿军靴，全副武装。当时帐篷里44℃。天天起疹子痱子，不能坐下，也不能躺着，一挨床就疼。因天天出汗，衣服来不及晾晒，海魂衫都是黑色霉点。

海练时，宋玺所在的侦察连全连被拉去一个不对游客开放的小岛上进行野外生存训练。每人每天只提供一瓶水、一两米饭、一小块红薯、一小块芋头。

当时宋玺分到的帐篷坏了，平时也没什么，但有一天晚上突降大雨，直往帐篷里灌水。在部队，武器是第二生命。宋玺和同帐篷的另一名战友就抱着枪，淋着雨睡了一晚上。

在小岛上进行野外生存训练时，宋玺和战友翻过悬崖峭壁练习岸对海射击，恰逢七一党的生日，陆战队所有党员站在海面的一个小礁石上，一起重温入党誓词。"在那样的环境下，我们荷枪实弹，全副武装，面朝大海，特别郑重地喊出入党誓词时，我特别激动。"宋玺说。

2016年12月，宋玺参加了中国第25批亚丁湾护航编队，是其中唯一的女陆战队员，"当兵的时候从来没有想到有一天可以进行护航。这是我一生的荣耀与骄傲。"此次护航行程40余万里，访问了8个国家。

护航期间，最先要克服的困难便是晕船。舰队到达南海时风浪大，舰艇晃得厉害，屋里的跑步机能从屋子这头飞到另外一头，桌子上的东西一件不剩都会掉到地上。宋玺也不幸中招儿，开始晕船，但她努力坚持正常生活和训练。

"我会把船摇晃当成一件好玩的事情，这不跟过山车一样吗？"面对艰苦的环境，宋玺调节心态，随着对海浪的适应，在后来的护航行程中，她再没晕过船。

2017年4月8日，亚丁湾索马里海域一艘图瓦卢籍货船遭遇不明数量海盗登船袭击，船员发出求救信号，中国海军的16名特战队员出击执行救援任务。当时宋玺负责后勤保障，时刻准备增援。

等待战友救援的过程中她几乎是数着秒度过的，经过7个小时的惊险营救，成功将19名船员解救。

"女儿当兵吃苦，还去执行护航任务，你担心过吗？"问起是否牵挂女儿的军旅生涯，宋文杰淡然回应："交给部队还有啥不放心的？"

2017年7月，护航任务结束，12月，宋玺退伍回到北大校园。"我当了兵，我用吃的苦，把梦想变成了现实，这段奋斗的青春将来或许值得回忆吧！"宋玺说。Ⓜ

第二章 | 请看我漂亮的坚持

爱分享吃喝、不爱自拍的美食博主

2015年4月,王典典开通了自己的微博 @典典吃喝教主,后来拥有了50万粉丝。

跟时下众多"锥子脸网红"不同的是,她的微博和公众号有一种"成长"主题。

一边分享美食,一边分享自己成长的困惑和感悟,独特的风格很快让她赢得了粉丝们的喜欢,一举奠定了美食博主的江湖地位。

除了成长主题,美食部分的特色是,她还做了一个可以查阅信息的美食宝典,你想知道什么,可以自行查阅。

美食宝典里所有的选题,都经过了整理和分类,找起来一目了然。无论是巧克力还是酸奶的品种区分,还是关于旅行的美食攻略,这里都能找到。

看看她做了哪些选题:

巴黎甜品店、上海本帮菜、潮汕20顿、米其林餐厅、西班牙菜……还有同类型食物的比较和测评,锅巴30种测评、酸奶26种测评、腐乳测评、吃不胖巧克力测评……

去不同的地方旅行,该怎么吃呢?

她介绍了南京、台湾、苏州、汕头、巴黎、东京等地的旅行攻略。她曾经8天走遍巴黎的大街小巷,吃遍了法国40家甜品店,再选出20家一一点评、打分,分享到微博上。平时旅行,也不放过任何机会去当地吃吃喝喝,借此了解当地人的饮食习惯和偏好,也会了解在当地学习、工作的外地人又爱吃些什么。

比如到北京旅行,就一定会去有老北京当地特色的小店,吃吃烤鸭、炸酱面和当地小吃,比如朝阳门内大街的东四民芳餐厅。

还有漂在北京这座城市的外地人,都去什么地方?比如,北漂的日本人,一样也要在异乡找到"家的味道"。

学霸的反思:进取并非人生的全部

很少有人知道,在轻松、愉快的美食博主身份背后,王典典还是一个典型的学霸。

2011年,17岁的王典典同学成功申请到了美国排名前十的常青藤大学——布朗大学。虽然排在哈佛、耶鲁、普林斯顿之后,布朗大学也算是美国常青藤大学里排名相当靠前的一所。

本科录取率仅为9%,也是最难进的大学之一,师生比例仅为1:7。

著名校友也非富即贵,非常闪耀:肯尼迪总统的儿子小约翰·肯尼迪、卡特总统的女儿艾美·卡特、哥伦比亚总统的女儿桑托斯、洛克菲勒家族第

美食是爱自己的一种方式

文◎王典典
图◎繁 繁

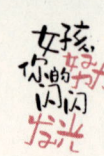

二代掌门人小约翰·戴维森·洛克菲勒、首位女性美联储主席珍妮特·耶伦，还有在《哈利·波特》里演赫敏的艾玛·沃特森等。

大学没毕业，她就拿到了三所大学法律系博士的Offer（录取通知书）。

所谓别人家的孩子，就是这样吧。

但看似闪耀的履历背后，并非一帆风顺。

任何时候都要自律

王典典从小学起就住校，小小年纪就养成了很多自律的习惯，被子叠成豆腐块，不许吃零食，不许剩饭。周末回家，要被父母检查汉字和英文单词拼写，写错了打手心。

管得严虽然痛苦，但也有好处。

小学五年级，王典典就考上了当地最好的双语初中——英法双语实验班，小学六年级没读，跳级读了初中。

初三那年，15岁的王典典孤身一人到法国不列塔尼做交流生，住在当地人家里。

当时她周围没有一个中国人。法国人基本不说英语，只说法语，虽然在国内也学了两年半的法语，但真到了一个纯法语的环境，感觉从前学了也是白学。

好在跟西方人的懒散相比，中国学霸们的刻苦、拼命是从小就有的。

绝不能服输，中国留学生在国外学习，不能给自己丢脸，更不能给祖国丢脸，一定要努力坚持！

要强的王典典同学，上课开始速记老师说过的所有话，下课主动厚着脸皮找同学们聊天，额外写大量的家庭作业找老师批改。

适应陌生的环境也是极大的挑战，首先就是"路痴认路"。寄宿家庭和学校在不同的小镇，每天都要乘巴士往返。王典典只记得巴士站旁边有家好吃的面包店，老远就能闻到面包的香气，别的就想不起来了。为了找路，她不知闹过多少次笑话，问了多少个人。终于在跌跌撞撞中，她慢慢适应了在陌生国度的生活。

给祖国争光，去跟全世界交流

在法国充实的一年很快就结束，回国的高中三年，异常紧张、忙碌，王典典一直在准备出国。争取到美国常青藤名校的Offer并不是容易的事：学习能力要好，社团活动、研究能力都要出众。

高一那年，她加入了学校的计算机实验室，每天跟两个男生一起研究单片机、电路、编程，项目程序反反复复实验和修改，跟团队成员吵架到差点儿散伙。

最累的时候，甚至三个人一起睡过实验室。

"那段时间真的非常非常辛苦，一边蹲在实验室里做实验，一边准备申请大学的材料，准备各种材料和成绩。""我的激情和好胜心被彻底激发出来，内心深处有一种要去登顶的渴望。我不仅代表自己，也代表着祖国啊。少年强则国强，给自己争光，更是给国家争光！"

后来，三个人都拿到了很好的Offer：布朗大学、宾夕法尼亚大学和北京航空航天大学。

带着三个Offer，他们飞到了美国洛杉矶，和全球最顶尖的"未来科学家"PK，还拿到了英特尔国际科学与工程大赛（INTEL ISEF）二等奖。

在学界，INTEL ISEF被认为是离诺贝尔奖最近的"未来科学家"评选。获奖者可以获得诸多荣誉和机会，可受邀参加当年诺贝尔颁奖典礼，经美国麻省理工学校林肯实验室，以获奖者的名字为小行星命名。申请大学的时候，还可以被哈佛、耶鲁、麻省理工、清华、北大等名校优先录取。

终于，王典典如愿进了布朗大学的国际关系和哲学专业。

只要肯努力，没有什么做不到

美国的自由通才教育，确实充满了新鲜感。

对很多中国留学生而言，应用数学经济学其实是强项。但王典典选了对语言要求很高的文科——国际关系与哲学，还要学德语。功课虽繁重，但社团活动也绝不落下。去国标舞社团学跳舞，在校内的政治报社做编辑，学习与社团活动兼顾，她的日程排得满满当当。

中国学生在海外的一言一行都代表祖国的形象，中国年轻人的风貌，怎么能允许自己不优秀？

到了大三，王典典忽然发现自己将来想走的路是当律师，就忙着去申请法学院的博士。

但申请法律系的博士，不看参加过多少活动，只看平时成绩。

过去的两年，王典典都是根据自己的兴趣随意选课。她有点儿慌了，开始没日没夜地泡图书馆，成绩不好的时候,饭都吃不下。

最终她被三所大学的法学院录取了。

但这一年,她进食出现了一些障碍,什么都吃不下,略进食就开始呕吐。只能靠着热巧克力,一点点撑过去。

一个人哭,一个人死撑,根本没办法跟家里说。心理压力大到要崩溃的时候,她开始到学校的心理咨询室去寻求帮助。她开始反思自己,为了成为所谓更好、更成功的人,是不是太拼了呢?

嫌弃自己身材不好,就去健身房,反反复复流汗;作业写不完,就去图书馆一遍遍修改,熬通宵;找不到好的学习方法,就努力尝试;相信没有自己做不好的事情,只要努力,一切皆有可能。

但是,最后怎么就压力大到要崩溃了呢?

平衡之道:美食是一把开解焦虑的钥匙

2015年,王典典大三这年,带着帮助自己、开解自己的初衷,她开通了自己的美食博客,开始分享一些吃吃喝喝的事情。

她发现,吃好吃的可以让自己暂时忘记焦虑和烦恼,非常释压。进取和生活之间平衡,才是健康的人生。

大学毕业后,王典典没选择读法律系的博士,而是回到祖国,到上海的一家金融机构做投资。但美食博主的副业她依然没放下,美食是忘记烦恼、宽慰自己的一把钥匙。

"常青藤名校人才济济,千万要对自己宽容一些。有个男生,跟我一样也是英特尔大赛第二名,他大二的时候破解了初代iPhone系统,是全世界破解苹果系统的第一人,也是第一个破解索尼PS3的人,被Facebook(脸谱网)公司挖去了。

"有很多天才学生,这些人的天分,是我怎么努力都追不上的。这个时候就要放平心态,把自己做好,千万不要跟人攀比,那样就会特别痛苦。

"读大学的时候,有时候工作到凌晨3点,就给自己做碗手擀面,吃完继续干活,给自己补充能量。

"过圣诞节的时候,下大雪,学校停课了,我们几个同学聚在一起开Party(派对),我还煲了锅鸡汤,有个男同学,天都黑了,走了20分钟,过来喝碗汤,才回去一起吃饭,真的是个交朋友特别好的机会。

"去各种不同的地方吃东西,真的给我带来了安慰和放松。工作特别累的时候,去一家常去的店。根本不用说什么,老板就能把你平时习惯吃的东西端给你,真的像在家里一样。对于在异乡打拼的年轻人来说,这个真的很重要。"

在王典典的美食探索里,也能照见我们自己的困境和焦虑。

在这个激荡人心的年代,励志、成功、成为更好的自己,是最流行的说辞。

根据Wind资讯数据显示,截至2017年6月23日,A股共有上市公司3271家。在A股上市公司的董事长名单中,最年轻的一位是大禹节水的董事长王浩宇,1991年出生,只有26岁。

但这一切,离多数人的生活,却很遥远。

我们总是被工作压得喘不过气来,追求理想也挺累。看着别人的成功,想到自己,只会更焦虑。但这会是我们停下脚步的借口吗?自然也不是。

努力、奋斗,在丛林法则的现实世界里打拼,是每个年轻人都不可避免要面对的现实。但为了让自己走得更远,坚持得更长久,前进路上,我们仍然需要学着安慰自己,释放压力和焦虑。

这也是日剧《深夜食堂》想告诉我们的事,进取、努力和出人头地,并非人生的全部真相,凡胎肉体,人人都要安慰。

美食是我们爱自己、照顾自己的方式。MM

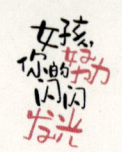

世上只要有一颗种子

文◎吕 游

一天,我正在林中小憩,突然听到"噼啪"一阵声响。朋友说,这是种子爆裂的声音。我手捧着一颗种子,仿佛听到了它的心声……

1. 一棵普通小草所结出的种子往往在1万粒至10万粒之间,一株美洲豚草5小时内就能结出80亿粒草花粉。怪不得小草的生命力那么旺盛。

小草本身是极其弱小的,它强大生命力的谜底原来在那几万几亿粒种子之中。

2. 沙漠里有一种树叫梭梭树,据说其树干连斧头也难砍断,是植物中的钢铁。遗憾的是,这种树的种子只能活几个小时,是世界上生命最短的种子;然而,只要给它一点点水,它就能在2至3个小时内生根发芽,它又是世界上萌发力最强的种子。

用最短的生命书写最强的人生——这就是种子的选择!

3. 每株巨杉在秋季平均要落下100万粒种子,然而,历经种种磨难最后长成大树的仅有极少几粒,长成世界级百米高巨树的最多仅有一粒……

百万分之一?我忽然明白了,为什么只有巨杉才能成为树中之王。

4. 种子最小最小,5万粒山杨的种子才4克重,200万粒斑叶兰的种子才1克重。一颗红杉的种子仅0.005克重,而高140多米近50层楼高、寿命长达5000年的世界植物巨人——红杉树,却是它生出的儿子。

5. 千千万万的种子总是被埋在地下,从不愿抛头露面,所以它的身影才覆盖了整个地球。不管是谁,你若想实现你的高高的梦想,先得去做一颗小小的种子!

6. 刚上小学时,我曾用一块石头压着土里的一颗种子,想看看它是否还能拱出来,可后来忘了去看。毕业时,我忽然想起了此事,连忙跑到那里,只见我留有记号的地方已经长出一棵大树,而那块石头早已被顶在了一边……

你可以压死一块地,但就怕这地下还有一颗顽强的种子。

7. 有的种子靠自己弹射的力量可射出数米之远。一颗松子落下时,顶风能飞80米,顺风能飞200余米。美国佛罗里达半岛过去没有一棵椰子树,1878年一船舶失事,船上大批椰子被海浪带到海滩,从此这里椰子树丛生……

呵,我明白了,一粒种子是怎样变成一片森林的。除了种子,谁还有能力把这篇绿的大散文写满整个地球呢?

8. 冬天,地面上的一切绿色几乎全都消失了,可你看不到的是,地下的绿色却没有消失——那是千万颗种子正在悄悄萌发,伺机剪开冰封的大地……

春天的序曲,其实在大地还是冰天雪地之时,就已先唱响在种子心中了。

9. 1905年,荷兰人强占了摩鹿加群岛,为垄断岛上盛产的制造名贵香料的原料——豆蔻,下令严禁外传,否则处死。可不久,其他岛上竟也长出了豆蔻,荷兰人大为恼火,以为是当地人偷运出去的,对他们严刑拷打甚至屠杀……后来才发现,传播种子的原来是岛上的鸟,还有风和海水。

你可以囚禁世界上的任何东西、任何人,可你永远也囚禁不住的是思想,还有种子!

10. 其实,我们每个人的心也是一颗种子——一颗红色的种子。不同的是,有的长出了假恶丑,有的长出了真善美。其实,在浩瀚无垠的宇宙中,地球也是一颗种子——一颗蓝色的种子。这颗种子历经46亿年萌发,最终长出了伟大的人类……

有科学家说,假如地球遭到毁灭,一切生命都灭绝了,但只要有一颗种子保存下来,地球上所有的生命都将会重新开始。

第二章 | 请看我漂亮的坚持

永远不要说你已经尽力了

文◎庄　原
图◎虚镜游灵

> **庄　原**
> 这篇文章是2013年清华大学在校生庄原回到中学母校时做的一份报告，从学习和生活方面给予高中生一些实用的指导。

各位同学好：

今天，我非常荣幸地站在这里给大家做一次关于高中学习方面的报告，下面我将结合自己在高中三年和大学三年的所见所感所想，通过一些事例向大家说明我们将会在高中遇到的一些问题及处理办法。我希望大家从我的报告中吸取经验教训，少走弯路，并且为自己树立目标，坚定信心，最终走进理想的大学。

如何确定目标，树立理想

我们中学每年考上重点大学的人数六七百，所以一年后你们都有可能进入一流的重点大学或者一流的名牌大学。我在高一的时候有这样一种困惑：我的目标是考上好大学，但是我要考好大学是为了什么？我们为什么一定要走求学这条路？江泽民的答案是："为了中华民族的伟大复兴。"好多家长的答案是："为了光宗耀祖。"好多老师的答案是："为了你们将来的前途。"

经过三年清华的磨炼，我现在的答案是："求学这条路是我们通向成功的捷径。"

我查阅了一下福布斯《财富》杂志，中国大陆35岁以下的白手起家的亿万富豪100%都是靠科

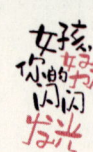

学技术起家的。说到这里文科生可能有点儿不高兴了,都是靠理工科的科技,我们文科生怎么办啊?别急,我这里还有一个例子:这位同学是清华经管学院朱镕基教授的博士生———一名文科生,现在是中国招商银行的副行长,今年只有29岁。他因为在一个月时间内解决了河北一个城市建行的十几年的呆账坏账,被朱镕基院长破格提拔。他获得重用所依靠的就是自己出色的专业知识和专业技能。

这样的例子多的是,他们走了求学这条捷径,他们用几年的时间达到了其他人可能要用几十年才能达到的高度。因为一流大学会给你全面的专业知识,会教会你快速学习新知识的方法,会给你一个广阔观察世界的视角。这就是我所说的"求学这条路是我们通向成功的捷径"。你在学习上面耗费再多的精力也不过分。

我们现在应该明白自己今天的努力是为了什么了,我们也应该坚定信念来争取考上一流的大学了。现在的问题是我们要考什么样的大学?

现在好多同学可能心里没有什么概念,你们的成绩的确也可以考上不错的大学,但是不同大学之间的差距我们必须心里有数。名牌大学的学风、师资力量、科研经费是一般的重点大学没有办法相比的。所以我希望大家都把自己的目标定得高一点儿。

我的观点是,同学们至少要把目标定位在复旦或者上海交大一级的水平上。不要怀疑自己的能力,举我自己的例子,我在高一入学的时候曾经排在年级140多名,后来有一次还到过200名。但是我从来都认为我将来一定会走进清华,并且向这个目标不懈地努力。我现在的大学同学好多都有我这样的经历。信念是一种非常奇妙的东西,当你从骨子里认定你是清华的水平,在自己的行动上就会处处表现出准清华的素质。

现在我想大家对自己的未来都应该心里有数了,那么我们现在应该做些什么呢?

这里我总结出我在高中时代遇到的几个很烦的问题,当时怎么也想不清楚,现在我想明白了。在这里和大家分享,希望同学们少走一些弯路。

(一)偏科问题

我在高中时最不喜欢政治、历史和地理,因为这几科高考不考,并且可能我一辈子也用不上。可能也有同学讨厌物理、化学和数学吧?还有的同学只喜欢某一科,不去好好学其他主科。但是教育部为什么要让我们学这些我们一辈子都可能用不到的东西呢?

我们现在学习的知识可能以后永远都用不到,但是你在学习各种不同的科目时总结的各种各样的学习方法、思维视角等都会伴随你一生。在你遇到新问题的时候,你可以利用以前的经验很快总结出解决新问题的方法。所以,我现在在负责任地告诉大家:千万不要偏科,任何科目对你都是至关重要的。

(二)永远不要说你已经尽力了

有的同学觉得自己已经很努力了,可是就是没有办法把成绩再提高一点儿。他安慰自己"我已经尽力了"。我记得电影《勇闯夺命岛》有这样一句台词:"永远不要说你已经尽力了,失败者总是抱怨自己已经尽力了,只有胜利者才能赢得选美皇后的芳心!"我个人觉得,当你还有力气说出"我已经尽力了"的时候,你根本就没有尽到力。我觉得人的潜力是无限的。举一个我自己的例子,大家看看人的潜力有多大。

我在高中时体育特别差,跑1000米都很要命,从来都是不及格。到了清华之后,第一节体育课,老师告诉我们体育好是清华的传统,我们每年要测3000米长跑,跑不过不许毕业。怎么办?我的同学大部分和我一样体育很差。于是每天晚上十点半,我们的自习教室关门,清华的操场上人就多起来了。跑半个小时再回寝室继续学习。练了一个学期,我瘦了40斤,最后考试的时候我仅用了12分56秒就跑下了3000米。想起我高中时向体育老师抱怨:"我已经尽力了,1000米就是不及格。"我现在觉得很搞笑。

清华的校训中这个"自强不息"我觉得给我的影响非常大。当你觉得自己已经尽力的时候，往往再坚持一下就会突破自己的极限，唤醒自己的潜力。思维科学研究表明，人的大脑可以把全世界图书馆藏书的信息都装进去，然而，人类思维至今才仅仅开发出百分之七到八。所以在这里我希望同学们一定要努力再努力，永远不要说自己已经尽力了。什么叫成功？人们死活不相信你能做到的事情，你做到了，这就叫成功。

（三）怎么学好高中的课程

接着上一个问题，永远不要说自己已经尽力了，那么我们应该怎么努力呢？我在高中时听过不少关于学习方法的报告，也很多次给别人介绍自己的学习方法。但是直到大二我才真正明白怎样才能把知识学好。

我们班有一个山东的省高考状元，得了713分（750满分）。我问他："你到底是怎么学得这么'牛'的？"他说："我在高中的时候只要市场上能买到的习题集我都做过。"

如果大家觉得省状元离我们太远的话，我再举一个河南省高考第76名的同学的例子，看看他是怎样做题的。他的智商不会比在座各位高的，他在清华电子系学习非常吃力。他说他高考六门主科的题典至少做了五遍。

所以，题海战术绝对是学好高中课程的好方法。我自己也有体会，比如我高三时英语的短文改错总做不好，于是一个周末，我连续做了50篇改错，之后的英语考试短文改错几乎没有错过。大家可能觉得大学生就很少做题了，我不知道其他大学的情况，但我可以毫不夸张地说，我在清华每年做的题肯定比我高三的时候做得多。

现在同学们一定会说，想题海战很容易啊，但是哪有时间啊？这就引出了我下面的问题。

（四）怎样挤时间

首先，我个人觉得在座各位的走路速度太慢，我看到的是大家有说有笑地跛着步子慢慢走。大家如果到了清华可以看到，所有的学生骑车都是飞车，走路几乎都是小跑。我们没有必要把时间浪费在这些没有意义的事情上。你很快从校门走进教室就可以比别人多看一会儿书，多做一道题。时间久了，日积月累，你就会在时间上占有绝对的优势。

其次，我们的课间十分钟也非常宝贵，这一点我到了高三下学期才意识到，充分利用课间十分钟，我们一天可以挤出将近两个小时，可以比别人多做一套题。

最后就是我们最好别看电视了。我在高中的时候每天必须看电视，当时主要是因为要面子，看了体育比赛、晚间新闻去和别人侃，看了电视剧和别人吹。整天装出一副不太用功但成绩不错的样子，归根结底还是希望别人说自己聪明。我现在的观点是，被人说"他聪明但就是不学习"的人是最蠢的。

同学们不要把清华的学生想得太牛了，清华学生中智商超群的人至多占学生总数的四分之一。其他学生的智商不会比在座的各位高到哪里去。他们比你们多的东西我觉得只是对待自己未来的态度。清华学生身上有一种非常令人敬畏的精神力量。他们可以为了自己的目标放弃任何诱惑。就算在大年三十，清华的自习教室也会人满为患。用一位美国教授的话说："Students of Tsinghua, no Saturday, no Sunday, no holiday（清华的学生，没有周六、周日，没有假期）！"就是这种精神铸造了清华的神话。不这样就很难考上清华。

有的同学可能会说："你说得很对，但是我们很难让自己坚持下去，最多三分钟热血，之后就不想再努力了，好的，我们下面就讨论怎样让自己的血一直热下去。"

（五）给自己找压力

说实话，清华的学生有的也不是那么喜欢学习，比如我就有点儿厌学。但是清华的要求极为严格，四年之间只要一科不及格就取消推研资格，三科不及格就退学了。所以清华有的系的淘汰率是30%。太可怕了，所以我们都要疯狂地学习。

比我们还恶心的还有美国的MIT麻省理工学院，我大一的辅导员现在在MIT读书。他给我发的E-mail（电子邮件）说他上学的第一节课，教授向他们宣布考核要求："上我的课，最后的成绩是一个A，两个B，一半C，一半D。"就是说有一半的人将会不及格。MIT的淘汰率比清华还高，这也是MIT的学生只要是拿到毕业证就会被各大跨国公司高薪聘请的原因。

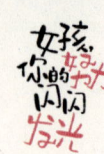

有一个例子，我们大一的英语课，要求我们一周背下500个单词。我觉得这是不可能的，但是第一次考试我只得了43分，没有办法。以后每天早上我5点起床，背单词到7点再去上课，最后还是能背下来的。所以在巨大的压力之下，我们的确可以发挥出巨大的潜力。

在这里，我给各位一个建议，就是尽可能地给自己找一些压力，比如说规定自己一个星期之内必须做500道题，考试不得140分以上就算自己不及格，等等。大家不要觉得这些很过分。如果各位真的发誓要考上一流的大学，我觉得这是我们必须做的。

（六）如何面对情感问题

在高中阶段我们还必须面对的就是情感问题。相信咱们的班主任和校长也不止一次和大家提过这件事，三令五申不许谈恋爱。我个人觉得，我们在高中阶段的这种感情是非常美好的，我高中时候就非常喜欢和漂亮的女生坐同桌，也喜欢打篮球的时候听全班女生的尖叫。在体育课打篮球的时候如果边上有女生观战，我肯定会拼命做出几个漂亮的动作。

如果老师把那些我比较喜欢的女生调到我的座位附近，我肯定会非常注意个人形象，说话也不会那么粗鲁。那种感觉还是很甜蜜的。主要是学习压力不容分心，还有我觉得高中时谈恋爱太麻烦了，给大家说说我高中时候那些谈恋爱的同学的处境吧——首先你得偷偷摸摸的，不能被老师和家长知道的。但是一定会被发现的。接着是一次又一次地被找去谈话。最后只顾着烦了，什么甜蜜的感觉都没有了。考上大学之后天南地北就都分手了。我自己还没听说有成功的案例。

就算是上了大学，清华的情侣们到了大四也是基本都分手了，所以我们好多大学的同学觉得与其费心劳神地找个女朋友，还不如安心地好好学习，于是清华就有了"本科僧""研究僧"的说法，这正是这些过着苦行僧生活的学生使得清华的学风在世界上都有口皆碑。我们这个年龄多学一点儿安身立命的本事，比寻求那些短暂的甜蜜要有意义得多。我给大家的建议是，我们不妨做三年"高中僧"，千万不要到了最后发现自己浪费了太多的时间和精力而自责和苦恼。

（七）不要抱怨老师不好

当我们某一科的成绩不理想的时候，不要抱怨我们的老师。我可以毫不夸张地说，咱们的老师都是非常不错的，至少都是非常负责、敬业的。我和大家说说我在清华的经历大家就明白了。

清华的老师做研究都是"大牛"，但是几乎没有老师好好给本科生上课。有一次上微机原理课，老师说，今天回去用PROTEL（一种电子设计自动化软件）把课上的电路模拟一下。同学们都说，我们是这辈子第一次听说这个软件。老师说："这是电子工程人员必备的软件。"转身就走了。没办法，我们回去在图书馆熬了三天终于把这个软件学会了。还有一次数学课，老师让我们回去用MATLAB（一种数字软件）画一个三维的图形。同学们都说没学过——这好像是数学系的一门必修课。老师只说了一句："没学过？回去学呀！"我们又是在图书馆耗了好几天，基本弄明白了。我们现在用的好多计算机工具，老师们都默认为你们已经完全掌握了，没人教你怎么办，你不会倒是不正常的了。所以，我们同学当你觉得有哪一科学得不太好的，一定不要埋怨客观条件，自己的努力才是成功的基石。当你总是抱怨客观条件的时候，成功也离你越来越远了。

（八）好的身体是一切的本钱

同学们如果真的要为自己的理想拼命的话，我告诉大家，我们必须好好锻炼身体。清华的口号是"为祖国健康工作五十年"。所以清华的体育课之所以要求那么高，那么严格，就是逼着大家好好锻炼身体。我们千万不要忽视锻炼这一点。我的建议是，我们每天的课间操大家一定要用力做，体育课也要努力运动——我推荐大家多练习长跑，最好每天跑个1000米。相信吧，等你们到了一流大学需要熬夜做研究的时候，你们将会发现自己高中打下的身体健康根基是多么重要。

（九）一些学习的小技巧

前面我已经说过了，我们学习的最终技巧就是多做题。现在我再给大家讲一些学习方面的小经验。都是我从大学的同学那里获得的，都很容易，但很难持之以恒。

首先就是语文的题目，字的发音和错别字、成语运用和文言文分析等。我的技巧就是我们找一本新华字典、一本成语词典、一本古文鉴赏词典，每天看5页——不会超过半个小时。如果大家坚持下去，相信高考之前可以把这些词典看几遍，对于高考语文的相关题目非常有好处。

然后就是英语，大家可以利用某个假期把大学四级单词都背下来。一个假期不够可以多用几个假期。

相信自己的能力，现在清华也有好多学生两个月准备GRE（美国研究生入学考试）就考了满分，两个月两万个单词也背下来了。巨大的单词量对于我们高考英语也有极大的好处，大家不要怀疑自己的能力。

最后我送给大家几句话和大家共勉。

第一句，是朱镕基教授在给清华的学生讲话时对大家的要求："为人为学，追求完美。"你们的成绩没有任何大的问题，但是我们的目标是名牌大学，这就要求你们不能在细节上出问题，不该丢的分数绝对不要丢。追求完美就是要求我们即使得了99分也要认真研究自己存在的问题。因为高考的一分之差就可能断送你的梦想。

第二句，就是清华的校训："自强不息，厚德载物。"我希望在座的同学不要在任何困难面前退缩。即使一时失意，也绝对不能磨灭自己赢得的激情。同时我们也要把自己的心态摆正，一定要尊敬自己的老师和竞争对手。

无论过去你们的成绩如何，你们还有时间，足够了！拼命吧，同学们！命运掌握在你们自己的手中，抓紧时间从现在开始，从离开这个教室之后跑步回去开始。

且美且独立

文◎李 辉

我们总是担心这世界美得还不够，于是我们喜欢锦上添花，比如"春江花月夜"。

春江花月夜，断句，自然是"春江、花月夜"——这江，当然是春天的江了；这夜，当然是花香月明之夜了。春天的江多澎湃多深情啊，花香月明的夜多浪漫多合时宜啊。

我却倾向和欣赏另一种解读。

台湾美学大师、作家蒋勋先生，在他的《说唐诗》一书中认为，"春江花月夜"应该断为"春、江、花、月、夜"。"这是五个独立的名词，它们应该是并列关系，不是主从的修饰关系。"他说，"我不喜欢用春天形容江水，也不喜欢用花朵月亮形容夜晚，因为它们各自独立，并且有各自独立的美。"

是的，世间万物，独立且各有其美，不必借助修饰和形容，更不必依附于其他。只是，俗世里的我们，总觉得自己不完美，或者不如别人美，所以停不下一颗追逐甚至贪婪的心。我们树立榜样，希望有朝一日，那些修饰别人美好的词句也能用来修饰自己；我们更渴望实际的拥有，总想把那些金光闪闪的代表成功和高贵的标志，移植装饰于自身，让自我的形象更加明亮、璀璨。

追逐美好固然美好，唯愿在追逐中不失自己、不忘本真。我想，当有一天，你也成为人群中受人瞩目的风景，能于千万人中辨识出你一身的，是你微笑和成熟的面孔；能于千万个灵魂中独立出你一人的，是你根植于内心深处的平和且高贵的性格、修养、思想。

就像，如果你是一条江，你的不舍昼夜奔流赴海，与春无关；如果你沉醉于夜，那份安详和静谧，与花月无关。

你，且美且独立。

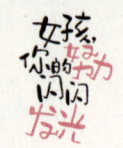

> **杨童婳**
> 2015届福州华伦中学毕业生，在初三一年从全市300多名到中考时全市70多名，进步神速。这篇文章是她在初三毕业时回校分享经验的演讲稿。

完美逆袭计划

文◎杨童婳
图◎小 枫

老师，同学们：

下午好！

我是杨童婳。我很高兴能坐在这里，分享我的学习经验。说实话，我现在有点儿小紧张，总感觉这不太像我的"画风"。从小到大，我就没想过我居然也能分享学习经验，所以如果我语无伦次磕磕巴巴，请不要笑场。

一年前的今天，我和你们一样，热血又有些迷茫地坐在台下，听着学姐说一晃两三年，时光匆匆又是夏天，感觉那个一年后的夏天离我们是那么遥远；听学长说起他从入学年段两三百名一路努力到班级第一毕业，觉得那是老师找来的托，因为他的成绩增长幅度是那样励志得不真实。然而一年后的夏天，真的一晃就来了，我在这一年里，做到了当年那个学长做到的事，坐在他当年的位置上，直到现在我还觉得真是不可思议。

为自己的中考定目标

"一晃"这个词在一切尘埃落定后说着多轻松。然而初三，只有身临其境，方知它的艰辛。一切都还要从军训说起。就是在那个时候，我们得知了"鹰之队"各种令人兴奋的录取比例，听完学长学姐的经验介绍后，同学们都热血沸腾、跃跃欲试。在班级分享会上，我第一次当着全班同学的面说出了我要去一中（这个愿望之前并没有自信说出来）。那是真正发自内心的渴望，下定了为之流汗流泪拼搏的决心，而不是跟风走走过场喊喊口号的苍白誓言。一句坚定的"我要去一中"打开了我的初三。

学会自律，改掉浪费你时间最多的事情

回到学校后，接踵而至的是同学们各种铺天盖地的决心书，满目的"全年禁网""卸游戏""断QQ""不看电视"等，全是同学们的豪情壮志，我记得我当时谨慎地写着卸"哔哩哔哩网站"和"戒刷空间"，为什么我写这两项呢？因为这两项是浪费我时间最多的。为防后悔，我发了一条告别说说。

其实大家都知道，这种壮士断腕般的豪情，多半随之而来的是后悔莫及，甚至有人在下决心的当场也只是跟风应个景而已。不到一个月我就发现，有人不动声色地重新刷起了空间。我的内心几乎是崩溃的，然而偷偷删掉告别说说，若无其事地打破自己的约定这种事我真的做不到。

我觉得自律，应该是一种你真正明确自己想要的是什么以后才能拥有的能力。约束自己，不是一件别人逼你做的事，更不是做给别人看的事。所以，只有真正发自内心的决心才能成为你最大的动力。

再有，就是同学们之间的约定。军训结束后，

我们班就有了一中联盟，同学们之间的约定也会成为一种动力。

努力不丢人

说实话，初一初二时我并不明白这一点，当同学们传说，某某学霸又刷了多少压轴题，某某学霸又推荐了一本命中率很高的教辅，看着他们一下课一窝蜂地拥去办公室问问题，我的内心总是不屑的："有必要吗？"

那时的我总觉得自己可以凭着小聪明，边玩边学混个还过得去的成绩，失利了就归结于粗心，把最好的成绩当作自己的实际水平。那时的我，认为只要认真听课，完成老师的作业就可以了。我抗拒教辅，不刷题不补习，大把大把的时间都花在画画、玩航模、刻橡皮章、玩动漫角色扮演和追番上，当然成绩也不是那么稳定。考题适合我，就进"飞龙榜"，运气背的时候就只能望榜兴叹。天真的我始终抗拒努力，总觉得太努力了就像电池会耗尽一样，曾以为，我可以保持这个节奏玩到初中毕业……

然而，想来我还是太年轻了！初三从开门考开始，玩了一暑假的我就惊呆了，所有的知识点都似曾相识又模糊一片！排名一下子滑到了两百名开外！当时我还没太当回事，只是归结于没找着状态。开学后我也没有足够重视，按着从前的节奏度过了初三第一个月，借着月考前的温书假期，我还去了漫展，结果是心情轻松地去月考，心情沉重地爬出来，数学有一道十二分的应用题我整道题空着，是初一初二的内容，但我真的一点儿也想不起来了。成绩出来，不出所料，我所有的小伙伴都比我考得好，我都不敢问老师我的排名是多少。

那个风雨交加的夜晚，我把自己关在房间里。拿了几个纸箱，把我以前视若珍宝的所有画具、刀具、手办、周边海报全放进去，封存。让它们消失在我看得见的地方，其实我真正地下定决心学习，是从这时开始的。

然后我开始寻找改变的方向，第一次尝试着开始系统地记笔记（做得最好的是化学笔记，现在已经被老师收走了，他说要给你们看，其实那是我所有学科中第一次那么像样的笔记），还有真正开始用错题本（之前都是应付老师的作业，随便抄几题，现在是真正把自己认为有价值的错题归纳在里

面），我还买来教辅每晚刷题……

我感觉，这就是努力了吧。

你以为你会了，其实你不会

半期考前，我又看了一遍错题本，感觉不会的都弄明白了，随便拿一份考卷来做，几乎全对，隐隐有一丝"哦，感觉自己好厉害"的小自豪，结果你们猜怎么样？

结果我又考烟了，原因还是那道应用题，看到它的刹那我都快哭了，我考前明明看过，可我在考场上又一次蒙了，怎么都想不起来了啊……成绩出来倒是不意外地稳定，稳在了两百名……

这次惨痛的教训教会我，你以为你会了，其实你不会，临场时你想着你不会，你就会越想越不会……考前错题本不是用来看的，是用来做的。一定要把答案挡住，自己再做一遍，那样会了才是真会了，碰到不会的认真看完答案后再去找相似题来做，当然以我的能力来说，也不是每一题都能找到相似的题，尽力就好。

现在跌倒好过临近中考了再跌倒

好，让我们回到那个惨痛的故事，那几次接连打击后，我彻底陷入了迷茫，跌入了谷底却不知道该做什么。一检近在咫尺，而我初三以来没有一次大考成绩令人满意。

班主任看在眼里，一天她找到我，对我说，她从来没有怀疑过我能不能去一中，相信我也没怀疑过，现在跌倒好过临近中考了再跌倒，不要因为暂时没有结果就停止努力。其他的话我记不太清了，就是这几句，让当时的我内心一下子平静下来。接下来，依然像半期考前一样保持着刚养成的良好习惯，心无旁骛地用功，两次失误让我更注意跟着老师的复习节奏查缺补漏……

我们的对手没有乌龟，全是警觉的兔

然后迎来的是月考和一检，以前从未把考试太当回事的我空前地紧张起来，这两次考试对我太关键了，反复地做错题本，神经质地检查知识点，直到上考场……大概是一学期来的挣扎终于感动了上苍，或是笔记错题本起了作用。总之，两次我都考回了正常水平。

一检是第一次全市网改，同学们都是铆足了劲

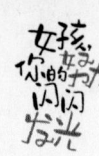

的。我开局不错，年段排名八十，全市排名三百。并没有想象中的喜极而泣、欣喜若狂，我好像没有了初一初二时那颗浮躁的心，我变得更加珍惜这来之不易的成绩。我再不敢得意，再不敢放松，因为一放松就会被甩掉，初三的竞争就是这么激烈。我们的对手没有乌龟，全是警觉的兔子。所以初三，就是一刻不停地向前奔跑的一年。

一检后的寒假我第一次上了培训学校，跟着老师的节奏刷各种难题。第二学期离中考只有一百天，开学后我加入晚自习的大军，身边开始备着风油精提神，在冲刺阶段继续给自己加压。排除一切干扰，闭上眼睛向前跑，一切喧嚣都与自己无关。

四月里的一天，晚自习结束后的我像往常一样和同学们一起跑圈，夜灯下，我们一大群初三的学生步伐一致地向前奔跑，寂静的校园只有我们的呼吸声和跑步声，周围不时传来围观的家长的加油声。我突然发现，自己在不知不觉中，竟成为自己曾"不屑"的努力的人。但那有什么关系，我成为比过去更好的人。

一周后的体育中考，曾担心800米不及格的我拿到了A；半个月后的二检，令我惊喜的是，我的成绩竟然接着大幅度进步，进入了全市排名前一百五十名。其实，当你用尽全力以后，你会发现对手没那么不可撼动；六月中考，我的全市排名再次大幅度进步，我终于告别了起起落落、兵荒马乱的初三，以班级排名第一、全市排名第七十名的成绩毕业。

我的学习经验

首先，进入初三，学习要有计划。要会列月计划和周计划，甚至更详细。我是很喜欢列计划的，然后把计划贴在书桌前，每完成一项画掉一项。所以初三一年，我攒了一墙的计划表。

月计划就是把你对自己下个月月考想达到的目标，详细地写出来，分科目写出目标排名或分数或超过你的某某目标同学。下了目标就要坚决实现它，要不自己会很沮丧，慢慢地失去信心。周计划就是你这一周想要完成的额外学习任务，别要求太多，因为课内作业已经很多了。大概像是整理某一类型的错题，把某一道例题搞懂之类的计划。温书假计划我就不多说了，大家应该都做过，注意合理安排，文理交错。

列完计划以后，效率就很重要了，整个初三，我的学习效率以晚自习为分水岭。第一学期我基本在11点前完成作业，偶尔还会做不完。第二学期，我在晚自习结束前就把所有作业都做完了，回去还可以有一个多小时的自主学习时间。

这就说明，你每天在抱怨作业要做到很晚的时候，其实应该反思一下你的效率。那么怎么提高效率呢？要给自己营造一个能沉下心来的学习环境。手机、iPad（苹果平板电脑）等最好都拜托父母帮你收起来，放在自己手边有时难免会忍不住去看一下，漫画书、小说这类根本就应该扫出你的房间，目光所及之处只能有学习用品和计划表！

对了，计划表上可以写一些粗暴的标语，比如"给我低头写作业！"比如"拿下拿下拿下！"当然，自我控制也很重要，你若心静不下来，指甲拖鞋都能玩半天。周末还可以去图书馆学习，前提是一个人去。不要带小伙伴！不要带小伙伴！不要带小伙伴！最可怕的是有的人去图书馆带小伙伴、耳机还有零食。一边写作业一边听歌效率真的会低很多。

然后最重要的来了——初三一定要学会用笔记本！一科一本整理知识漏洞典型例题错题，用标签贴隔开，每天记录一点点，考前你就有了属于你自己的宝典。

考前看这个比刷题有用得多。然后可以把身边学霸的笔记借来翻翻，但别全部照搬，找对自己有帮助的部分搬。不懂的地方一定要问到懂以后再抄。记住，笔记不是越多越好，只要最适合自己的，可以精练，但要条理分明。做宝典的目的主要是针对自己的知识盲区和薄弱部分。

一定要养成一个习惯，就是定期归纳整理扫盲，我们中学的老师有个很强悍的自带功能，那就是他们会每天或隔天小测，让你的知识盲区无处遁形。

我并不是小测会常考满分的人，相反，我还经常被老师要求面批，但我也有个自带功能就是，面批我一定满分过关，而且小测中所错的知识点我近期内绝不会再错。所以我的知识点盲区其实是靠着老师的重测来强制复习整理的，当然这很不好，会增加老师的工作负担。

总之，感谢老师们不厌其烦的小测，我中考时语文英语的语言基础都得了满分。

我的学习方法其实很传统，听起来像是老生常谈，但其实它们都是最切实有用的：学习没有捷径，唯有静下心来坚持。

话说回来，你们有没有人想知道我月考半期考都碰到的那道题是哪一题？就是那种利润问题：就是某商品进价为每件40元，售价为每件60元。每个月可卖300件。若每件商品每降价2元，则每个月多卖15件。问最大利润是多少的那种题。

初三，有人会每天晚上熬夜做题至意识模糊，有人每天会在寒风凛冽中早起加练长跑，有人会在食堂排队时抓着笔记本再塞入一些知识点，有人会在晚自习时悄悄擦干脆弱的泪水、自掐手臂保持清醒，开始新一轮战斗……

但是他们不说，他们为着自己的梦想安静地努力着，其中的艰辛不易，迷茫困惑，只有追梦者自己了解，而当最终结果出来的一刻，那种内心的饱足，那种油然而生的欣慰感动，也只有自己会知道。来之不易才令人珍惜。一切都会是值得的。MM

信念的力量

文◎流　年

1954年之前，在4分钟之内跑完1英里被认为是不可能的。医生、生物学家进行实验，结论是人类不可能在4分钟之内跑完1英里，运动员们也验证了科学家和医生的观点，证明了他们实验的正确，1英里跑了4分零3秒，4分零2秒，但是从没有人能在4分钟跑完。从开始对1英里跑步计时以来，科学家、医生、世界顶尖运动员都已经证明了这个结论。

直到罗格·班尼斯特的出现。罗格·班尼斯特说："4分钟跑完1英里完全是有可能的，根本不存在什么人类极限，我可以做给你们看。"说这话的时候，他是牛津大学的医学博士，他也很擅长长跑，是顶尖运动员，但是离4分钟跑完1英里还是有距离的，他的最好成绩是4分12秒，所以自然没有人把他的话当真。

但是罗格·班尼斯特坚持刻苦训练，而且有了进步，他突破了4分10秒、4分5秒，然后是4分2秒，接下来就没有再突破，像其他人一样，无法再短于4分2秒了。

但他还是说，根本不存在什么人类极限，我们能在4分钟内跑完1英里。他坚持自己的观点，坚持训练，但是一直没有成功。

直到1954年5月6日，在他的母校牛津大学，罗格·班尼斯特用了3分59秒跑完了1英里。一下子就轰动了，他登上了全世界新闻的头条，"科学遭到挑战""医生遭到挑战""将不可能变为可能"。他跑完的1英里，成为梦想1英里。

6个星期之后，澳大利亚运动员约翰·兰迪跑完1英里用了3分57.9秒，接下来的第二年，1955年，有37名运动员都在4分钟之内跑完了1英里，1956年，又有300名运动员突破了4分钟。

这是怎么回事？是因为运动员们更努力训练了吗？当然不是。是因为有了什么新的技术、高科技的跑鞋？都不是。

是信念，信念的力量多么强大啊。不是因为跑到某一个临界点，运动员们就说，糟糕，超过极限了，稍微放慢点儿吧。而是他们的潜意识限制了他们的能力，阻止他们去突破那个极限。那不是医生设定的人体物理障碍，不是科学家和生物学家宣称的身体极限，这是一种精神障碍。罗格·班尼斯特做到的只是打破了这个障碍心理和精神上的障碍。MM

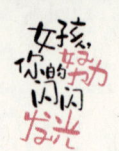

为了上进，还是为了较劲

文◎小灯泡儿
图◎来 去

"她从小比我优秀，而我是无用的loser（失败者）。"小周提及闺密，言语里尽是羡慕嫉妒。为了赶上闺密的步伐，她一路狂追——做自己不感兴趣的事情，去不甚向往的地方，谈不咸不淡的恋爱，赔上太多焦虑和闷闷不乐的时光。

明明是个大眼睛姑娘，她却忍不住去文美瞳线；二十多岁"高龄"戴牙套，疼得龇牙咧嘴。本以为，变美之后，能在颜值上扳回一局。谁知年岁渐长，闺密越发像开了挂，奖学金拿到手软，专业综合双料第一。

"凭什么生活对我那么苛刻，对她却那么仁慈？""如果拼尽全力还是不如她，那我还努力干吗？"隔着屏幕，我似乎能看见小周的丧气模样。

"人生赢家"这词儿有毒。本来我想问小周，这种近乎执拗的攀比，是你自己渴望的生活，还是环境或身边人强加的标准？

出身，家境，学历，婚姻，财富……当每一个鲜活的个体被切割成具象的指标，谈恋爱、找工作、交朋友，便成了势强者胜的博弈。于是，很多人开始忙着出名，忙着赶场相亲，忙着复制高大上的标签人生，却不幸偏离本我，迷失在自己的航道。

我都那么努力了，为什么一点儿都不快乐？因为你的"努力"不是为了上进，而是为了较劲。当你的着眼点，落在自己痛、弱、苦等缺陷的一面；当你的价值感，押在和别人的攀比中，这注定是一场诱人却必输的败局。

和朋友去看《重返狼群》，最让我动容的，是故事的男女主角亦风和微漪。收养小狼之前，亦风是摄影师，微漪是画家，算是妥妥的人生赢家，模范情侣。可为了送格林回狼群，他俩变卖家产，背井离乡，一年又一年，如牧民般留守在草原。

电影散场，前排的小情侣叽喳起来："他俩放着好日子不过，去西藏折腾，值得吗？""就是，正常人会把狼当孩子养？"我和朋友听罢，对视一眼，苦笑。

不知何时起，背离主流，成了一件"丢脸事"；放弃出人头地，成了一笔"亏本买卖"。只是，这个世界是那么庞大冗杂，不是所有人都要喝醇酒，要骑骏马，要做高官。

安于平淡，做个普通人很丢脸吗？你有没有想过，每天焦头烂额，有多少事情是你真正想要、喜欢或者应该做的？

你对自己嫌这嫌那，是因为真有必要改变和提升，还是仅仅因为别人比你更好？

更多时候，我们的症结不在于嫉妒、攀比和贪婪，而在于虚伪——既不承认自身的局限，也不忠于真实的本我。

其实每时每刻，你都有能力做你自己。你可以混圈子搞创业玩融资，变美变好，谈轰轰烈烈的恋爱；也可以挣不多不少的工资，拥有一个不坏不好，烦恼和温情一样多的家。

路径那么多，活得不落俗套才有趣味。

做得多，不如做得对

文◎吴淡如　图◎heathery

我一直有个可怕的毛病，有一堆事情等待我处理时特别明显。比如说，我通常在早上写稿，中午弄东西给自己吃，"贪多务得"的习惯在这时候便展现无遗。

我会先把煮水饺的水烧开，然后，看一看阳台上的花木，有几片橘黄的叶子该剪掉了，我立刻戴上手套，寻找园艺用的剪刀。打理花木时我看见昨天晒的衣服还没收，待会儿可能要下雨了，于是我又放下剪刀，把衣服收进衣柜里。这时发现衣柜里的衣服放得有点儿不顺眼，又顺手理了理……

糟糕，水老早煮滚了，我放了水饺，心想，为什么不连餐后咖啡一起煮，省点儿时间呢？于是……然后我又等得不耐烦了，随手翻开书架上昨天买的书，趁着空当读了起来。

有一次，因为发现水饺快被我煮烂了，情急之下，赶快熄火，掀开锅盖时，不幸地被旁边正在加热的摩卡咖啡壶所吐出的蒸汽烫伤。

是的，我贪多务得，企图在最短的时间内做最多的事。我一边用冰敷着我的手臂，一边检讨，我为什么要一口气做这么多事？我真的省了时间吗？我把每一件事都做好了吗？

答案是，没有。而且除了烫伤我的手之外，还不知道损失了多少脑细胞。我为什么要把自己搞得这么紧张，明明只是在做家事？于是我想到了高中以前的数学课。

数学对我来说，一直是"不管我怎么努力，我都考得不太好"的一科。其他科目不太费力就可以在班上名列前茅，但是天知道，数学花了我多少力气，却没有我觉得"应得"的成绩。到了高三，我想，放弃算了。有一次，题目既多又难，每个同学都在唉声叹气。我忽然看到了一线曙光。"慢慢来，能做多少就做多少吧。管他能得几分呢！"我开始选择可能会的那一题做起，十分确定自己做对了之后，再慢条斯理地进攻下一题，然后，再做下一题。真的不会，就放手，用耐心跟时间磨，完全不管时间到了没有。结果，出乎意料地，我竟然考及格了。全校只有七十多个人及格。数学老师跌破眼镜，笑着说："有进步，有进步！"

做得多不如做得对，我这才发现自己原来的毛病出在哪里。对于数学，我不是不能理解，只是反应比较慢，而我一直想把每一题都做完，对时间的恐惧加上对自己能力的否定，使我在惊慌下反而把该会的都在不够谨慎的状况下做错了。从此我谨记这个教训，能做多少就做多少。

我常常得克服自己以"贪多务得"来处理手边一堆事情的毛病，也尽量不要让自己在同一时间内处理那么多事情，至少先把先后顺序和轻重缓急分出来，把重要的事情先做好。

不必担心做不完，该担心的是，如何把第一件事做完再做第二件；就像在读书的时候，如果你在准备历史时，想着明天还有地理考试，还要考《论语》《孟子》的默写，你永远无法把真正该放进脑袋里的东西好好装进去。而且，当脑袋混乱时，你的情绪一定好不了。MM

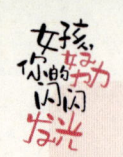

不抱怨，靠自己

文◎刘媛媛

刘媛媛

北京大学法律系研究生，参加安徽卫视《超级演说家》第二季时，在不被导师们看好的情况下，一路过关斩将，在最终的总决赛上，一举荣获总冠军。

在这个演讲开始之前，我先问问现场的大家一个问题："你们当中有谁觉得自己是家境普通，甚至出身贫寒，将来想要出人头地只能靠自己？你们当中又有谁觉得自己是有钱人家的小孩儿，起码在奋斗的时候可以从父母那里得到一点儿助力？"

前些日子，有一个在银行工作了十年的HR（人力资源管理师），他在网络上发了一篇帖子，叫作《寒门再难出贵子》。

意思是说在当下，我们这个社会里面，寒门的小孩儿想要出人头地，想要成功，比我们父辈的那一代更难了。

这个帖子引起了特别广泛的讨论，你们觉得这句话有道理吗？

先拿我自己说，我们家就是出身寒门的，我们家都不算寒门，我们家都没有门，我现在想想我都不知道，当初我爸跟我妈那么普通的农村夫妇，他们是怎么样把三个孩子，我跟我两个哥，从农村供出来上大学，上研究生。

我一直觉得自己特别幸运，我爸跟我妈都没怎么读过书，我妈连小学一年级都没上过，她居然觉得读书很重要，她吃再多的苦，也要让我们三个孩子上大学。

我一直也不会拿自己跟那些，比如家庭富裕的小孩儿去做比较，说我们之间会有什么不同，或者有什么不平等，但是我们必须要承认这个世界是有一些不平等的，他们有很多优越的条件，我们都没有，他们有很多的捷径我们也没有，可是我们不能抱怨，每一个人的人生都是不尽相同的，有些人出生就含着金钥匙，有些人出生连爸妈都没有见过。

人生和人生是没有可比性的，我们的人生怎么样，完全取决于自己的感受。

你一辈子都在感受抱怨，那你的一生就是抱怨的一生；你一辈子都在感受感动，那你的一生就是感动的一生；你一辈子都立志于改变这个社会，那你的一生就是一个斗士的一生。

英国有一部纪录片，叫作《人生七年》。

片中访问了十二个来自不同阶层的七岁小孩儿，每七年再去重新访问这些小孩儿，到了影片的最后就发现，富人的孩子还是富人，穷人的孩子还是穷人，但是里面有一个叫尼克的贫穷的小孩儿，他到最后通过自己的奋斗变成了一名大学教授，可见命运的手掌里面是有漏网之鱼的。

而且，现实生活中寒门子弟逆袭的例子更是数不胜数。

所以当我们遭遇失败的时候，我们不能把所有的原因都归结到出身上去，更不能抱怨自己的父母为什么不如别人的父母，因为家境不好，并没有斩断一个人成功的所有的可能。

当我在人生中遇到很大的困难的时候，我就会在北京的大街上走一走，看着人来人往，而那时候我就想，刘媛媛，你在这个城市里面真是一无所依，你有的只是你自己，你什么都没有，你现在能做的就是单枪匹马地在这个社会上杀出一条路来。

其实在刚刚我问的时候就发现了，我们大部分人都不是出身豪门的，我们都要靠自己，所以你要相信，命运给你一个比别人低的起点，是想告诉你，让你用你的一生去奋斗出一个绝地反击的故事。

这个故事关于独立，关于梦想，关于勇气，关于坚忍，它不是一个水到渠成的童话，没有一点儿人间疾苦，这个故事是有志者事竟成，破釜沉舟，百二秦关终属楚；这个故事是苦心人天不负，卧薪尝胆，三千越甲可吞吴。

谢谢大家。 MM

第二章 你的勇敢自带光芒

当你成为榜样,被众人仰望,是什么让站在人前的你闪闪发光?是你年轻俏丽的脸庞,抑或是你优雅迷人的舞姿?我想更是你心中,无可匹敌的勇气!

也许你的心中有很多想法,也许你拥有令人赞叹的才艺,但当机会降临,你却只是摇摇头,摆摆手,悄悄地藏进阴影里。

当你明明复习了一整个晚上,才终于获得测验的好成绩,当别人问起时,你却不敢承认自己的努力。

太阳的光芒,灿烂而辉煌,但月亮和星星也不会因为借着太阳发光而自卑。

女孩,请勇敢闪耀,勇敢拼搏,勇敢说不,勇敢前行……

张钧甯：
一直向前走

文◎简 洁

三十岁的张钧甯的样子，被很多人羡慕：从南极探险开始，以到北极看极光结束，去过西藏转山，澳洲跳伞，并且经历了长达16天的丛林生存考验。她的新年愿望，是去非洲看动物大迁徙。这一年的电视屏幕上，她大多数时候是泥泞的、潮湿的、狼狈的，但也是美的。

个人能力出色，对队友不抛弃、不放弃、不抱怨，连女生都忍不住说，这样的女朋友请给我来一打。可以说她是这部卖力不讨好的真人秀最大的赢家。荒野求生专家贝尔说："张钧甯身上拥有生存者最重要的素质——挑战的热情。"但她的热情却以一种内敛的方式表达的，在片头张钧甯说："我不喜欢别人关注我，因为很怕别人觉得我要抢什么。"

镜头切到她在颁奖礼上，站在台上堂皇的样子。对她来说，做比说容易，让比争容易，踏实比取巧容易。曾经张钧甯的慢热和固执让人感到惋惜，但如今她代表着一种可能性：我们可以笨拙认真地，去过有趣丰盛的生活。

自己不肯放过自己

少年时，那种努力比天分多的好学生的人生最辛苦——循规蹈矩，敬畏权威，拼了命也要达到老师的要求。偷工和取巧在他们身上是不存在的，因为哪怕旁人放过了他，他自己也不肯放过自己。

张钧甯身上，这种好学生气质实在昭然若揭。

就算是在豆瓣最爱挖明星黑料的八卦小组里，提起张钧甯也无料可黑：实打实台湾中央大学法学硕士的学历，天然无添加的容貌，生活健康，家教良好。她礼貌周全到让人咋舌的地步，记得一次活动她和薛凯琪撞了礼服，明明是女明星最尴尬的场景，后来发在微博上的两人合照里，她先去换了常服。

好学生的通病是无趣

她并不是像桂纶镁那样悠闲度日挑剔剧本的人，认真努力的程度几乎让人为她不值：如果还是升学体制的时代，所有付出和回报都有清晰路径的话，那张钧甯依然会是优等生的前几名。可惜的是，她偏偏身处最没有规则可循的娱乐圈。

学生时代也并非全无烦恼，少女张钧甯的困惑，遥相呼应地解释了她的症结："我没太多想法，只是有个权威和规范在我心中，没做到就良心不安。"不清楚自己喜欢什么，不知道将来要做什么，每一步努力都扎实，但对未来却很迷茫。

张钧甯的辛苦，像是她初中时在学校礼仪队训练的缩影：睡不成午觉，吃不成午饭，影响学习，还要顶着母亲的反对。"是因为喜欢吗？"采访中别人问起来。"完全不，不知道怎么拒绝老师，答应了就要做到。"张钧甯这样回答。

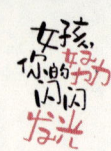

如果不安,是因为看到的世界还不够大

回忆起自己的少女时代,张钧甯直言:"那时我真的好讨厌自己的个性。"

熬过在南阳补习班从早上八点待到晚上十点的日子,进入台北大学法律系的张钧甯,羡慕自己的姐姐:喜欢美术就去读复兴美工,想考大学就参加插班考,复习一年照旧考上台大。

人生也有这种跳脱随意的活法。

"觉得没有人喜欢我,所有长辈都喜欢她,人生精彩丰富。"而自己"好像消失掉也没关系,世界多一个少一个我也没人知道。"她觉得自己和这世界没有联结。这样看来,张钧甯入行的故事,也就很容易理解。

2002年,大二的张钧甯走在台北路上,没能拒绝工读小哥的调查问卷;在几个月后小哥转去做经纪人时,想起这个面容姣好的女孩,她又没能拒绝小哥的邀约。

所有看似巧合的机遇,其实都有着深层的心理原因。

十多年后,张钧甯的回答可以很好地解释当时的潜意识的决定:如果你不出去走走,永远以为这就是世界。如果感到不安,那是因为看到的世界还不够大。

现在的张钧甯感谢自己的工作,它帮助她解决了少女时期那种"不知道自己喜欢什么,也不知道自己将来想做什么"的迷茫。她有机会尝试自己想不到的人生,在这种种尝试中,她慢慢笃定,什么适合自己,什么不适合。

你看到张钧甯现在在丛林里的从容冷静的面容,上山下海都不惧的胆气,大概很难想象这是当初那个迷茫乖巧的少女。但这一切其实有迹可循。好学生循规蹈矩的另一面,是固执和不服输。那是一种就算找不到答案,也绝对不反悔、不妥协、不回头的劲头。

固执让她一往无前

最初入行时,三四十次的广告试镜均告失败,经纪公司觉得这个女孩很奇怪:每次来面试,都不问结果;每次都失败,但每次都还来。

拍了两年的广告后,她接到了第一部电影。她的固执也同样让人头疼,处女座,A型血,不管以什么借口,经纪人都觉得她性格上的硬邦邦让人为难:不懂变通,对工作要求高,常让与她合作的人感到压力大。

她连和家人争吵都逻辑清楚,不容退让,法律系的张钧甯吵起架来简直是作弊,妈妈和姐姐吵不过常常一哭了事。"弄哭她们我虽会心疼,但对就是对,错就是错。"

这样的性格实在不讨好,可在娱乐圈行走十年,合作过的公司和导演多会找她再合作。"我一直在努力让和我合作的人觉得,这个女生还挺认真的。要不要再给她一个机会?"张钧甯这样解释原因。

慢一点儿没关系

对自己的人生,张钧甯最常使用的形容词是"慢";而对自己的过去,她最常说的是"不后悔"。

出道晚,年纪大,她有自己的焦虑。读研究生时休学两年从事演艺工作,之后为了完成学业,又停下一年工作写毕业论文。

2010年,张钧甯中央大学法学硕士毕业,因她父亲台湾大学法学教授的身份,旁人觉得不过是理所当然。可她对自己有始有终的代价,感受明显:自己被同期的女演员远远地抛下了。

但如果重来一次,张钧甯仍会这样选择:"当时如果放弃学业,演艺的路会不会更好我不知道,但我老了之后一定会后悔当时为什么没有读完。"她的高学历,除了是履历上好看的Title(头衔)之外,更重要的是教会她认识世界的方法。她发现,研究生之后,是一个完全不同的世界。

"研究所和大学不一样,没有固定答案,投入你喜欢的领域,你去寻找、验证、判断,所有东西都可能是答案。"她反思曾让自己痛苦的台湾式教育,"这种方法对我来说很不一样。因为我们太想知道答案是什么,对错是什么。人生也不应该是有正确答案的。人生应该由自己去寻找,去思考,去打破,再去重新建立。"

所以,慢一点儿没有关系,她给自己思考的时间。

在三十岁那年,她的焦虑反而放下了。

没有比突破身体极限更让人直观的体验,和陈意涵一起悬崖跳水后浮出水面的瞬间,她觉得三十岁之后是可以更好的。以后的每一次冒险,都予她以信心。那些冒险是顺其自然的，比如跑马拉松最初是因为工作；比如跑去南极是给好友当伴娘；比如从一堆邀请她参加的真人秀里，选择一个最吃力的。

或许就是因为张钧甯的慢，让她容易交友至深。她愿意抽出时间陪好友上综艺节目，帮张悬壮胆，哪怕全程自己没说几句话；愿意在陈意涵拍片时，专门跑到金门岛去给她一个背后的拥抱，只为给她农历生日一个惊喜。

哪有那么多刻意而为，无非是不放过每一个怕后悔的瞬间，哪怕它会暂缓当下的步伐。

如果说，有人自愿把人生过得辛苦，那是因为辛苦的人生才能让她安心。

就像张钧甯很久以前剧里的台词：

只有你自己知道，能治好你的是什么；哪个地方吹来的风，哪里的海的颜色。MM

年少时和自己拼一拼

文◎欧　豪

欧　豪
　　新生代小生，中国男歌手、演员。2013年参加《快乐男声》出道。主要作品有《妖猫传》、《悟空传》、《左耳》等电影。

读小学的时候，因为体形偏胖，我没有太多的自信，远不如现在健谈。也是从那个时候开始，我喜欢上了音乐，它如一个最亲密的挚友，知晓我所有的心事，我将那些秘而不宣的事情都隐藏在音符当中。不管时隔多久，只要那熟悉的旋律响起，我都会想起，我曾有过那样的一段过往。它是我们记忆外的一种载体，像照片，像小说。

在成年以前，总会有人问我们，长大了你想要做什么。那时候年纪小，答案总跟着年纪在变化，可能今天的答案是想当科学家，明天就变成了想当医生。那些短暂易逝的，我将它称作欲望。得到与否并不重要，只要记得拥有它时内心的片刻欢愉便足够。一直都会出现的、支撑着自己走下去的，才算作梦想。

而唱歌就是我一直以来的梦想。因为意志坚定，知道自己想要的是什么，所以一直都没走过分岔路。知道自己想要什么的人远比那些随波逐流者要强得多，因为你所向往的那条路是明晰的，无须多问，只管前行就对了。

选择读艺术学校，是为了练习发声，掌握唱歌的技巧；选择比赛，是想要从平凡的生活中跳脱出来。当然，我并不是说成为一名歌手能显得自己多么不平凡，它只是众多职业当中的一种。或许，我应该换一种更恰当的说法——我之所以选择比赛，是为了实现梦想。它很残酷，竞争很激烈，人人都想要走到最后，然而能走到最后是很难的。

当我真正站在舞台上时，我才发现，每个人都那么优秀，凭什么我能走到最后呢？那么，我需要做到的就是成为不可取代的，成为唯一，而不是这个舞台上随便谁都能替换掉的选手之一。

你必须与众不同，才能被人们记住。

所以在比赛的时候，我一直都很拼，跟别人拼，但更多的是跟自己拼。为此，我甚至开始尝试自己并不怎么熟悉的舞蹈，为的是有自己的风格。每天晚上躺在床上时已经很晚了，我却还在想，下一场比赛我应该唱什么。

我一直都觉得，人需要对自己狠一些，特别是年轻人，趁着自己还年轻，多努力奋斗。毕竟成功并不是一件容易的事情，必须不断地对自己提高要求，不断地逼自己去实现目标。

也许总有熬不下去的时候，总会疲惫不堪，总会产生放弃的念头，那时，请你一定要忍一忍，因为最美的风景往往不会被轻易看到。它们神秘且美丽，只有坚持前行的人才看得见。MM

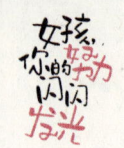

王源：我有一颗扑通扑通的上进心

文◎陈克锋

王源，中国内地少年歌手，与王俊凯、易烊千玺以TFBOYS组合形式出道。

2017年中央电视台春节联欢晚会上，TFBOYS组合成员王源参演了开场节目《美丽中国年》。阳光帅气的他已经是第二次荣登春晚舞台了。

1月30日，这个脸上还略带稚气的少年受邀赴美国纽约，参加联合国经社理事会青年论坛，代表中国青少年在世界舞台上发声。

他全程用英文演讲，成为首位登上联合国发言席的中国少年。无数人惊呼，这是一个奇迹。然而，王源却表示，我只是一个普通的孩子，如果非得说有什么"禀赋"，也许就是那颗"扑通扑通"的上进心。

妈妈，我想试一试

2000年11月8日，王源出生于重庆市一个小康家庭。小小年纪的他就喜欢唱歌，一些歌词听不懂，他就哼旋律，竟然也有板有眼。

妈妈开心极了，觉得这也许是儿子的天赋，就把他送到一些培训班参加训练。虽然老师们都告诉妈妈："这个孩子要好好培养，他的乐感太棒了！"可看到儿子每个周末都奔波在去培训班的路上，看到他为了吊嗓子、练形体，累得口干舌燥、汗流浃背时，妈妈也会心疼地偷偷落泪。

王源却绽开笑脸说："妈妈，我喜欢音乐，一唱歌就快乐。您不用担心，等我练好了，天天给您唱。"

在老师的精心指导下，王源的歌唱技巧与台风渐渐成熟，而他从来不和同龄孩子攀比，也懂得待人要给人留有余地。

有一次，老师录视频，王源扮演青蛙王子，队友对着镜头说："我是王子。"王源也凑上去补充："我是王子。"队友急了，大声说："我才是王子。"王源没有争论，依旧笑得很开心，轻声说："有时候，我也是王子。"他那份泰然自若、大气沉稳，着实"惊"着了很多人。

2011年年底，北京一家公司慧眼识珠，招纳王源加入TF家族。他即将成为一名练习生。

练习生要面临严酷的训练与淘汰制，妈妈没有立即表示反对。但是，她的内心很矛盾。她并不赞同儿子这么小年纪就进入娱乐圈，只希望他和同龄孩子一样好好学习，再考个好大学。可她没有武断地决定，而是问王源是否愿意。王源恳切地说："妈妈，我想试一试。"看着儿子向往的目光，妈妈思考良久，终于点头应下。

不做作业老师会生气的

加入TF家族后，王源才发现，这份"试一试"要付出多大的努力。公司借鉴韩国娱乐公司的练习生制度，挑选过程极其苛刻。他们对王源进行了严格的培训和审核。每过一关，王源都会激动地攥紧右拳，高喊一声"耶"，为自己加油。

在重庆街头，王源和同为练习生的王俊凯穿着

羽绒服在重庆的大街上又唱又跳。他们的旁边竖着一个牌子,写着"两元一首"。这是声乐老师安排他们进行胆量和脸皮的训练内容之一,路人纷纷驻足观望。更让妈妈紧张的是,儿子的这段街头卖艺视频被传到网上,吐槽的大有人在。

"儿子小小年纪就应对这些风言风语,他能受得了吗?"那几天,妈妈对王源非常小心,担心刺激到他。看到妈妈满脸的担心,王源却淡然一笑,说:"妈妈,您是担心我受不了那些人的吐槽吧?没关系,我不在乎。每个人有每个人的活法,让他们说去吧。我的任务只有一个——把歌唱好。"

王源就读于南开中学,这所中学是重庆市老牌名校,每年高考几乎都有几十个"学霸"被清华大学、北京大学录取。在这样的学校读书,课业压力和竞争压力可想而知。而倔强的王源偏偏还要兼顾演唱事业。他在日记中写道:"我的背后站着妈妈,她的目光让我不敢懈怠。"

2013年8月6日,王源和王俊凯、易烊千玺以TFBOYS组合形式正式出道。有名家这样评价王源:"这是一个非常有天分的演员,他一个表情就会让观众有心碎的感觉。他的眼睛会说话。"

11月,王源又登上了另一个舞台,主持真人秀节目《TF少年GO》,暖场、控场自如从容,连妈妈都不知道,儿子怎么会有如此大的"魔力"。

声名鹊起后,发单曲、演电影、上综艺节目,王源的演艺事业多处开花。他不得不一边出通告,一边更加刻苦地学习。

在通告的间隙,在化妆间和往返演出场地的车上,王源都会见缝插针地看书、做功课。工作人员调侃他:"你已经是大明星了,不做功课也可以的。"王源皱着眉头一本正经地说:"不行啊,不做作业老师会生气的。而且,妈妈也会担心。"

2015年11月8日,王源在15岁生日会上用钢琴弹唱他自己作词作曲的单曲《因为遇见你》,引起许多人的关注。

我只是把力所能及的事情做到最好

随着知名度大增,王源的生活被不可避免地改变了。南开中学校园管理是半开放式,不时有粉丝守在王源的教室外。有的粉丝甚至准确找到了王源的女同桌的作文本,在上面留言吓唬她。

妈妈私下问过王源,怎么看待粉丝的行为。王源的态度却很理性:"这种疯狂确实不太理性,我相信,她们再大一些就好了。"他还通过媒体向粉丝们表白:"我会努力做一个品学兼优的好少年、好偶像,给大家正能量,希望粉丝们也是传递正能量的人。咱们一起加油哟!"

令妈妈欣慰的是,王源的同班同学并不像粉丝那样迷恋他,甚至并不觉得他特别帅,而是感觉他"萌萌的"。

2016年,王源主演校园悬疑网络剧《超少年密码》。电视剧杀青后,他推掉了所有演出,全心全意地准备中考,并以重庆南开中学高中部第一名的优异成绩被录取。在外界赞誉声一片时,他却对妈妈说:"我只是把力所能及的事情做到最好罢了。"

看着儿子事业发展顺利,妈妈便辞职照顾他。有一次,王源上火,腮上起了两个青春痘,妈妈如临大敌。她左瞅右瞧,又是抹润肤露,又是给儿子泡菊花茶,还严格监督儿子,不许他吃带辣的饭菜。在王源心目中,妈妈是他生活中忠实的"黄金搭档",母子俩经常在夜间敷面膜,看着彼此的"魔鬼脸庞",往往忍俊不禁。

2017年1月30日,王源参加联合国经社理事会青年论坛,穿着黑西装、白衬衫,一袭"外交官范儿"的他,获得了全场热烈掌声。

但王源知道,这个机会来之不易。为了参加这次青年论坛,他先在微博上晒出了自己的漫画作品《源小源的一天》,在获得了大量转发后,又和联合国的官员见面,经过几轮面试和审查之后才确定可以参加这次活动。

有人说,王源的甜只在舞台上,一秒都不多给,但更多的粉丝说:"他还不够成熟,但他比我们想象的要坚强得多。"王源和妈妈都觉得,这些评价是对他的最高褒奖。MM

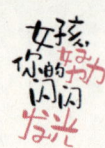

娜塔莉·波特曼：
真女神，美貌与智慧并存

文◎夏一柒

娜塔莉·波特曼，美国演员，13岁时因出演《这个杀手不太冷》的女主角一举成名，而后开始了一边读书一边演戏的生涯。虽然拥有完美的颜值和演技，但她还是坚持读书，顺利从名校哈佛大学毕业，是个不折不扣的女神学霸。

她的人生牢牢掌握在自己手里，从来不抱怨也不妥协，在哈佛大学的毕业典礼演讲上，娜塔莉道出她成功的秘密：努力。光鲜人生的背后，即便是女神，也一样要付出百倍精力，才能达到自己想要的高度，创造传奇人生。

她精通多门语言，18岁以《星球大战》提名金球奖，30岁以《黑天鹅》获封奥斯卡影后。2015年5月，她的导演作品在戛纳电影节上首映，之后又受母校哈佛大学之邀，在毕业典礼上发表演讲。

娜塔莉·波特曼曾被美国《人物》杂志评选为"世界上最美丽的50个人"之一，更被誉为好莱坞"第二个奥黛丽·赫本"，但她的好朋友兼导师迈克·尼古尔斯仍然认为，波特曼的头脑远远超越了她的美貌。

她就是传说中的那种人：比你漂亮，比你有才华，还比你努力。

好莱坞童星是个学霸

娜塔莉·波特曼1981年出生于以色列耶路撒冷，3岁随父母移民美国。10岁时，波特曼拒绝了做儿童模特的邀请，因为她要全心投入表演。多年后，她说："从小，我就跟其他孩子有些不一样。我有野心，我知道自己喜欢什么、想要什么。为了它们，我奋力拼搏。"

1994年，13岁的娜塔莉·波特曼参加了著名导演吕克·贝松的电影《这个杀手不太冷》的试镜。吕克·贝松在一堆候选小姑娘里选中了她，因为试镜时她那种不肯放弃的眼神，给人留下了深刻的印象。

结果，娜塔莉·波特曼的第一部片子就成就了一部经典。她饰演的那个捧着大花盆，倔强而独立、任性而自主的小女孩，牵动了亿万观众的心。年少的波特曼一举成名。

自此，娜塔莉·波特曼片约不断。过人的演技，让小小年纪的波特曼成了最受好莱坞导演青睐的童星。她一边读书一边拍戏。中学的时候她以爱学习著称，周围的同学对她演过电影这件事根本不当回事，她之所以在学校出名，是因为"总是背着一个比自己身体还大的书包"。她还因此被同学们嘲笑是"最呆书呆子"。

有的女明星迷失在自己的美貌中，永远无法发现自己能够创造杰出的另一面，而娜塔莉·波特曼恰恰相反。这个不折不扣的学霸中学时就曾在专业科技期刊上发表过两篇论文，还入围英特尔科学奖并最终进入半决赛。

英特尔科学奖是全美公认要求最高、最精英的高中科学竞赛，很多参赛者长大后都成为著名的科学家。

多年后，当娜塔莉·波特曼摘得奥斯卡影后桂冠后，《纽约时报》的一篇报道中曾这样说："在这项赛事69年的历史中，历届获胜者和走到最后的那批选手后来一共获得了7项诺贝尔物理奖和化学奖，2项菲尔兹数学奖，6枚美国国家科学奖章，以及一长串的麦克阿瑟基金会天才奖——而现在，又多了一项奥斯卡最佳女主角奖。"

1999年,娜塔莉·波特曼凭借《星球大战》中的艾米达拉女王一角,成为观众心中的女神,并获得金球奖提名。那一年,18岁的她还凭借全A的优异成绩同时接到了耶鲁大学和哈佛大学的录取通知书。最终她选择了哈佛,攻读心理学专业。

当时娜塔莉·波特曼的演艺事业如日中天,但她的想法很简单:"我要回学校读书去,我不在乎这样做会否毁了我的事业。"她说:"我觉得我需要证明自己。我尝试成为一个更完整、更全面的人。而且我是真的对学习感兴趣,如果我像其他童星那样仅仅读完高中,我是不会原谅自己的。"

但刚入学时,波特曼却因为不够自信又充满压力而经历了一段黑暗的日子,因为不少人觉得她是因为有名气才进的哈佛,甚至她自己也这么看。重压之下的她数次在和教授会面时大哭。幸好最终她战胜自己,坚持到最后,在2003年获得了学士学位。

波特曼说:"当人们把你称为美女,你在他们心中就只剩下了外貌,你的人格魅力和智力都变得不那么重要。要吸引别人的目光,就得能够散发自己人格魅力的光芒,你要花更大力气证明自己的能力,不然人家总觉得你就是个没大脑的女演员,只会套着件漂亮裙子到处乱晃。"

为了证明自己不是"没大脑的女演员",她非常努力地学习,还掌握了多门语言,除了精通希伯来语、英语,她还会说法语、德语、西班牙语,连日语、阿拉伯语也不在话下。

2004年春天,她又回到故乡耶路撒冷,在希伯来大学攻读研究生课程。在那里她的学习成绩仍然是全班第一。

30岁成为人生赢家

娜塔莉·波特曼的学业并没有影响到她的演艺事业,反而在攻读心理学专业之后,她能更好地揣摩角色心理,带给观众一次又一次惊喜。

29岁那年,她在电影《黑天鹅》中出演女主角Nina。为了表现出主人公对芭蕾的痴迷,以及对每一个角度、转身、手臂伸展的完美渴求,一向严格要求自己的波特曼让自己接受了很长时间的舞蹈训练。

她对自己十分苛刻,但她说,那也是她愉悦的一部分,"为我即将成为最好的自己而愉悦"。

娜塔莉·波特曼完美地演绎了天鹅的蜕变,更迎来了自己的华丽转身——在2011年的奥斯卡金像奖上,她凭借在此片中非凡的演技获得了奥斯卡最佳女主角的荣耀。

《黑天鹅》带给波特曼的远不止这些。拍摄这部电影期间,她与编舞的舞蹈演员本杰明·米莱皮耶相爱了。在奥斯卡颁奖典礼上,她是挺着大肚子去领的奖。2011年这一年,她不仅拿了奥斯卡影后,还做了妈妈。

在30岁之前,她几乎完成了人生中所有该完成的事,成为不折不扣的人生赢家,也几乎成为完美女性的化身。

带着如此多的光环,娜塔莉·波特曼却低调到了极致。2014年年底,娜塔莉·波特曼与丈夫和儿子一起移居巴黎。但她在巴黎的家至今没有电视,她说这能让她将时间专注地花在与家人的相处上。此外,即使工作再忙,她一周也有三四天会出门慢跑。

娜塔莉·波特曼对自己的定义是:"世界很大,能做能看的还有很多很多,我不会让拍电影限制我的人生。我不是那种把什么都奉献给银幕的演员。相比之下,我的生活比较重要。"所以,她是很注重个人隐私的明星。

她从小就一直处在镁光灯下,带着耀眼的光环,很容易成为狗仔追逐的对象。通常,一些明星嘴上说他们讨厌狗仔,但其实心底还是渴望被关注的,但波特曼对那些完全没有兴趣。

她曾说:"如果不是万不得已,我不会接受采访。"她也成为全世界媒体最头疼的采访对象之一。

也许对她来说,剽悍的人生不需要任何解释。

成功的秘密是努力

也许,对于娜塔莉·波特曼来讲,人生最大的成功,不是拿到了奥斯卡小金人,而是淡看自己所取得的成就,葆有一颗可以随时再出发的心。所以,在拿完奥斯卡影后之后,她并没有收起她的野心。

当人们还在好奇她的新片会挑战什么角色时,她已经转身当起了导演。

在2015年5月的戛纳电影节上,34岁的娜塔

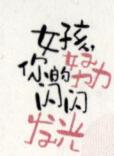

莉·波特曼耗时8年的心血之作《爱与黑暗的故事》盛大首映。她为影片做着各类工作，同时她手头上还有多部电影正在拍摄或计划之中。

《好莱坞导报》对她的报道有一个醒目的标题："娜塔莉·波特曼：戛纳最忙的女人"。而面对忙碌，波特曼如同打了鸡血，她说："除非不给我机会，不然我不会停下来。"

很多人在听到《爱与黑暗的故事》这个片名时，以为它是部风花雪月的爱情片。但实际上，这部片子里展现的，是犹太民族历史变迁之下，一个犹太家族的故事。波特曼不仅是导演，还参与了编剧，并且出演其中患抑郁症自杀的母亲一角。

她说："以色列是一个你把手指放在窗台上，就能获得一个好故事的地方。我来自以色列，是这个国家的一部分，但同时又觉得自己是个陌生人。这种感觉很微妙。"《爱与黑暗的故事》，从某种程度上也可以看作是她对以色列文化的一次偿还和回报。

2015年的娜塔莉·波特曼真的很忙，刚在戛纳电影节上以导演身份亮相后，她又于5月27日受邀在哈佛大学毕业典礼上发表演讲。哈佛大学有一个始于1968年的活动，每年邀请一位杰出校友给这一年的毕业生做演讲。只有最优秀的校友才会被邀请。曾经登上这个演讲台的嘉宾包括世界首富比尔·盖茨，美国前总统比尔·克林顿，美国能源部部长、诺贝尔奖获得者朱棣文等。

2015年，他们邀请的"杰出校友"就是娜塔莉·波特曼。

被誉为哈佛最美毕业生的娜塔莉·波特曼以"Make Your Inexperience An Asset（让你的无经验成为财富）"作为当天的演讲主题。

很多人会觉得，像娜塔莉·波特曼这样的人，根本就是上帝的宠儿，仿佛这个世界的每一扇门都会自动向她打开，所以这样的人生根本没有复制的可能性，对其他人也没有借鉴意义。但娜塔莉·波特曼在这次演讲中完全敞开了心扉，还原了她作为普通人的一面。

她讲到自己大学时的不自信和焦虑，拍摄电影时遇到的挫折和挑战，失恋后曾差点儿抑郁症的过往……当她带着回忆讲述这些感性和"黑暗"的时刻，一度眼含热泪。经历过的那些辛酸只有她自己知道，然而当她站在演讲台上回首自己所做的种种改变，她认为一切都是值得的。

娜塔莉·波特曼无疑是成功的。但她认为，成功不是因为幸运，而是因为自己一直精力集中，非常勤奋。很多人曾问她成功的秘密，她会笑着说："真的要说秘密，那就是努力、再努力。"她说，大家可能不满意这个答案，但这就是真正的答案。

明明拼脸就能赢，她却一定要拼才华。童星、学霸、影后、辣妈，这个犹太姑娘完美到将世界都点亮。

第三章 你的勇敢自带光芒

我小小的英雄主义

文◎赵丽颖

今天我想和大家分享我心中小小的英雄主义。还是以电影《摔跤吧！爸爸》为开头吧。

换作以前，我会把自己代入女儿的角色，但是现在我更愿意进入爸爸的世界，因为我爸爸也是我心目中的英雄。

阿米尔·汗是一名优秀的演员，他在影片中所诠释的父亲让女儿替自己实现英雄梦，女儿承担着父亲的梦想，顽强成长。而父亲把自己的梦想上升到改变妇女地位的高度。他的责任感、使命感深深地打动了我。他不是自私的，他的大我战胜了小我，他真正做到了有担当和负责任。

我眼中的英雄是有使命感、有担当、负责的。所以，我希望自己也能像阿米尔·汗所扮演的父亲一样，有社会责任感，把推动社会进步作为自己的使命，这是值得我们学习和反思的可贵之处。

可以说，我是一名在否定当中成长的演员。我演了11年戏，前7年我一直在演配角。在这7年里，我不断地听到这样的声音：圆脸演不了主角。为什么呢？因为我的形象有局限，不大气，演不了特别重要的角色，只能演丫鬟、女儿、孙女、妹妹，而且这些角色我确实都演过。我当时很不服气，我不明白为什么一名演员的价值要被脸型定义。所以，我只能默默地在每个角色上下功夫，等待机会出现。我当时暗暗发誓，一旦有机会，我一定会拼命地抓住。终于，我接到了《陆贞传奇》这部戏。

我当时把自己完全投入陆贞这个角色中，我可以感同身受地把这个角色演出来，我相信也是这份坚持打动了观众。《陆贞传奇》让更多的观众认识了我，同时我也听到周围的朋友跟我说，正因为我的出现，很多跟我一样是圆脸的女孩子被更多的人发现，她们也有机会去争取扮演主角。这让我特别开心，对于我来说也是一种鼓励，它不仅让我实现了人生的第一个坚持，而且证明了圆脸的女孩子也是可以演好主角的。

当我证明了这一点之后，我以为自己得到了认可。可是不久之后，新的声音又来了，这个声音是："不会说话的人在这个圈子里是混不下去的。"我不知道"不会说话"的定义是什么。但是如果在了解事情的前因后果之前，仅仅靠几句话就武断地判定一个人的人品，给一个人下定义、贴标签，因为我的性格这么直接，我确实容易被人误解。不过没关系，大不了我就少说一点儿嘛，我可以多做，可以用行动战胜一切，用作品说话，这是我的第二个坚持。

这些年，我从没有停下脚步，一年365天，其中有300天以上的时间我是在剧组度过的。其实我自己也没有仔细算过，只是最近有记者不断地问我："你这么拼是为什么？"其实我也不知道是为什么。

后来想一想，可能因为我在做自己喜欢的事，所以我不会觉得累，不会觉得辛苦。我想活成自己喜欢的样子，我想实现自我价值，拥有丰富多彩的人生，让自己过得更好。我希望在这个时代留下属于我的印记，我想改变这个行业的某些规则，为大家指引一个正确的方向，让大家对偶像剧演员不再抱有偏见，这就是我小小的英雄主义。

后来凭借《花千骨》这部仙侠偶像剧，我有幸入围了白玉兰奖最佳女主角提名，并获得了第十一届金鹰奖。这让我觉得很骄傲，也很欣慰，因为以往这个舞台更多的是属于大家口中的"演技派"和"正剧"演员的。但现在不只是我，还有更多的年轻演员，我们都在通过自己的努力，改变大家对

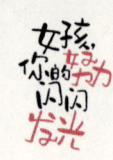

"鲜肉"和"鲜花"的定义。

我最近演了一部电视剧《楚乔传》，这部剧表达了女性独立的思想，因为在我的心里对女性演员的认知可能也到了这个阶段，我不喜欢电视剧里的女性角色永远拘泥于小情小爱，总是为了男人斗来斗去，依附男人。我希望她们能够拥有更丰富的思想，积极地追求自己的信仰。男人能有英雄梦，为什么女人就不行呢？

去年夏天拍摄《楚乔传》的那几个月，可以说让我经历了一段自虐式的沉淀。剧中，楚乔虽然身份卑微，却是一位拥有独立思想跟大格局的女性。看了小说之后，我深深地爱上了楚乔。我爱上了她的抗争、她的信仰，以及旁人不曾读懂的理想和抱负。所以，那个时候我经常觉得自己是一个人在战斗，我几乎总是处于崩溃的状态，也体会到楚乔真的是太辛苦了，因为我感受到了楚乔的灵魂。

我不想说自己一路成长的经历，是不想让别人给我建立一个悲情的人物设定，让大家觉得我有多苦，有多不容易。其实从事任何一个行业都很辛苦，我更希望的是大家能感受到具有行动力的正能量，而不是喊喊口号而已；我希望大家能看到我在奋斗的过程中做了些什么，我为什么能有今天这样的成绩。

入行10年的时候，我是陆贞，靠努力奋斗，终于有了一些成绩，陆贞记录了我一段奋斗的时光。而现在，我把自己想象成楚乔，我要像她，她代表着我对未来的憧憬。我想用我的一腔热血去坚持理想、守护信仰、改变未知的未来。我想在这个时代留下微笑的印记，给喜欢我的观众带来一种正面的能量，这也算是我小小的英雄主义吧。

最后说说我的出身。我出身农村，祖辈都是农民。父辈祖辈也都很热爱文艺，但是跟影视行业相距甚远。但就是这样的农村生活经历，磨炼了我坚强的意志，造就了我坚忍顽强的个性，也成就了今天的我，所以我认为，英雄来自内心的强大，来自对梦想的执着追求和对所从事职业的坚持与努力，以及面对浮躁、浮华的定力。

因此，我想成为这样的英雄。我想距离自己的梦想更近一些，我也在努力成为一个更优秀的人。MM

凭梦想过日子

文◎黎武静

我最近读的一本书里有一句话，偶然相遇，却有醍醐灌顶之力："靠梦想过日子。"一语中的。

也许以前没有意识到，不过很多时候，我们都是在靠梦想过日子。虽然梦想有大有小，不尽相同，你喜欢新屋，我喜欢新书，她喜欢花草满屋，他喜欢新车，而她喜欢周游世界。

对于未来的期望，也许终会实现，也许始终无法企及，但有什么关系呢？这些横亘在生活里的，都是心爱的梦想。藏在心里面，放在行动里，以一种幸福的姿态，等待实现。即使很遥远，依然妙不可言，只要存在，就是最大的快乐与美好。

靠梦想过日子，在按部就班的生活中寻觅额外的意趣，在循规蹈矩的日子里等待一个更华丽的时刻。梦想是这么令人心动的时刻，一旦想起就很快乐。它光华绚丽，远在实现之前，就已经灿烂了一个人的日常。

散落在生活里的小小梦想，如同一粒粒小小珍珠，点缀着无限风景。平淡人生，常怀梦想，是幸福的源泉，栉风沐雨也不觉辛苦，历尽艰辛也觉得心甘。

梦想是一个幸福的念想，它执着地立在那里，是生活的一个界标，代表着活力与向上。给生活贴上梦想的标签，那些普通的日子就有了奔头，平淡的时光也染上华丽的色彩……嗯，就是这么回事。

如果你过得淡而无味，那么请记得找一个梦想。MM

江疏影：但行好事，莫问前程

文◎Sei

"疏影横斜水清浅，暗香浮动月黄昏"，这首源自北宋诗人林逋的《山园小梅》，将梅花的清丽脱俗与灵动温润刻画得惟妙惟肖，一如江疏影一直以来给我们留下的印象，静雅低调又带着一丝坚韧倔强。

她是青春飞扬的校花阮莞，是逗趣单纯的裴朵，更是红衣红唇、霸气外露的江莱……她从来不对自己设限，不让自己框定在固定的人设里，主动把握所有的机会与选择，不断新陈代谢，不断野蛮生长。

我就是江莱，我也是郝思嘉

"清新""高冷""孤傲""美艳"……在见到江疏影之前，这些标签是我们通过她所演绎的角色和网络上的新闻拼凑出的对她的最初印象。

但当顶着素颜仍美得发光的她大步走入摄影棚内，在拍摄了一整天后依然说笑逗趣、活力十足，这才发现，原来生活中的江疏影有别于我们既定印象中的那个安静的乖乖女，正如她自己形容的："我的性格和江莱一样比较突出，有着自我的浓烈色彩，属于有棱角的类型，爱恨分明，表达也比较直接。"

谈及第一次参加《朗读者》这种节目的感受，江疏影坦言："其实在筹备这个节目的时候，节目组就和我们提过，我是很感兴趣的，因为我很喜欢董卿老师，非常欣赏她，她也在我们学校读过书，非常有才华，也有独立的人格，包括她的事业方面也很成功。她能做这样一档节目我觉得挺不容易的，因为这个节目相对来说偏冷门一些，但后来播出来的反响和口碑都很好。"

在这期节目里，江疏影朗读了经典小说《飘》的最后一段。聊起郝思嘉这样一个经典但颇具年代感的小说人物，江疏影一改拍摄时活泼闹腾的样子，若有所思地说："我很早就看过《飘》，也看过由小说改编的电影《乱世佳人》，当时的感受并不那么深。这次因为要朗读《飘》的最后一段，所以回去我重温了一下这部小说和电影。对现在的我而言，这部小说的核心和传达的价值观挺震撼我的，可能小时候没有那么大的感受，但随着年岁渐长，阅历也更丰富了一些，开始能在郝思嘉身上找到一些共同点。"

正如人与人的互相理解、频率的互相接收都需要缘分一样，对一部小说，对一个影视人物的理解，都会因为经历、时间、认知的变量而衍生出新的定义。

"其实在那个年代，郝思嘉这样性格的人是很突出的，也不那么合群，因为其他女孩都是非常圆滑的。而且在这个主人公身上有两种极端又矛盾的个性，一是非常敢于表达自己的喜欢，二是非常任性，你说她好还是不好，其实很难去界定。所以我觉得这种有性格缺陷的女孩，在当今社会反而是

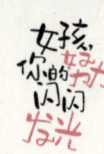

让观众非常喜欢的，因为她非常真实。所以越经典的小说，里面的人物越不会随着时间而慢慢褪色，这是非常打动我的。小说的最后一个片段，郝思嘉恳求白瑞德留下来，我在朗读的时候还是很有感触的。最后的一句话'After all, tomorrow is another day.（不管怎样，明天又是全新的一天。）'一直激励着郝思嘉，同样也激励着我们。"

边见众生，边见自己

很多人最早认识江疏影，应该是从《致我们终将逝去的青春》里的阮莞一角开始的。

当时，清纯温婉的校花因着对爱情飞蛾扑火般的执着，最终以悲剧收尾的情节赚足了观众的眼泪，而江疏影，也因为这样一个角色而受到了众人的瞩目，名声鹊起。

2016年的一部《好先生》又一次让江疏影急速火了起来，在很多人看来，似乎这样一个肤白貌美的女神级演员出道至今都走得顺风顺水，直到听她在一次演讲节目中的演说，才让我们了解到另一面的她。

其实《致我们终将逝去的青春》后的很长一段时间，因为很多负面的评论以及对她演技的质疑，江疏影陷入了迷茫期，沉浸在巨大的自我怀疑中。

于是她把所有的APP（应用程序）都卸载了，不敢看评论，就连自己的作品都不敢看，选择了逃避。她甚至连自己的声音都听不得，有一次听到妈妈在家里看她演的一部电视剧，当时就要求妈妈把声音调低。害怕自己再也没有勇气当演员，在最无助的时光里，她承受了很多压力。

好在天生的倔强劲儿没有让江疏影长久地陷在低气压的生活中，她尝试着对自己说："让一切归零，我们重新开始。"

在演艺圈里，她不是最年轻的一个，也不是一朝成名备受瞩目的那个，但是她知道自己的方向，每一个选择，每一条路，哪怕风雨兼程，她都愿意披荆斩棘，勇敢向前。"人生难免会有顺境和逆境、成功和失败，只要在失去的时候足够有勇气归零，我们就能够重新开始，相信自己能够做到。"

这并不是江疏影第一次遭遇困境。上戏毕业后，当时的同班同学郑恺、陈赫等都去拍戏了，大家也都以为她会进入演艺圈，但那时的她并没有。

在江疏影看来，人生需要一段经历，需要一段独属于自己的时光。于是在身边人都忙着出名赚钱的时候，倔强的她硬是提着两个一百多斤的大箱子，义无反顾地开启了她的英国留学之旅。

在去英国之前，她有过很多幻想，幻想到了英国后她可以躺在学校的草坪上，穿着牛津的校服，看着一本厚厚的牛津字典，享受英伦的阳光。

但理想是丰满的，现实永远是骨感的，等她真正到英国后，发现英国天天下雨，草地都是湿的，完全不可能躺到草坪上去。

更要命的是，因为语言的障碍，她连入学考试的试卷都看不懂。在国内一件很小的事情，到英国都被无限地放大，灯泡坏了想去换个灯泡，都不知道别人在说什么。

当时她觉得很迷茫，特别沮丧，不知道自己是否能够坚持下去。但是回国是不可能了，于是只能告诉自己，现在这条路是自己选的，没有任何退路。

于是她从零开始，从一个一个单词开始啃。为了练习口语，她找了一家餐厅去打工，去擦桌

子,去端盘子,去收拾别人吃剩下的东西,去做服务员,一天下来脚都磨破了。原本在家从来不做家务,凡事都要依靠父母的她开始逼迫自己,把自己扔到那个不会说中文的环境里,因为只有这样,才能提高自己的英语。

但是有天在房间里练习雅思听力,发现自己的错误率依然很高的时候,江疏影忍不住哭了,觉得自己努力了那么久,付出了那么多,英语还是提高不了,万一考试不通过该怎么办?然后她就边哭边撕书,把英语书全都撕掉了。

但哭完后擦干眼泪,冷静下来后,倔强的她把书一片一片地拼好继续听、继续学,坚持到第四个月的时候发觉自己的英语猛上了一个台阶,最终顺利地完成了自己的学业。

江疏影说:"原本特别任性、有点儿娇滴滴的小姑娘,一下子长大了,一下子意识到人是需要逼迫自己的,逼迫自己向前冲,逼迫自己去成长。"

过去她都不愿意看自己的作品,现在她会强逼着自己去看,尝试着离开舒适圈,尝试着不再逃避。最初接触到《好先生》中江莱这个角色的时候,江疏影怕自己演不好,于是在开机前一个月就开始认认真真地做文案工作。

基本上第二天的戏,前一天都会在房间里面排演很多很多次,剧本上也被写得密密麻麻的。最终她突破了自己的局限,展现了自己所理解的江莱。

在试错中获得能力的提高,或许真正让人变好的选择从来都不会太舒服。而今的江疏影宛若重生般,一路学习着如何变得强大,尝试着构建一个独立的世界观和价值观,去体验,去分享,去影响,不胆怯地去探索。因为生活绝不会因为你胆小怯懦、什么都没干而饶了你。

愿你不负韶华,不负此生

江疏影尝试了演讲、主持人、真人秀等综艺节目,在她看来,只有不断尝试新的,获得知识、眼界和阅历,才能不负韶华。

第一次触电真人秀,江疏影坦言最大的感受就是"好真实啊"。工作人员全都在不打扰嘉宾的情况下默默拍摄,一点儿声音都不出,有时候看到工作人员,嘉宾们都会吓一跳,才惊觉"哦,我现在在录真人秀"。

节目中,人与人之间发生的情感,经历的事情,没有人会帮助他们,就像一场真实的旅程一样。江疏影笑言:"行李超重自己想办法,车子自己开,出来的状况都是真实发生的。有几次我们真是经历了一场场戏剧般的故事,真会感慨人生如戏,观众看了可能会以为是提前设计的,但其实完全都是自然而然地发生的,相处一个月后任何事情都可能发生,就像一场生活。"

江疏影说自己从来没有经历过如此长时间并且如此密集的旅程。和一群原本不太熟悉的小伙伴一起踏上怪石嶙峋的山崖,奔赴暗礁满布的海滩,在沙漠中迎来日出,享受一场场色彩盛宴,这样的旅程是平凡生活中的礼物。

无论是出现在真人秀还是街拍中,江疏影从来不用力过猛,不哗众取宠,而是以不做作、舒服的姿态取胜。

每一天都把自己打磨得更好,专注地工作;对待生活,她也从不辜负。心情不好,压力过大就宅在家看书看电影,然后美美地睡上一觉,第二天神采奕奕地全力以赴。

即便人气飙升,工作满满,她还是努力挤出时间健身,吃健康的餐食,保持完美身形。正因为从来不对自己松懈,在健身APP上出教程的她才能完成得如此游刃有余,活脱脱一枚运动美少女。

从娇滴滴不谙世事的小女生到勇闯英伦的学霸,从演技遭质疑陷入自我怀疑的影视新人到而今的自信女神,一路走来的江疏影独立于世,有能力取悦和丰富自己,也有底气蛰伏;尽力去尝试并保持对生活的敏锐感知力,享受着生命中的诗意和自由,活得认真又洒脱,固执又随意,看似矛盾冲突,却真实而又自然。MM

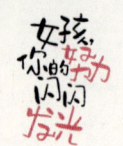

你不必一开始就闪闪发光

文◎Derek 图◎鱼 姬

每当大家开始思考人生的意义，就会害怕起来。有人问："我已经荒废了好多时间了，怎么办？""我目前还是没有一个方向去努力，怎么办？""我感觉自己现在很平庸，怎么办？"

先讲一个故事。

阿涛是小时候在班里经常受欺负的同学，不过他绝对有一个有趣的灵魂。

初中时，还不流行"好看的皮囊千篇一律，有趣的灵魂万里挑一"这句话，大家只知道如果班里有一个很傻很呆的人，或者成绩很差的人，就会一起去欺负他取乐。阿涛总是坐在教室的最后一排，脸上经常挂着鼻涕，结巴木讷，不爱交际。所以自然而然，大家总爱欺负他。

我那时正义感很强，看不惯大家那些过分的行为，总想帮助那些受到班里冷暴力和歧视的人。我和阿涛就是因为我膨胀的爱心认识的。

我开始帮着阿涛去结识我的好朋友，带他和我们一起玩。一边告诉他一些我自以为的初中生社交礼仪，一边帮助他克服社交性口吃，可是我发现这没用。因为阿涛就是一个那样的人，还是挂着鼻涕，还是木讷，还是和大家玩不到一起去。

不过，他看到了我的努力，对我十分感激，经常跟我分享他的秘密和有趣的事。其中一件，就是摄影。他和我谈到摄影的时候，口齿一下就变得伶俐了，说起话来滔滔不绝，眼神里有一种特别的光芒。那是我从来没有在别人眼中看到过的光芒。

他父亲是一名摄影师，书架上摆满了摄影书籍和他父亲的摄影作品。他说，这个小镇，喜欢摄影的人实在太少了，将来要考出去，去接触更大的摄影世界。原来，躲在角落被欺负的呆萌阿涛，还有这样的一面。

到了高中，我和阿涛去了不同的学校，但仍有紧密联系。我总是收到他的信件，他还是那副老样子：没人愿意跟他玩，所有同学都觉得他一无是处，但他始终坚持自己的梦想，默默努力。

后来，他考上了国内高校排名第三的摄影专业，现在虽然还在大学，但已是某顶尖图库的签约摄影师。我知道他是如何一步步走到闪闪发光的今天的。每次我看到朋友圈有人转他的图，都会上去默默点赞——那些小时候欺负他的人也会转。

讲这个故事，是想告诉你，每个人在没发光之前都有着无限的可能性，等着他去点亮。

如果你有自己认为一生的事业或者爱好，那就坚持下去。如果你还在迷茫，那是因为还没有找到自己的方向，没有洞见自己的内心，缺乏对自我的认知。拿出一张白纸，思考以下问题：

我想要成为什么样的人？为了成为那样的人，我需要做出怎样的改变——性格改变？身份改变？技能改变？

我目前有什么样的资源，能够帮助我做出改变？我希望通过多久、通过哪些方式达成这种改变……

我见过有的人知道自己喜欢什么，但努力了一把，发现没回报就放弃了；我见过有的人坚持了几天计划，发了个朋友圈就再也没有进展。总是有太多的人，在通往闪闪发光的道路上，半途而废。希望你可以一直走下去，直到闪闪发光的那一天。

MM

摔跤吧，爸爸：进阶少女成长记

文 © kiki204529

被迫承载的梦想

Geeta（吉塔）和Babita（巴比塔）有个痴迷摔跤运动的老爸，因为始终不能得到个宝贝儿子做继承者，他把没能实现的梦想强加到两个女儿身上。两位姑娘不过是教训了欺负她们的男孩子，把两个小伙打得鼻青脸肿，就让老爸眼前一亮，感觉看到了希望。

父亲找到了摔跤继承人，于是，地狱式的训练拉开了帷幕，女孩子开始往女汉子的方向发展。看到这里我不禁感叹，这老爸太自私了，强加给女儿们自己的梦想，问过她们的意愿吗？

看过伍琦诗的《无声告白》，母亲那种窒息的关爱让这个花季少女犹如困兽，有些抗争毫无意义，只能用死亡呐喊出这无声的告白。我们终此一生，就是要摆脱他人的期待，找到真正的自己。活在别人的期待里，做别人眼中的自己真是太累了，这种期待成就了无形中的压力。每个人都是独立的个体，父母给予我们生命，但他们到底有没有随意支配我们命运的权利呢？

现在的孩子从小就接受各种各样的课外专题兴趣班，各种乐器，各种舞蹈、声乐、绘画、棋类、奥数、跆拳道……怪兽家长们恨不得让孩子十八般武艺样样精通，或者去延续和完成他们没有实现的梦想。

培养一个各方面都出类拔萃的人才理论是可行的，但实践当中会适得其反，让孩子们产生逆反抵触心理，强迫自己做不喜欢的事情还要做好它，一旦做得不好，又打击了某些小朋友脆弱的幼小心灵，真是从小就有心理问题的节奏。

现在的年轻人很少能认知自己真心喜欢的是什么，没有一个既定的目标又怎么可以实现自我价值呢？琴棋书画都成了怪兽家长们强加的负担。

梦想这个词，现在抛给你，你会怎么去诠释呢？或者说你将来想成为怎么样的人呢？如果是个性格独立的人，估计会立刻有答案，但很多年轻人对这个词很迷惘，所以从另一个侧面去说，Geeta和Babita又是幸运的，在老爸的宏伟规划里已经让她们上道了。

最棒的父爱是给女儿自由和荣耀

在印度，女性地位是让人难以想象的低下，尤其是乡下种姓不高的女性命运更可悲。两个女儿参加童婚朋友的婚礼后，朋友说，真羡慕她们爸爸让她们摔跤，而不是像她从小做各种家务，等到了14岁就要嫁给她不认识的人，这就是印度很多女孩的命运，没自己选择自己命运的权利。两个月前看过印度电影《炙热》（Parched），松子说："生而为人，我很抱歉"，在印度则是"生而为女人，我很抱歉"，种姓制度、重男轻女一直都是印度社会的症结，男权社会中女性地位低下，女性没有丝毫尊严，被物化的女性在电影中只是一个缩影，等待她们的命运往往比电影中更加坎坷。

听了朋友的话，两个姑娘不再对抗父亲的强权，自己积极主动地开始转变摔跤手的角色。可以看出，父亲虽然像个魔鬼一般严厉，但他也是心疼女儿们的，在她们累得呼呼大睡的时候为她们按摩，买鸡肉给女儿增加营养，在村里摔跤手赛场上，看到自家姑娘被对手挑衅时愤怒的表情亮了，这真是虎父无犬女，姑娘们也没辜负老爸的期待。

这另类的父爱，就是给女儿们自由和荣耀，在

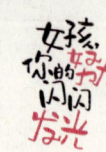

这被承载的梦想支撑下,让她们成为更好的自己,能够有自己选择自己命运的权利。

因为阿米尔·汗也是一位父亲,我相信他在现实生活中也是一位伟大的父亲。父爱不是给孩子优良的衣食住行和受教育的机会就够了,父爱深沉而内敛,父亲往往会培养出孩子刚毅的灵魂和战胜挫折困难的信心,会让孩子学会独立,从而可以自己展翅高飞,而不是继续缩在父母羽翼下。

你的恐惧才是你真正的对手

战胜内心的恐惧是我们终其一生都在自我斗争的症结,害怕别人对自己失望,害怕现实生活大大小小的不如意,我们甚至害怕到忘了自己可以结束这一切害怕。终极挑战,看不到父亲的身影,Geeta乱了阵脚。想起年少时父亲丢她和妹妹进河里的场景,那时候父亲说,我不是时时刻刻都在你们身边,要学会面对自己的恐惧!很多时候,击倒我们的只不过是自己的恐惧心理。李安的《少年派的奇幻漂流》里说:"恐惧是生活唯一真正的对手,因为只有恐惧才能打败生活……恐惧永远都源自你的内心。"这是个残酷的世界,真正阻挡我们、击倒我们的往往不是竞争对手,而是我们自己认怂了。

现实中阿米尔·汗为电影增肥28公斤又花费5个月时间减重25公斤,虽然一度很有挫败感,后来努力坚持,奇迹就发生了。所以,做任何事情都一样,脚踏实地地勇敢地前进下去,虽然梦想和目标距离我们很远,但只要你愿意,前进一点儿,就多一点儿希望和收获。

终其一生,我们都在成为更好的自己,这世界有时险恶,有时春暖花开,进阶版的自我需要潜心修炼,然后和过去的自己告别,迎接全新的自我。我们每个个体对于这世界来说是很微小的存在,但在这个社会群体里,人与人之间应该是共生共荣的存在,Geeta夺冠后有那么多女孩儿追随她的脚步,而现实生活中我们的努力也会影响到周围的人,同样周围的人也影响着我们,我相信只要你愿意积极努力就会有所改变,哪怕微乎其微!

如果人生是一场马拉松,请坚持跑下去,你会发现你不是一个人在努力。MM

假如希望真的能飞

文◎威廉·贝纳德

一百年前,有位穷苦的牧羊人带着两个年幼的儿子替别人放羊。一天,他们赶着羊来到一个山坡上,一群大雁鸣叫着从他们头上飞过,很快消失在远方。牧羊人的小儿子问父亲:"大雁要往哪里飞?"牧羊人说:"它们要去一个温暖的地方,在那里安家,度过寒冷的冬天。"大儿子眨着眼睛羡慕地说:"要是我们也能像大雁那样飞起来就好了。"小儿子也说:"要是能做一只会飞的大雁多好啊!"

牧羊人沉默了一会儿,然后对儿子们说:"只要你们想,你们也能飞起来。"

两个儿子试了试,都没能飞起来,他们用怀疑的眼神看着父亲。牧羊人说:"让我飞给你们看。"于是他张开双臂,学着大雁的样子,但也没能飞起来。可牧羊人肯定地说:"我因为年纪大了才飞不起来,而你们还太小,只要不断努力,将来就一定能飞起来。到那时,你们就可以去任何想去的地方了。"

兄弟俩牢牢记住了父亲的话,并一直不懈地努力着。等到他们长大——哥哥36岁、弟弟32岁时,两人果真飞起来了,因为他们发明了飞机。

这个牧羊人的两个儿子,就是美国著名的莱特兄弟。

信念是一支火把,它可以燃起一个人的激情和潜能,让他飞入梦想的天空。

有时我们也会说:"我想……"但是,我们只是"说"而没有"想"。

如果真的"想",就一定会付诸行动,而且一直朝着"想"的方向。MM

拒做傻白甜，
她们用实力碾压世界

文◎林安安

有这样一种女孩，她们天真可爱，不谙世事；她们柔软善良，自我牺牲。放眼各大影视排行榜，这样的人设频繁出现在当下热门影视剧女主角的身上，引得无数观众折腰高呼："我的少女心啊！"但是，你们觉得少女应该是这样子的吗？这样傻白甜的人物设定只够靠着光环斗一斗电视剧里的套路女二号，在真真假假的现实里，根本笑不了几分钟。

另一种女孩，她们足智多谋，运筹帷幄，她们的生活精彩到无法想象，但又能把玩耍、学习和事业把握得恰到好处。这样的女性，才应该是被少女们仰望的存在，她们呼啸而来，用实力碾压世界，告诉我们，傻白甜和中二病一点儿都不酷。

青春学霸：爱情、学业，她们两者兼得

代表作品：《怦然心动》《风雨哈佛路》

说到傻白甜少女，那么不得不提到最近泛滥的各式青春片和偶像剧。这类作品中的女主角，常常咋咋呼呼的，一言不合就动手，靠着浮夸的情节和演技来博眼球。青春里的风风雨雨在所难免，但这些作品中的狗血青春绝不是我们想看到的。

花季雨季，正当大好年华，大多数人都默默无闻地在无涯学海里孜孜不倦，有些人的求学之路却是惊心动魄，精彩万分，完美诠释了什么是实力过人。电影《风雨哈佛路》里贫民窟女孩丽兹的经历常人不敢想象，她的母亲染上毒瘾和艾滋病去世，外公拒绝抚养她，父亲也进了戒毒所。面对扑面而来的嘲讽，她却说她爱着妈妈，不管她是什么样的人。丽兹没有沉沦，读书和考哈佛成了她心里的一抹阳光。叩开哈佛的大门同样艰辛，面对接踵而来的困难，她说："我必须做到，我别无选择。"她踽踽独行，只能睡地铁、捡垃圾吃，却努力通过慈善学校学完了高中课程，抓住《纽约时报》的助学机会，走进哈佛。

"有些人平庸浅薄，金玉其外，而败絮其中。可不经意间，有一天你会遇到一个彩虹般绚丽的人，从此以后，其他人就不过是匆匆浮云。"这是电影《怦然心动》中女主角朱丽的深思。作为青春电影的巅峰之作，《怦然心动》可贵的地方在于：怦然过后，不仅仅有心动，还有理智的思考。同样是诉说青春故事，这部影片就诠释了不一样的浪漫冒险精神，看看女主角朱丽就知道了。她从小独立自主，她明白尊严，恪守自尊，小朱丽面对暗恋的男生，懂得审视，明白取舍，而不是就此盲从，这点真的值得一赞。

这两位清纯学霸，一个热血，素手敲开命运之门；一个更是爱情事业两者兼得，自尊自爱，摆正心态。青春少女就应该是这样的。

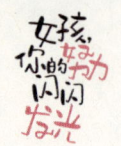

职场丽人：心怀自信，问鼎职场

代表作品：《欲望都市》《漂洋过海来看你》《欢乐颂》

在这个男女平等的大时代，从职场的惊涛骇浪中一步一步闯出来的女性，其实最能为"实力"二字代言，影视作品中的职场女性们则更具魅力。不同于沉迷学习和初涉爱情的学霸女，她们不仅玩得转工作，更带着强大的荷尔蒙控制情场。

看看《欲望都市》的那群女钻石王老五吧。她们是专栏作家、律师、公司老板和画廊经理，虽早已不是少女，却仍像少女般魅力四射。这四个女强人周旋在各色男性中间，一次次寻找，一次次落空，生活就像剧目的名字一样充斥着欲望。她们戏谑渣男，游戏人间，不断挑战着都市爱情观，却又都渴望真正的爱情。都市生活充满诱惑，面对人性和贪婪，她们凭借智慧一一击破；面对心动，她们互相鼓励，共同分辨；面对失败的爱情，她们相互帮助，共同化解。勇敢聪明的女孩们打拼于欲望都市，凭借友情和信仰，自信地朝着理想的方向前行。

前段时间被众人追捧的电视剧《漂洋过海来看你》，王丽坤饰演的苏芒同样也是这种具有多个标签的职场丽人。她是海归女博士，也是单身母亲，更是外号"黑蜘蛛"的女强人，即便如此，她还是一个人扛下了压力，在工作上出色领导，自立自强，在生活上学会适应，不抛不弃。这样一个从不在人前示弱，即使受伤也不会捂住眼睛逃避，而是面对伤痛莞尔一笑的女性，一出场就成了众人的关注点。

可见，女主不傻不甜同样能成就一部受欢迎的大戏。职场女性们有足够的底气和自信高呼，实力派才更被人爱。

传奇女郎：坚固柔情，勇闯新天地

代表作品：《铁娘子》《艾米莉亚》《年轻的维多利亚》

不同的人总在扮演不一样的角色。世界给女性提供了很多角色选择，扮演学霸和职业丽人可能算是"中等难度"，有人却偏偏选择在别人不敢涉足的领域成为传奇，这才是最高难度的。

在这里，我们不得不提前英国女首相撒切尔夫人。"虽然我不是个强硬派，而是个温柔的人，但我不会让人牵着鼻子走。"电影《铁娘子》就以回忆的手法，写出了撒切尔夫人如何用无法逆转的强势姿态，粉碎了所有与性别和阶级有关的障碍，并在动荡的时局中杀出一条政坛血路。而在过去，与女首相一样罕见的还有女飞行员，美国电影传记《艾米莉亚》就展示了首位独自驾机飞越大西洋的女飞行员艾米莉亚·埃尔哈特，是如何征服很多男性都无法征服的天空的，故事令人动容。

而无论是智慧卓越的撒切尔夫人，还是正面阳光的艾米莉亚，都在依靠自己勇闯新天地。这一切，是没有男主角庇护的傻白甜女生们无法做到的。

第三章 | 你的勇敢自带光芒

革命领袖：渺小却伟大，时代先驱

代表作品：《红高粱》《花灯满城》

不管是职场御姐、政坛豪杰，抑或是追梦的女学霸，这些"风流人物"都在各自的领域闪耀着。但还有一类女性，她们可能无法被界定到某个领域，但她们凭借胸腔中的革命精神，成为一个时代的先驱。

20世纪30年代，山东高密乱象横生，而《红高粱》的故事就发生在这里。名叫九儿的少女和那个年代固守深闺、目不识丁的女性完全不同，她不甘平庸。虽然抵抗不了命运的玩弄，被父亲卖给了麻风病人，但她也不曾屈服，用计策保住了自己的贞洁，也依靠智慧艰难生存。她瘦小的身躯还承担起拯救家国的重任，一次又一次，扭转命运，救赎他人。

如果说九儿活得酣畅淋漓，那电视剧《花灯满城》里的颂莲便是隐忍地反抗。《花灯满城》改编自我国著名作家苏童的《妻妾成群》，之前被张艺谋改编成了电影《大红灯笼高高挂》。影视剧中，由田海蓉饰演的颂莲被迫加入深宅大院的陈家，面对封建家族的几度兴衰。悲欢离合中，颂莲用自身行动感召其他深受封建束缚的人。

而反观时下大热的民国剧女主角，剧情多是傻白甜邂逅公子少爷，丫鬟也顺便偶遇随从，闹出各类肤浅的乌龙笑话，简直惨不忍睹。而观众们也一定会发现，影视作品中那些在深宅大院里、在封建可笑的时代中反抗命运的女子，更加触及灵魂深处。

结语

命运的天平纵然公正，唯有智者能获得使它倾斜的权利。傻白甜女孩们凭借光环在影视剧里一路开挂，得到了男主角的喜爱，却没有躲过豪门恩怨和一片骂声。唯有那些用实力说话的女孩，像开弓离弦的箭，主宰自我，不曾后退，还跳出屏幕，让现实中的少女们懂得怎样才算真正地活着。

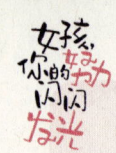

勇敢的人会为梦想出发

文○古典
图○来去

你看过《功夫熊猫》吗?

故事的一开始,阿宝就做了一个梦,梦见自己成为一只会武功的熊猫,和盖世五侠一起,战胜邪恶势力,扬浩然正气。这正是他多年的梦想,也是他的潜能所在。

但是,当他的爸爸问他:"你做了梦,你的梦想是什么?"

阿宝只是说:"嗯,是关于——面条的。"

你一定也有过这种经历。你有一个梦想,但是当别人问起你的时候,你只会说:"嗯,我没有太高的期望。"或者说:"嗯,我只是希望赚点儿钱。"又或者说:"嗯,没想太多,快乐就好。"

其实每一个人应该都有自己的梦想与实现梦想的潜能,但是每一个人又同时害怕着自己的梦想。

有时候梦想意味着周边人的不支持。比如说,你怎么能够期待你的家人一定会为你的梦想服务呢?可你本来是一个很受欢迎和让人喜爱的人呢!

有时候梦想可能意味着自己要做一些以前没有做过、不敢做的事情——如果这个事情已经实现,那还叫什么梦想呢?可你现在本就是生活得很好的人呢!

有时候梦想意味着自己也许有实现梦想的潜能,那同时也就有了把这些潜能发挥出来的责任。

有时候知道自己拥有潜能是一件危险的事情。当你知道自己拥有成为一个好作家的潜能时,你就开始思考,要如何发挥这种潜能,要写出什么样的作品,然后才对得起自己的才华呢?

可是,你平时一直告诉自己:"其实我就是一个很普通的人,我就是一个平凡的人。"

梦想带给你周围人的冷遇,打乱你原本过得舒适的生活,让你雄心勃勃又忧心忡忡。

梦想能给你的,只是那一点点希望的快乐。

所以,梦想其实是一种煎熬,煎熬那些有梦想的人,煎熬那些竟然希望改变生活的人,煎熬那些自己都活得一般却一心希望世界更美好的人。

每一个有梦想的人,都会受到梦想的煎熬。

如果你是一座山峰,你的梦想是天空,那么,因为你的高度,你需要第一个被雨淋,第一个被风化,第一个被雷劈。

所以,你注定被煎熬,注定要承担那些低洼地所不需要承担的东西。

谁让你有梦想呢?

谁让你喜欢蓝天呢?

谁让你拥有希望呢?

我时常也会羡慕那些没有梦想的人,他们的生活多么美好、平凡、安静,有一个可以预见的生活轨迹……

只是我不能过那样的生活,因为我注定是一个被梦想煎熬的人。

我的心中跳动着梦想的温度,我的眼睛被梦想点亮,我的脑子里面全是未来的希望的图像。这就注定了我是一个被梦想煎熬的人,一个现实的理想主义者,一个未来世界的参与者与一个过去世界的流放者。

每一个人都会有关于梦想的煎熬,但是很多人刻意地躲开:成为不了功夫熊猫,成为汤面熊猫有什么不好?

这些人聪明地躲开了梦想的煎熬,安心地过自己的生活,他们让我羡慕。但是,那些勇敢的人啊,那些被梦想煎熬的人啊,让我们上路吧!MM

第四章 青春是一场过不完的夏天

不要为夏天的最后一根棒冰伤心,快来加入属于青春的狂欢!一起看开不败的烟花,一起做不会醒的梦,一起过不完的夏天!

青春有张不老的脸,但愿它永远不会变。不会有太晚的开始,也不会有迟到的相遇。不要为一时的得失痛心疾首,明天依旧是艳阳高照的好天气。笑一笑,重新出发,青春的旅途必将一路繁花。

图◎繁 繁

刘雯："丑小鸭"穿上梦想的水晶鞋 文◎花开的声音

歪打正着

1988年1月27日，刘雯出生于湖南永州一个普通的建筑工人家庭，和身边很多普通家庭的孩子一样，小刘雯最喜欢穿的衣服是过年时的"春装"。一身大红色的小棉袄，头上绑两根红绸带，就能把小刘雯美得不行，对着镜子照上好半天。

上中学的时候，所有时尚美的启蒙，都来自电视。看着屏幕中身着各式礼服的漂亮姑娘在T字台上走秀的风采，活泼好动的刘雯忍不住模仿起里面的"猫步"。亲戚来家里串门，看到她"走秀"的情景，很惊奇地连连夸奖："像，真的挺像电视里那些模特呢。"

尽管她也像电视里韩国女主角和走秀的模特，有着高高瘦瘦的身材，但因环境和周围人审美观的不同，读书时并没有人赞美过她身材；相反，她还曾因个子高被人排挤和讥笑。那一段时间，刘雯总爱下意识地驼背，想让自己显得合群点儿。

然而，一个意外的机缘，让这个自卑的"丑小鸭"发现了自己的价值。

2005年，有亲戚给她说："你不是一直挺想买笔记本电脑吗？新丝路模特大赛的奖品正好就是笔记本电脑，现在正在报名中，你那么高，又那么瘦，何不报名试试运气？"

冲着这个诱惑，这个17岁的女孩子报了名。

刘雯的父母很支持她的想法："别管别人怎么说，做你自己想做的事。对我们来说，你能不能获奖赢得笔记本电脑并不重要，重要的是你勇敢地尝试了，只有敢做，总有收获。"

或许是上帝保佑有梦想的孩子，似有天助，在那届新丝路模特大赛中，刘雯竟意外戴上了湖南分赛区冠军桂冠……

本以为T台之路会一顺皆顺，但在全国总决赛的时候，刘雯却在众多有着职业经验的模特大比拼中落选，这让她感到非常沮丧。唯一让她欣慰的是，因这场全国级的模特大赛，她获得了模特机构的关注。

一纸合同，让这个从未跟时尚界打过交道的永州"丑小鸭"成了模特界的新生力量。2005年冬天，刘雯提着两个箱子，从永州来到北京，开始了职业模特的生涯。

幸运来袭

初到北京，刘雯就体会到了坐"冷板凳"的滋味。那时候，刘雯的相貌不被圈里人看好，并且缺乏走秀的经验，所以很长一段时间，刘雯都当观众。刘雯到处参加走秀面试，但运气总是不好，一次次地碰壁让刘雯切身感到了北漂的不易。她也曾灰心地怀疑过自己是不是当模特的料，但每次想打退堂鼓的时候，心里又有些不甘心。

她渐渐地发现了坐冷板凳的好处：自己离名模距离那么近，不能上台，却可以近距离地观赏她们在T台上的风采。而且正好有时间多读几本时尚杂志，了解国内外时尚动态和着装搭配与化妆间的关系和技巧，从中摸索出一套最适合自己的风格。

春天里繁花不惊的从容和华贵，离不开冬天银碗里盛雪的沉淀和积蓄。此后，刘雯一边坚持参加专业的模特训练，一边蓄势待发，静等机会。

2006年冬天，法国时尚圈的知名人物约瑟夫·卡尔来到中国给《嘉人》杂志做艺术指导，因担任平面模特的大牌模特工作繁忙，杂志社就让身形相似的刘雯临时担任试衣模特。

试衣的过程中，她用自己独到的理解，在走秀

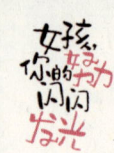

的过程中付诸身体和表情的语言诠释了这套服装。一出场,这位神情坚毅又不乏妩媚温柔的单眼皮姑娘就让卡尔惊叹不已。为此,卡尔专门为刘雯加拍了一组服装大片。

首次登上《嘉人》封面,引来无数对刘雯关注的目光,此后两年,好运频频光顾,写真频频登上国内时尚刊物。到了2008年,刘雯已成为超A类模特,一月20多次拍摄,参加国内外知名服装品牌和走秀。

两年多的认识和交往,让卡尔对刘雯有了更多的了解,他发现,刘雯的性格稚气可爱、漂亮简单、随性自然,她总能以最简单的方式,带给人以美的感觉。别小看这样的简单,这可是很多国际服装设计师、摄影师、造型师和T台导演都喜欢和要求的特质。

2008年3月,在卡尔的推荐下,刘雯勇敢地进军时装周。在2008秋冬时装秀走秀20场。此后,有了卡尔这位国际时尚界大咖的引路,刘雯就像穿上了水晶鞋的灰姑娘,陆陆续续走遍顶级大牌秀场。之后,刘雯的工作量骤增,时装周忙碌的时候,她每天都在不停地赶场,每天都像转个不停的陀螺一样,不是忙着试衣、化妆、走秀,就是在从一个秀场奔波到另一个秀场的路上。

同时,刘雯接到著名的维多利亚的秘密时尚秀邀请,这是一个由美国女性内衣与睡衣品牌维多利亚的秘密主办的年度时装表演,受邀的都是全球知名度很高的时尚模特。

那一年,21岁的刘雯成了第一个走上维密秀T台的亚洲模特,那扇被全世界名模青睐和神往的成功之门,已缓缓为这个中国女孩打开。 MM

10秒钟能做些什么

文◎翟 杰

他是一家电视台的主持人,主要负责报时和节目介绍。一成不变的工作内容让他觉得索然无味,而这枯燥的工作,他一天要重复好几次。更为糟糕的还不止这些,工作中的不顺心直接影响了他的生活质量,而糟糕的生活质量又反过来干扰着他的工作状态。

他陷入了恶性循环。

在他的潜意识中,工作不好是他做不好工作的重要原因。经过长时间的煎熬,他挺不住了,他不想自己的青春就这样浪费,他不甘心自己的年华就这样虚度。他想到了辞职。但是,辞职之后自己能去干什么呢?再说,这是一份多少人都可望而不可即的工作啊。一个偶然的机会,他发现,每次节目直播前的10秒钟是供他调节状态的时间,而这10秒钟的时间,他总是呆呆地站在那里,静听着导演倒计时的声音。

何不改变一下呢?于是,他开始利用起这短短的10秒钟来发现身边的快乐:哈!昨天的球赛简直精彩极了;今天的天气真不错,下班后约上心爱的姑娘一起喝杯咖啡,多么美妙;明天就该轮休了,我要好好支配这难得的时光。

日子一天天过去,他惊喜地发现自己真的有了质的改变。面对冰冷的镜头,自己的微笑早已不再机械;遇到同事,自己的双手也不再僵硬。就连自己最讨厌的这份工作,现在看来,他都认为是一天中最快乐的时光,是自己获得幸福的最根本的源泉。

他就是美国最著名的音乐节目主持人之一:莱斯·布朗。

10秒钟,我们可以做些什么呢?川剧大师10秒钟可以变脸十余张;飞人可以在短短的10秒钟内跑出百米的距离;世界上打字最快的人,10秒钟可以敲击134个键……然而,这些都是我们常人很难做到的。但是,我们也有属于我们的10秒钟啊!10秒钟,我们可以对着镜子自信一笑;10秒钟,我们可以看看自己的衣服是否平整,鞋子是否洁净;10秒钟,我们可以说一句让自己一天都热血沸腾、充满希望的话语……

朋友,还等什么呢?抓住属于你自己的10秒钟吧! MM

屠呦呦,从童年梦想到"诺贝尔"领奖台

文◎高毅哲 图◎Ashley

北京时间2015年10月5日17时30分,诺贝尔生理学或医学奖评选委员会秘书乌尔班·伦达尔在瑞典卡罗琳医学院"诺贝尔大厅"宣布,将2015年诺贝尔生理学或医学奖授予中国女药学家屠呦呦以及另外两名科学家威廉·坎贝尔和大村智,表彰他们在寄生虫疾病治疗研究方面取得的成就。

诺贝尔奖评选委员会给出的评语说:"由寄生虫引发的疾病困扰了人类几千年,构成重大的全球性健康问题。屠呦呦发现的青蒿素应用在治疗中,使疟疾患者的死亡率显著降低。"

这是中国科学家首次获得诺贝尔科学类奖项。

今天,让我们走近这位站在科学顶峰的女科学家,看看她的成长故事。

童年,父亲为她埋下梦想的种子

1930年,屠家唯一的女孩降生,开堂坐诊的父亲摘引《诗经》"呦呦鹿鸣,食野之蒿",为她取名"呦呦",意为鹿鸣之声。

屠家楼顶有个摆满各类古典医书的小阁楼,这里是屠呦呦童年时的阅览室:《黄帝内经》《神农本草经》《伤寒杂病论》《千金方》《四部医典》《本草纲目》《温热论》《临症指南医案》……那时,每当父亲去书房看书,屠呦呦都会坐在他旁边,装模作样地摆本书看。虽然看不太懂文字部分,但是中医药方面的书,大多配有插图,童年的屠呦呦十分享受那段简单而快乐的读图岁月,也就是在这段时间,屠呦呦爱上了医学。

在这样的环境下,屠呦呦慢慢长大,她开始跑下楼来给父亲做帮手。看到前来求医问药的病人喝下父亲煎熬的汤药后,疼痛逐渐有所缓解,她心里不由得对中草药产生了浓厚的兴趣。

每当父亲背起竹篓外出采药时,少年时期的屠呦呦都会像个跟屁虫似的一路追随,或钻进丛林寻觅,或抄起铁铲挖掘,或捧起药草嗅闻,其间自然是不停地向父亲询问诸种中草药的点滴知识。采药归来,屠呦呦的劲头更大,宁可不吃饭不睡觉,也要跟着父亲一起炮制药材,忙得不亦乐乎。

父亲的诊所接诊过一个重症病人,病人去过不少地方医治,都不见好转。父亲很认真地察看了病人的情况,又问了家属一连串的问题,都没能找出病因所在。那天晚上,父亲茶饭不思,早早地躲进了小阁楼里,翻阅那些厚厚的医书。第二天,病人又一次出现在诊所。这一次,父亲不再像前一天那样眉头紧锁,而是胸有成竹地给病人诊治,并很快确定了他的病因,开出了药方。没过几天,那位病人又来到诊所,这次,他不是来看病的,而是给父亲送来了一面大红锦旗。

多年以后,屠呦呦对此仍记忆犹新。"目睹了这一真实事件之后,我越发觉得医生这一职业的伟大。治病救人,带给人新生,这样的善举,让人感动。我看着父亲忙碌的身影,感觉特别崇高。我的眼前好像浮现出自己也穿上白大褂给患者医治的模样。我一定要做一个像父亲那样的好医生。"在一

107

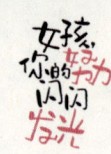

篇回忆文章里，屠呦呦这样写道。

心中治病救人的梦想渐渐清晰。1951年，屠呦呦考入北京医学院（现为北京大学药学院）药学系，这在当时是一个少有人问津的专业。没有选择中医，这让她的父亲颇感意外，但此时屠呦呦对自己的人生已经有了更清晰的目标。她对父亲说："药物是治疗疾病的主要手段。我认为只有药学专业才最有可能系统地探索中医药领域。中医历史悠久、博大精深，有很多值得研究的地方。"

父亲沉思片刻，说："我原以为，也只希望你长大了做好一个医生。没想到，你比我有更大的抱负！"得到父亲的赞许，屠呦呦很开心。她说："因为这个时候，家人给予的支持是我前进的巨大动力。事实证明，我确实在未来找到了属于自己的舞台。"

一辈子，只为做好一件事

1967年，一种可怕的瘟疫席卷越南战区，这种古老的瘟疫正是疟疾。当时越南向中国求助。在这样一个特殊的历史背景下，代号"523"的项目研究组成立，研究的指向明确——找到防治疟疾的新药。两年后的1969年，39岁的屠呦呦所在的中医研究院中药研究所参与进来。

筛选样本、查找文献、反复试验……屠呦呦在制取青蒿素的路途中克服种种艰难险阻，终于成功分离出治疗疟疾的有效成分——青蒿素，并通过随后的努力将之转化为药物。

诺贝尔生理学或医学奖评选委员会主席齐拉特说："屠呦呦从中药中分离出青蒿素应用于疟疾治疗，这表明中国传统的中草药也能给科学家们带来新的启发。"她表示，经过现代技术的提纯和与现代医学相结合，中草药在疾病治疗方面所取得的成就"很了不起"。

当时，在进行青蒿素动物实验期间，屠呦呦体检时曾出现过某些指标升高等现象。她的老伴李廷钊至今都记得，那段时间她每天回家都一身的酒精味，那是她亲自服药试验留下的味道，而这样的以身试药，最后甚至导致她肝中毒。

她对此向来不悔，说："我是搞医药卫生的，就是为了人类健康服务，最后药做出来了，就是一件挺欣慰的事。"

接受媒体采访时，屠呦呦说："作为一名科学工作者，获得诺贝尔奖是个很高的荣誉。青蒿素研究获奖是当年研究团队集体攻关的结果，是中国科学家集体的荣誉，也标志着中医研究科学得到国际科学界的高度关注和认可，这是中国的骄傲，也是中国科学家的骄傲。"

她始终抱有一个梦想：让中医帮助人类去征服全世界威胁生命的重大疾病，愿全球沐浴在中医阳光下的人们健康幸福。**MM**

有生机的灵魂

文◎保罗·科埃略

有人问我："我选择了一条错的路，我很想离开，但是如果离开这条路，会导致更多的麻烦和伤痛，还不如沿着这条路走下去。请问，您有过这样的经历和感受吗？"

我说："有一段时间，我明显感觉到自己走错了路。比如，我当了一家唱片公司的总经理，尽管薪水不低，身边也有自己爱的女人，但是总觉得生命中某种重要的东西没有了。

"如果我放弃这个职位的话，我家的日子一定会很难过，但是这样的日子我再也忍受不了。我对自己的生活有一百个不满意，我感觉自己的灵魂正在悄悄死去。

"那一年，我放下手头的一切工作，和克里斯蒂娜花了6个月游遍欧洲。在德国，我遇到了自己的导师。从此，我越发感觉到我应该成为一名作家，这是我内心的召唤。

"不过在4年后，我才真正开始写作，我第一篇文章写的是圣地亚哥之旅。所以，对于你的问题我的回答是：'是的，我走过一条不属于自己的路，我害怕离开这条路，因为我已经熟悉了这条路，但是当我离开这条路的那一刻，我发现我所担心的即将面临的灾难并不存在。当然，我遇到过困境，但是，这一切都是值得的，因为我的灵魂因此而有了生机。'"**MM**

别给人生留遗憾

文◎毕淑敏　图◎张花花

毕淑敏

国家一级作家、内科主治医师、北京作家协会副主席、注册心理咨询师。曾获各种文学奖30余次。代表作有《女心理师》、《青春当远行》、《离太阳最近的树》等。

关于遗憾，我查过字典，字典里有各式各样的解释，我最喜欢的一个解释就是，我们能够去满足的心愿，可是我们没有去完成，我们深感惋惜。

我想跟大家说的第一件事，就是在我年轻的时候，真是有一件万分遗憾的事情，那件事情如果发生了，我今天根本就不可能站在这里和大家做这样的一番分享。

1969年我不到十七岁，就穿上军装，从北京出发到达新疆，我们坐上了大卡车，（经过）六天的奔波，翻越天山，到达了南疆的喀什，我的战友们都留在了新疆的喀什，我们五个女兵又继续，坐上大卡车向藏北出发了。

这一次，这个世界在我的面前已经不是平坦的了，它好像完全变成了一个竖起来的世界，每一天每一天的海拔，从三千米到四千米，从四千米到五千米……

直到最后，翻越了六千米的界山达坂，它是新疆和西藏分界的一个山脉，进入了西藏阿里。我恍惚觉得这已经不再是地球了，它荒凉的程度，让我觉得这是不是火星或者是月亮的背面。

我记得1971年的时候，我们要去野营拉练，时间正好是寒冬腊月。我们要背着行李包，要背着红十字箱，要背上手枪，要背上手榴弹，还有几天的干粮，一共是六十斤重。

高原之上，寒冬腊月，滴水成冰，当时的温度已经是零下四十摄氏度。

有一天，我们早上三点钟就吹起了起床号，说我们今天要翻越无人区，无人区一共有一百一十公里的路，中间不可以有任何停留，要一鼓作气地走过去，因为那里条件特别恶劣，而且没有水。

走啊走啊，走到下午两三点的时候，我觉得那个十字背包袋，就全部嵌入到我的锁骨里面去了，一句话都说不出来，我觉得喉头不断地在发咸发苦，我想我要吐一口肯定是血，我想这样的苦难何时才能结束呢？我想我拥有年轻的生命，为什么我所有的神经末梢，都用来忍受这种非人的痛苦？

我当时就做了一个决定，我今天我此刻我一定要自杀，我不活了，面对这种苦难我无法忍受，我这样决定了以后，就开始打算什么时间坠崖而亡。

我就这样不断地在找，不断地在找合适的时机，终于我找到了一个特别适合的地方，往上看就是峭壁高耸，往下看就是深不见底的悬崖，我想我只要松下手掉下去，一定会死。

但是在最后一刹那，我突然发现我后面的那个

109

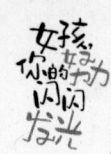

战友,他离得我太近了,我如果下去的话,我一定会把他也带到悬崖之下,我在想我已经决定要死,可是我不应该拖累别人。

队伍在行进中,这样的好时机也是稍纵即逝,之后地势又变得比较平坦,我再想找这么一个地方,就不容易了。这样走着走着走着天就黑了,我们就走到了目的地。

一百二十里路就这样走过去了,那六十斤的负重,也一两都不少地被我背到了目的地。

我站在那个雪原之上,把自己的全身都摸了一遍,每一个指关节,自己的膝盖,包括我的双脚,我确信在经历了这样的苦难之后,我的身体上连一根头发都没有少。

那一天给了我一个特别深刻的教育,当我们常常以为自己顶不住的时候,并不是最后时刻,而是我们的精神崩溃了。

你只要坚持精神的重整,坚持精神的出发,其实当我们觉得,那万劫不复的情景,也依然可以去找到它的出口,也依然可以坚持过来。

我知道年轻的朋友们,在我们的生活当中,会有各式各样的苦难。

有的时候,有的家长跟我说:"您能告诉我一个方法吗?让我的孩子少受苦难?"我说我能告诉你的,唯一可以确定的事情是,你的孩子他必然会遭受苦难。

而且我们年轻的时候,我们的神经是那么敏感,我们的记忆是那么清晰,我们的感情是那么充沛,我们的每一道伤都会流出热血。

所以尽管有很多人告诉你们,年轻是一个人最美好的时代,我也想告诉你,年轻也是我们痛苦的时候,我们会留下很多很多的遗憾。

那么最大的遗憾,就是断然结束自己的生命,我想这是对生命的大不敬。而且以我个人的经历来讲,那一天我没有结束自己的生命,我坚持下来了,我才发现,原来那最不可战胜的,并不是我们的遭遇,而是我们内心是否坚强。

日本有一位医生,他的工作就是专门去照顾那些临终的病人。

他和大约一千名临终的病人谈过以后,总结出了二十五条人生的遗憾,其中包括:没有吃到美食,没有回过自己的故乡,自己的孩子没有结婚,还有……

我和这位医生也深有同感,因为我曾经去过临终关怀医院,也陪伴着那些临终的人,走向他们生命的最后时刻,也跟他们有过很多倾心的交谈。

我曾经到一间临终的病房,那是一位八十岁的老人,连他的儿女们都不再陪伴在他的身边了。他的儿女们都在外面说,他们不忍心看到那最后一刻,我说那我愿意进去陪伴他。

我走进那个房间,深深地吸了一口气。我觉得在这个空气里有很多很多临终病人,他们最后吐出的气息。

然后我躺在那位老人的身边,摸着他的手,然后那个老人轻轻地跟我说了一句话,他说他觉得他这一辈子,怎么好像没活过啊。

我今天把这个故事和年轻的朋友们来分享,我就是想说,我们每一个人的生命都是一张单程的火车票,我们每一个人都没有拿到往返的那张票。

所以生命从我们出生那天开始,它就像箭一样地射向远方,我们能够在自己手里,把持住的就是我们此时此刻,这无比宝贵的生命。

我特别想说,我希望我们的理想服从于我们的价值观。在我们的心里,能够燃烧起熊熊火焰的,并且给我们的一生以指引和动力的,是我们对于自己认为最美好的那些价值的追求。

举个我个人的小例子,2008年的时候,我终于用我的稿费,买了一张船票,开始去环球旅行。走啊走啊走了没多远,就知道了汶川地震。

船上有一千多个外国客人,只有我们六个中国人,可是我说,我们一定要为中国发起一场募捐。后来我们的团队里有人就说,那些外国人要是不给咱们捐钱,我们多么丢脸哪。

我说可是我们中国人,要不为自个儿的祖国做点儿什么,那才是丢脸呢。我们说我们一定捐美元和欧元,这样的话,会让我们那个(捐款)数字变大,如果我们都捐人民币,人家会觉得是我们自己捐的,我们捐美元和欧元,但是当所有的钱都揽到一起的时候,船长对我说,里面有两千元人民币。

我们只有六个人,这很容易查,吃饭的时候,我们就互相问:"谁捐的人民币?我们不是说了要捐美元和欧元吗?"

最后我们六个人说,我们都没有捐人民币,后来我就问船长,这船上除我们以外还有中国人吗?他们说在深不见底的底舱,永远不能到甲板上来的，那些工人里，有你们中国人。

我就回到北京把这笔钱捐了，捐了以后，北川中学知道我回国了，就打来电话，说希望我到北川中学去当一次语文老师，因为我有一篇小散文，叫作《提醒幸福》，是收在全国统编教材的初中二年级的课本里。

我不怕地震，可是我有点儿怕，我写的这篇文章的题目，它叫《提醒幸福》。那样的大震之后，他们的老师有伤亡，他们的同学有很多很多再也不能回到教室，我要去跟他们讲"提醒幸福"。我觉得在这种困难的情况下，幸福在哪里？

但是那一次北川中学之行，给予了我巨大的教育。因为北川中学初中二年级，所有的同学会聚在一起，他们告诉我说，他们是世界上最幸福的人。我说你们说自己是最幸福的人，你能告诉我你们幸福在哪里，后来他们告诉我说，那么多人死了我们还活着，这就是幸福！

他说我们可以看到全中国所有省份的汽车，我们就觉得全国人民在帮助我们，大震才过去了十几天，我们今天就可以恢复读书了，难道我们还不是世界上最幸福的人吗？

我听了以后真的热泪盈眶，我才知道在生死面前，最宝贵的东西是什么，我们重新享有我们生命的时候，一定要把自己价值观中那些最重要的东西放在前面。

我下个月会出发到非洲去，我真的觉得那是我的一个愿望，如果我不抓紧去实现它的话，我会越来越老，身体也会慢慢地有更多的问题。对于那样灿烂的文化和悠远的历史，我理解起来，记忆起来，可能就会有困难，然后还要翻山越岭，万一自己跑不动被狮子追上了，是不是也有点儿危险？

所以如果你有愿望，如果你真的还有力量去实行它，我觉得一定要即刻就出发，去完成自己的愿望，让自己遗憾更少。

人生是一个漫长的过程，年轻是多么好，但是请你们记得，记得有很多的东西，当你不懂的时候，你年轻，当你懂得了以后，你已年老。

那么让我们的理想不要变成化石，让我们现在就行动起来，去实现我们的理想，让我们的人生少些遗憾，谢谢大家！

敢于选择第一步，才能有第二步

文◎俞敏洪

大家知道，滑雪的最大角度是35度。前几年冬天有一次滑雪，我从一个30多度的坡上高速冲下去，拐弯没拐好，摔倒在地，整个脚踝被扭断，我在病床上每天吃止痛药，吃了3个月疼痛才消失。

去年我去日本北海道滑雪，在雪道上整整坐了15分钟不敢下去，两年前把脚扭断的恐惧还在心里。但是我知道，如果这个坡不下去，这辈子我就别再滑雪了。我咬了咬牙，心想，顶多再摔断另外一条腿，但这一次非下去不可。结果滑下去以后，什么都没发生，我对滑雪的恐惧一下子消失了。

我们一生要做很多选择，第一步总是最难的。我从北大辞职的一瞬间人是蒙的，不知道自己能干什么。有人告诉我，俞老师，我根本不敢迈出第一步，因为我不知道接下来会发生什么。其实我很理解这种想法，就像我刚开始做新东方时只有13个学生，根本不知道后面会发生什么。但是事实就是，第二步一定是跟在第一步后面的，如果你不迈出第一步，你怎么会有第二步呢？你必须克服恐惧，做出选择。

生命就是这样，敢于选择第一步才能有第二步、第三步，就算一无所有，又怕什么呢？

只要是你自己的选择，生命就没有后悔。

生命真正的后悔来自于你从来不选择，或者不做主动的选择。

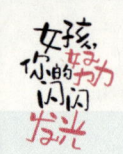

颜宁："非主流"的主流科学家

文◎钱 炜

见到颜宁那天，她戴着一顶蓝色毛线帽，身穿短款夹袄、运动裤，脚蹬运动鞋。一见面，她就提议："今天天气这么好，咱们出去走走吧！"边走边说，她双手抚弄着帽子两边垂下来的毛线球，用活泼的语调说："我特别喜欢这顶帽子，因为这是我妹妹送我的生日礼物。"那样子，就像一名女大学生在秀自己新得的一件宝贝，而非一位头顶诸多光环的科学家。

这种角色的反差还有更多体现。无论是20世纪80年代报告文学里的陈景润，还是媒体报道中颜宁的导师、同事及领导施一公，他们的标签都是：艰苦奋斗、低调谨慎。但颜宁与他们不同，她活得本真、自我：在微博上大谈热播剧剧情、转发她喜爱的明星照片、做微信公众号主编、和闺密一起做视频访谈、在网上对看不惯的事情直接批评。她的这些"业余活动"，和严肃媒体上不时传出的"颜宁课题组又有科学新发现"的消息一起，拼凑出她的公众形象。

颜宁是一名高产的实力派科学家。2009年以来，她以通讯作者身份在《细胞》《自然》《科学》三大期刊（在业内被简称为CNS）上发表科研论文19篇，其研究成果在2009年和2012年被《科学》年度十大进展引用；2016年，她被《自然》评为十位"中国科学之星"之一；HHMI国际青年科学家奖、杰青、长江学者、何梁何利、吴杨奖等各种奖项更是拿到手软。

"学术判断力敏锐、高效、执行力强。"谈及自己的实验室"老板"时，清华大学生命科学学院（简称"生科院"）副研究员周强在思索片刻后说了这几个词。他进一步解释说，在结构生物学领域有许多问题都值得研究，近年来，颜宁选择的两个攻坚课题是葡萄糖转运蛋白与电压门控离子通道，很快就做出了引人瞩目的成果。这说明她清楚地知道哪些是业界的重要问题，以及在什么时机启动研究才最有希望获得结果。

2017年2月，颜宁研究组在《科学》杂志报道了世界上首个真核电压门控钠离子通道（以下简称"钠通道"）的近原子分辨率结构。

谈及2017年的学术收获，颜宁抬高声音，又调皮起来："哎呀，我今年可牛了！钠通道是业界很多实验室都想要做的，已经研究了好几十年，但我们今年以迅雷不及掩耳之势一下子收获了俩结构。"开过玩笑后，她解释说，实际上，这次发现并非一朝一夕之功，而是自己最近10年持续努力的结果。

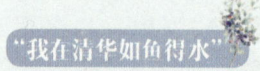

2017年是颜宁学术生涯的一个高峰期。这一年，她不仅攻克了长期的科研目标，还完成了一次身份转换，从清华大学生命科学学院拜耳讲席教授变为普林斯顿大学分子生物学系雪莉·蒂尔曼终身讲席教授。这使颜宁再度成为新闻焦点，这次选择让她被纳入一个新的群体——"归海"一族，并且被解读为"负气出走"。

颜宁有很多值得人们津津乐道的标签：毕业于清华的美女学霸、结构生物学大牛施一公的得意门生、30岁的清华正教授，在CNS发文章如同灌水。就像施一公被看作"千人计划"的标杆人物一样，颜宁则被视为高端海归人才的后起之秀。

2011年，施一公与饶毅在第一次参选中科院院士时双双落选，当时这被视作海归们遭遇"中国国情"的标志性事件。11月28日，2017年中科院新晋院士名单发布，很多媒体在报道这一消息时，标题都要捎带上"颜宁落选"这个点。颜宁对此表现得毫不在意。她说："科学家的名片是我的科研成果，而不是各种title（头衔）。不论是否当选，我还是我，既没有更高明，也没有变差劲。事实上，我现在有点儿小得意的是，向别人介绍自己的时候，只说我是颜宁，不需要任何修饰词。"

颜宁斥责网上那些关于她"负气归海"的猜想纯属无稽之谈。她有些激动地说："普林斯顿是我的母校，回到普林斯顿任教，一直是我的理想！"这并非一时的托词。2007年回国以来，她曾不止一次地在微博和博客上表达对普林斯顿的思念之情，还专门写了一篇关于普林斯顿历史的文章。

"清华对我的支持非常有力，令我毫无经费之忧。可以说，我在清华就跟公主一样。"这也是颜宁对网上"负气出走"一说感到气愤的原因。

2017年12月15日，在《中国新闻周刊》"影响中国"年度人物颁奖典礼上，第十一届全国政协副主席、中国科学院院士王志珍把颜宁所谓"归海"的现象与施一公当年的海归相比较："施一公从国外回到中国，作为一种现象，形成新中国科技发展历史进程中有转折点意义的标志……以颜宁为代表的又一代更加年轻的中国科学家，由于在中国的土地上取得的非凡的科研成果而被世界著名一流大学或研究机构从中国聘出去担任正教授、讲席教授的学术职位，这难道不是中国科学技术事业新时代的一个标志吗？"

在现场，王志珍问道："亲爱的颜宁，你是清华大学终身讲席教授，也拥有中国乃至于世界学术界公认的学术地位，为什么还要折腾自己，非要一切从头开始呢？我觉得这有点儿自讨苦吃。你如何回应外界的关注呢？"

颜宁回答说："从2014年开始，不仅是我，有几位教授都传出新闻，说被美国顶尖大学，比如麻省理工学院聘过去做教授。对于我回普林斯顿任教，很多人有各种议论、猜测，甚至觉得这件事有点儿悲情，认为我是被'挤压'走的。其实真的不是。我去普林斯顿确实有点儿自讨苦吃，我在清华这个我最爱的母校待得太舒服了，害怕自己的才智不知不觉浪费了，想换一个环境重新挑战自己。"

立志当记者的科学家

"我从没有想过科学界有没有圈子这个问题，如果真有，我也不混圈子。我很宅，时间都花在了实验室，业余时间就宅在家里上上网、追追剧，看看书。其实我是个网瘾少女。"颜宁这样描述自己。

2010年11月，新浪微博刚开通，很多人还不知道其为何物的时候，颜宁就发了第一条微博。至今她已经发了3000多条微博——考虑到与此同时她在科研上的高产，这个数字还是很可观的。对此，颜宁解释说，她把发微博当作写论文时的调剂，"有时脑袋卡壳了，就打开微博，写140字发出去，再回到论文上，思路上已豁然开朗。"

"施一公和我对颜宁早年的印象都是憨厚。她担任系学生会主席期间，默默地为系里做了很多事。另外，她一直比较'文艺'，喜欢看小说、看电影，还担任系刊的主编，我那时从来没有想过她后来会从事科研这条路。"清华生科院院长、颜宁的"损友"兼大学时代的辅导员王宏伟回忆说。

据颜宁的大学同学兼闺密、盖茨基金会北京代表处首席代表李一诺在《我和颜宁这些年》一文中的叙述，颜宁从小学就开始看武侠小说，追明星八卦，大学时选修了电影课，到处看电影。大二时，被李一诺认为"不靠谱"的颜宁，忽然要去竞选系学生会主席，没想竟一举战胜了外班的一位竞争对手，成功当选。王宏伟对此也有些诧异，"我当时跟她说，但凡某某某用一点点心思也轮不到你呀！这句话被她一直记着，说我胳膊肘往外拐，还被写进了回忆文章里。"她笑着说。

颜宁这种初生牛犊不怕虎的闯劲儿，在大学毕业申请美国学校时再次发挥作用。当时，施一公是普林斯顿分子生物学系的助理教授，负责面试亚洲学生。颜宁因病错过了施一公到清华的讲座，便给他写了一封英文自荐信。在列举了自己的种种成绩后，信是这么结尾的："我觉得自己在各方面的能力都很出色，我希望把时间花在更有价值的地方。但申请出国太浪费时间和金钱了，如果普林斯顿大学录取我，我就不用再花精力申请别的学校……"这封信给施一公留下了深刻印象，他从普林斯顿打电话面试了颜宁。大四寒假时，颜宁获得了普林斯

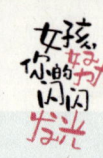

顿的录取通知书。

小时候，父母对颜宁从没有提过什么要求，只希望她和妹妹两个人健健康康、开心地长大。"因为小时候我眼睛不好，父母不许我多看书，为此我还很不高兴。"颜宁的性格或许与成长经历有关：她从小在一个宽松有爱的家庭氛围里长大，人生的路一直走得很顺。

尽管父母并没有提出什么期待，但颜宁对自己有要求：不和别人比，但要做到自己的最好。大学第一个学期，她的微积分考了67分，差点儿全班垫底。这对于之前一直是全年级第一的颜宁来说是个不小的打击。不过她表示，整个大学期间也就只考过一次这么烂的成绩。"我的大学成绩排全班第四名，已经不是学霸了。在我的概念里，只有第一名才是学霸。"

做一名"铁肩担道义，辣手著文章"的记者，是颜宁曾经的理想。因此，在高中分班时颜宁选择了文科。但在当时"学好数理化，走遍天下都不怕"的风气下，年级第一的她，被班主任强行拉回了理科班。报考清华生物系也是父母的主意。颜宁更加向往自由开放的北大，但是父母对清华更加青睐。"上了大学以后才发现，我来清华是来对了！"

"清华厚道、大气、稳重，普林斯顿优雅、淡定、高贵，这是我一生中最爱的两个地方。"在2014年清华大学毕业典礼上，颜宁这样表示。她对清华园充满感情。她很少跑步，但喜欢走路，平时做实验、写论文累了，就在校园里走走。因此，她清楚地知道清华园哪一处几近废弃的老房子背后有几株腊梅，哪一处园子在什么季节最漂亮。

抱有质疑

2016年5月，某科学微信公众号报道了河北科技大学副教授韩春雨在基因编辑领域的最新研究，引发国内多家主流媒体相继报道，包括一些院士在内的国内生物学家也对韩春雨的工作做了高度评价。颜宁对此一直很冷静，当发现事态趋于狂热时，她在当年5月19日发了这样一段微博："1.我很佩服韩老师，在支持条件这么差的情况下坚持科研，真心佩服；2.希望借此能够关注对于本土培养的青年科学家的支持问题；3.这个研究如果所有数据solid（可靠），前景巨大，好极了；4.这项研究不属于创新型研究，是跟风型的，没必要神化，原创在2014年。"

两个月后，国内外同行陆续发现无法复制韩春雨的研究结果，韩本人后来也撤回了发表在《自然》子刊上的文章。谈及对韩春雨事件的反思，颜宁说："这是缺乏质疑精神的表现。

Be critical（挑刺），是我们在科研中必备的素质。"在普林斯顿，颜宁接受的科研训练便是，课下读十几篇论文，在上课时，老师会随意叫一名学生站起来，指出这篇论文的缺陷与不足。"我们看的都是生物学领域历史上已经发表的重要论文，很多都是经典文献，但老师依然要求我们从中找出问题。这种训练是我过去从来没有过的，它教会我学会质疑。科学没有挑战权威的质疑精神，就不可能有创新。"

在这种氛围下，与导师施一公争论学术问题，是颜宁在美国读博期间的常态。"由于我思虑不周或欠缺相关背景知识，争论的结果一般还是一公正确的时候多。但我想强调的是，即使你还只是一名小小的学生，也不能盲目地崇拜权威。"

颜宁将她在普林斯顿受到的训练带回了清华。在她的课堂上，学生不能只舒舒服服地听着老师讲课、埋头做笔记，而是要经常发言，接受颜宁的提问或者陈述自己的主张。

在成长为一名优秀科学家的同时，颜宁也开始关心公共事务。一开始，有人喊颜宁"女科学家"，她只是下意识地反感，喊多了她就开始思考，为何人们在提起科学家时总要强调女性这一性别？慢慢地她发现，身边有很多优秀的女博士在完成学业后都没有继续从事科研。她觉得需要为改变这一局面做点儿什么，开始在各种场合鼓励女性从事科研。

一次，在学院面试博士生时，一名男同事问一名应试的女生："你现在到了一定年龄，将来怎样平衡家庭和科研？"颜宁立即插话："你可以不回答这个问题。这是一个有性别歧视的问题。你们为何从来不问男性如何平衡家庭和工作？"

颜宁一直单身，但对于此类话题，她一概不予回应。

《中国新闻周刊》记者问颜宁："你觉得自己跟大众印象里的主流科学家有什么不同？"她又冒出一句神回答："我不就是主流科学家吗？" MM

第四章 | 青春是一场过不完的夏天

圆体字的告白

文◎七堇年
图◎吕皮拉卡

十几岁时喜欢一个人。面容素净如雪般的高个儿少年，看起来清清朗朗，像操场跑道边一棵沉默的杨树。

姑妈从英国回来的时候，送给我一支从莎翁展览馆附近的纪念品店里买回的鹅毛笔。金色的笔尖，浅棕色的羽毛笔杆有近一尺长，握笔书写时竟有飞翔的诗意。那天下午我骑车穿越大半个城市，买来一本薄薄的英文字帖，开始练习写漂亮的圆体字。因为曾经在老师给全班放电影镜头里闪过一封漂亮的圆体字书信的时候，我偶然听到他惊叹："太漂亮了。"

我开始夜夜在台灯下蘸墨临帖。不知不觉，用来临摹拉丁字母的纸，摞起来已经厚厚一沓。

在快要毕业的时候，我终于决定去找他。我带着写了两年的信，最后一次跟着他回家。那条路我已经再熟悉不过了。夕阳之下我在他后面走着，一直凝视他的背影。两年多的时间，那些因为他天真而卑微的时刻，清晰地浮现出来，在内心深处摇摇欲坠，心跳变得粗犷激烈。

追上他的那一刻，我深吸一口气，喊住了他，把信交给他。他略带诧异地点点头，拿过信，然后继续向前走。

在毕业后，他主动联系我。在他的家里，我看到与我想象中一模一样的情景：井井有条的整洁房间，书架上摆满了书，其中大部分是日本名著。他取下一本《枕草子》，说："这是清少纳言的随笔，我很喜欢，送给你。"

回到家之后，我打开那本书，看到里面夹着一封信。字迹相当漂亮，一如我早就熟知的那样。我匆匆扫一眼，因为担心不祥的结局，却又忍不住抱着欣喜的期待，所以鼓起勇气立即翻到信纸的最后一页，果然，结尾处写着"非常抱歉"。

那时我头脑中有瞬间的空白，几秒钟后才感到鼻子一阵酸涩。

那个夏天就这样淡出了我的生命，仅仅成为记忆的一部分。

多年之后的同学会上，又见到他。大家一起喝啤酒、唱歌，最后分开的时候，我们每个人都互相拥抱。当轮到他的时候，这个曾经占据了我全部心情的少年紧紧地拥抱我，他清晰而灼热的心跳敲打着我耳朵的鼓膜，令我的眼泪忽然间怆然而出，头脑中闪现的是那两年寂寞卑微的少年岁月。我此刻埋在一个曾经等待过的怀抱里，却因再次怀抱了曾经的等待，而终于明白了成长的意义。

此后的人生，也许我不会再用两年的时间练习为一个人写一封信，不会再跟在他后面目送他回家，不会再暗自祈祷着用最优美的方式相遇，却在仓促转身的一刻痛彻心扉地哭泣。

数年之后，我阴差阳错地念了英文专业。许多人称赞我写得一手整洁漂亮的英文书法。而彼时在灯下一遍遍在白纸上临摹圆体字、心绪被一帧模糊的少年残像所啃噬的青春岁月，再也不会有了……

MM

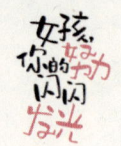

一件事坚持30天

文◎韦斯托

1

国外有一个叫摩根的青年，有天突发奇想——连续吃30天麦当劳会怎样？他说干就干，一日三餐都吃麦当劳，连吃30天。他还用摄像机记录下了这一过程。30天后，摩根的体重增加了25磅（约23斤），而且患上了轻度抑郁，并出现了肝脏衰竭现象。要知道，之前摩根可是非常健康的，真是不作不会死。

2

摩根连续30天吃麦当劳的视频引起了另一个人的关注。他叫马特·卡茨，是著名的谷歌工程师。他告诉自己，既然30天可以改变一个人，那为什么不朝好的方向改变呢？于是他给自己列了一份30天挑战计划。

要完成的4个任务：骑车上班；每天步行10000步；每天拍1张照片；写一本50000字的自传。

要克服的4个习惯：不看电视；不吃糖；不玩推特（相当于我们不刷朋友圈）；拒绝咖啡因。

除了那本50000字的自传，其他7项都是非常小的挑战。然而就是这本自传，平均到每天也只有1667个字。

30天后，马特·卡茨从一个肥胖的宅男工程师变成了一个拥有健康、乐观、文采等多种美好品质的人。他说："做那些小的、持续性的挑战，30天后你会感谢自己。"

3

在一个荷花池中，第一天开放的荷花只是很少的一部分，第二天开放的数量是第一天的两倍，之后的每一天，荷花都会以前一天两倍的数量开放……假设到第30天荷花就开满了整个池塘，那么请问：在第几天池塘中的荷花开了一半？第15天？错。是第29天。这就是著名的荷花定律，也叫30天定律。

很多人的一生就像池塘里的荷花，一开始用力地开，玩命地开，但渐渐地，你开始感到枯燥甚至厌烦，你可能在第9天、第19天甚至第29天的时候放弃了坚持，这时往往离成功只有一步之遥。

荷花定律告诉我们这样一个道理：越到最后，越关键。拼到最后，拼的不是运气和聪明，而是毅力。

4

有人提到"改变"就头大，其实是他们把"改变"想得太繁杂了。

如果你想养成早起的习惯，你只需要在前一天早睡，早睡的前提无非是少看一集肥皂剧或者少玩一个小时的游戏，仅此而已。

要记住，所谓改变，指的并不是"脱胎换骨"。

改变就像蒸桑拿，红红脸、出出汗、排排毒、治治病。由外到内，由浅到深，由皮肤到肌理。改变，是一个循序渐进的过程。

不必急功近利、不必追求立竿见影，只要每天能比前一天有一点儿突破、一点儿改善，而且朝着正确的目标持续地做下去，就一定能成功。

5

一辈子太长，一秒钟太短，30天不长不短刚刚好。你可以改掉一个坏习惯，也可以培养一个好习惯。

把东西放在固定的位置。一周集中采购一次生活必需品。把第二天的计划写在纸质日历上。在前一天晚上准备好第二天要用的东西。以分钟为单位来计时，而不是以小时。随身携带笔记本。记录时间都去哪了。每天静坐冥想5分钟。早起。记账。

这10个习惯小得不能再小，但若能长期坚持，必能改变你的人生。思想决定行动，行动决定性格。接下来的30天喜不喜欢都要过，既然如此，何不尝试一下呢？ⅯⅯ

第四章 | 青春是一场过不完的夏天

光，打在你身后
文◎刘 同

刘 同
作家、电视节目制作人，光线影业事业部副总裁，毕业于湖南师范大学中文系。代表作《谁的青春不迷茫》荣获第八届中国作家富豪榜"年度最佳励志书"。

高中的时候，我戴着一副黑框眼镜，班里同学给我起了一个外号——小表弟，代表着幼稚、天真、不懂事，也代表着好说话，不会拒绝别人。我不喜欢这个外号。一次课间的时候，老贺路过走廊，听到同学这么叫我，随口评论了一句："嗯，还是很像你的。"奇了怪了，自从老贺说这个外号还不错之后，我也就觉得这个外号还真不错。

老贺是文科重点班的班主任，也是年级所有文科班的英语老师。学校里都是他的传闻：教课很厉害啦，英语口语全市冠军啦，老婆很漂亮啦，每晚要去我们当地最高级的酒店吹萨克斯啦。很多人对此颇有微词：一个老师怎么能去酒店兼职呢？

可老贺每次出现在学校的时候，都很自信，脸上挂着微笑，好像处理别人的议论，于他而言只是掸掸身上的灰尘那么简单。

我很羡慕他，想成为他那样的人。因为崇拜久了，就好像和他很熟一样，以至于鬼使神差地，我鼓起勇气站在了老贺他们班的门口，等着他下课。

高中时的我不是一个敢于发表自己观点和意见的人，但不知为何，看到老贺，我有想表达的欲望。我说："贺老师，我是理科班的学生刘同。我很想进入您的班。我知道这次考试我还差一些，但是我一定不会让您失望的。""好的，我知道了。

我回去考虑一下，你也不用太着急。"老贺带着微笑说。

后来，当我的名字真的出现在文科重点班的编排表时，我在心里着实激动了一番，并且发誓一定要好好学习。可惜进入高二之后，我的成绩依然没明显的起色。我开始躲着老贺，怕他失望。

老贺似乎发现了我的异样，他也不找我聊天，而是点名让我参加各种课余活动。我听课听不进去，每天无精打采，觉得世界全是黑的，唯一的光，可能就是老贺冷不丁把我打捞上来那一下。

我和同学跳《珠穆朗玛》拿了一等奖，我参加英语口语比赛拿了优秀奖，我参加定向越野五千米跑完了全程，我把黑板报搞得乱七八糟拿了最佳创意奖……我成绩不好，但老贺让我体验到做学生取得好成绩之外的另一种获得成就感的方式。人生的齿轮，就这样慢慢开始运转起来。

高考结束，我考上了湖南师范大学。老贺特别开心，老贺当初说"他是一个会在黑暗中找光的人"，所以后来无论遇见怎样的事情，我的第一个念头都不是"怎么办？完蛋了"，而是"来，我们来看看光在哪里吧"。

2015年春节，同学聚会，老贺也来了。我问老贺，高二时为什么会允许我进入文科重点班？他似乎想了很久，然后说："你之前在理科班好像做任何事情都躲在后面，我就觉得你这个小孩儿气场很小、很弱，我完全没有想到你能主动来找我。说实话，那样的你把我都吓到了。我很吃惊，你这样的人怎么敢来跟我谈你的想法呢？"

光打在你的身后，墙上便有了巨大的身影。

"与其说是相信你成绩会好，不如说是相信你比同龄人更知道自己要做什么吧。"

也许，当你努力想完成一件事情的时候，信念会给你比能力更强大的力量。

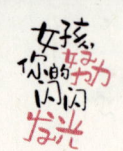

没有太晚的开始

文○吕书帆 图○鱼姬

北京的秋天，有风吹过这座城市。站在熙熙攘攘的人群中，我不止一次地感到庆幸，因为终于来到了梦寐以求的京城。

跌入谷底，苦苦挣扎

三年前，我因一分之差与心中的N中失之交臂。我怀揣着大学梦，上了高中。我告诉自己，一定要在高中取得好成绩，考上自己心仪的大学。

人生中第一次住校，第一次远离父母，在新的环境里，我常常感觉很孤单。

刚上高中时，我感觉学习很吃力。由于学习效率低，我经常熬夜看书，导致睡眠严重不足，直接影响了第二天的听课效率。如此恶性循环，在后来的月考中，我从入学时的年级前50名，到年级前300名，再到年级前1200名。

我感到很失落，不止一次地想过放弃。那时，我经常在数学课上昏睡，醒来时恰好迎上数学老师的目光。月考过后，成绩单张贴出来，我把嘴唇咬破也不敢去看，害怕自己的成绩又下滑一大截。

前方黑暗，提灯前行

高一下学期的时候，班上来了一位实习老师，我们很聊得来。我写了一封信给他，说："三年后，我要考上理想的大学。"那时候的我，数学试卷上还是不及格的分数，理综成绩更是一塌糊涂。实习老师很快回信了，说："我相信你一定不会止步于此。"

在那样黑暗而孤独的日子里，实习老师还愿意相信我。我很感动，至今仍保留着那封信。

从那以后，我开始努力学习。刚开始，我总质疑自己的努力。常常心不在焉，效率很低。埋头苦读了一段时间后，我收效甚微，甚至想过要放弃。

实习老师似乎看出了什么，在一个课间，他对我说："人生没有太晚的开始。你要相信，时光很长，你终将长成自己想要的模样，拥抱独属于你的未来。"我两眼望着他，重重地点了点头。

"人生没有太晚的开始。"那天以后，我经常想起实习老师的这句话。是啊，人生没有太晚的开始，我有什么好抱怨的呢？

我根据每个科目制订了详细的计划，把目标分解成一个个小目标。为了实现目标，我一一落实知识点，踏实上好每一堂课。每一个小目标的实现，对我来说都是一种莫大的鼓励。

我发现，我的成绩在慢慢进步。我终于明白，所有的努力都不是白费的。

越努力，越幸运

后来，我取得全区第四名的高考成绩，别人都感到很惊讶。只有我自己知道，我流下了多少汗水。

备战高考的过程，其实也是完善自己的过程。高中毕业后，我来到了北京电影学院。我发现，那些光鲜的面孔与我的距离那么近。这是北京电影学院，也是梦想的摇篮。我内心的梦想，要靠努力去实现。

未来只能靠自己去闯。我坚信，越努力，就越幸运。只有走好当下的每一步，才能到达理想中的地方。人生，永远没有太晚的开始。MM

所谓成长，就是要和自己作对

文◎晚睡

1

前几天开车路过某地，道边有座小楼正在被拆除，工人干得热火朝天。我连忙指给朋友，"看，我上班后第一次代表单位去开会，就在这座楼里。"

朋友很奇怪，"这你也能记住，有什么重要意义吗？"

当然有了。刚上班没几年，领导"提拔"我为办公室主任。

听到这个任命的消息，我差一点儿没晕过去。办公室是综合协调部门，而我自认最欠缺的就是组织协调能力，我胆小、内向、笨拙、害羞、表达能力差，被人关注对我来说是一件十分痛苦的事情。

上任没几天，接到一份会议通知，要我去区里开会，还要代表单位发言。距离开会的时间越来越近，我每天都活在焦虑之中：一遍遍地准备发言，吃不香睡不着，恨不得哪天突然地震了、发洪水了，然后一切就可以取消了。

可惜一切都没发生，会议如期举行。我如惊弓之鸟一样，进会场签到的时候手都是抖的。发言说得如何，已经记不清了，反正说完之后，我感觉后背都湿了，手心里全都是汗。

那是我人生第一次突破自己身上的茧，虽然是从一件十分微不足道的小事开始。大概和我一起开会的人，以为我和他们一样，面无表情之下是波澜不惊，却不知道我是多么如临深渊。

2

曾经我很憎恶这段经历，我每天都干着不想干而又不擅长干的事情。

我想要的就是安静地做一份自己的工作，对一切复杂的人际关系都很畏惧。可是，领导很看好我："你没问题啊，就是太没自信了。"我只能迎难而上，硬着头皮去改变自己，适应工作需要。

那段时间，我犯过很多低级错误，也曾在背地里流过很多眼泪，我无数次地自我怀疑，是不是真的选错了工作。但几年下来，最终我还是变了。

见人就脸红的毛病被一次次的接待治好了。

在陌生人面前讲话语无伦次的缺点被周而复始的会议治好了。

遇到问题喜欢焦虑的性格被干不完的工作治好了。

玻璃心被来自各方面的质疑和批评治好了。

我强大了，粗糙了，理性了，自信了。这个新的我令我惊喜，我从来都不知道自己可以做到这一切。这一切都是不可想象的。

我开始庆幸到了这个岗位，如果不是工作逼着我去完善某些素质，我也不会尝到改变的甜头。

3

每种成长都是如此相似。柴静曾经问朋友："我怎么老没办法改变我的弱点？"朋友回答："如果那么容易的话，还要那么漫长的人生干什么呢？"

漫漫人生路，最适合一点点踏入曾经未触及的禁区，一点点去丈量自己生命的尺度和深度。对待命运给出的考验，不要轻易地说自己不行。因为，在你没试之前，一切答案都是轻浮的。

成长在某种程度上来说，就是要和自己作对，不要让自己活得太舒服，得和那些缺点死磕，它们是你生命中的小魔鬼，跳上你的肩头，告诉你只要顺从它们一切就会好起来。但你不要相信，你要和它们势如水火，绝不姑息纵容，你逆着它们的方向走，然后才会迎来真正的蜕变和奇迹。

自我改变是一件十分艰难但又令人上瘾的事情。人生的挑战永远存在，一关一关地去闯，一次次褪掉自己的脆弱，换上新的装备、新的铠甲，"我是谁"这个答案，将一直被刷新，从未被定义。MM

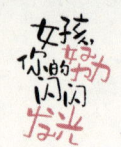

汪 涵

毕业于湖南广播电视大学。湖南卫视当家主持人,也是中国著名综艺节目主持人。这篇文章是2014年汪涵在《开讲啦》节目里的演讲。

不要轻视行动的力量

文◎汪 涵

糟糕的日子尚有阳光

高中的时候,我整日不开心,不喜欢自己的成绩,也不喜欢自己。灰暗弥漫整个高中时代,在步入大学的一刻终于烟消云散。

尽管如此,即便是粉碎自信心的四年,但对我来说,依然有着非凡的意义。

从时间上来说,因为复读一年,让我遇到了现在的爱人以及密友;从心理上来说,在尚不成熟的青春期经历过这样的挫折,以后的压力都是曾经沧海难为水;从个人能力上来说,我确实养成了一些良好的习惯,比如阅读,越压抑的环境,人越容易爱上阅读;从眼界上来说,我有一群高中时代同窗战斗的同学,如今在各自的领域里成绩斐然,很牛的同学出现在朋友圈里,就是提醒自己永远可以更加出色。

轻松的日子亦有意义

大学四年是最轻松的时光。很多人说大学时间全都浪费了,我最不喜欢这样的说法。就像你知道这个饼是甜的,但还是吧唧吧唧把它吃完了,然后一抹嘴说,吃甜的对牙齿不好!这不是过河拆桥吗?

我至今认为我的大学时光是完美的。跳过舞、练过瑜伽,在篮球场边为自己喜欢的队员加过油,谈了一场绵延至今的恋爱,有一群同进同出的密友,饱览了祖国的山山水水,拿过奖也翘过课。虽然学业并不出色,但也不曾挂科;虽然兼职并不多,但一些公司也在毕业时抛来橄榄枝。

生活本身就是意义。这样无忧无虑的时光,错过这个年纪便再也没机会重来了。

中规中矩的日子也有意想不到的收获

很多人觉得,如果我早就打定了出国闯荡的主意,就不用在体制内工作两三年。

人生,没有那么多"早知道"。三五年以后的事情是很难规划的。一方面,人始终在成长,价值体系不断重建,视野每时每刻都在拓宽,人都在变化,无论主观上是否愿意;另一方面,环境在变化,时代在发展,新生事物层出不穷,也许我们可以刻意活成曾经的自己,但是环境不会停留在曾经。

人生道路,我们不可能算计得如此精明。往往越想算计,越容易失去。人生大事还是要跟着感觉走,过多的功利心,会让我们听不见内心的声音。

我依然坚信,所有的经历都价值连城。因为我知道,即便无用,这些时光也不可能重新来一遍。所有岁月都有得失,只要我们愿意总结,都会意义深远。**MM**

失败的好处*和*想象力的重要性   文◎J.K.罗琳

J.K.罗琳
英国作家，毕业于英国埃克塞特大学。1997年推出《哈利·波特与魔法石》，引起巨大反响。这是2008年罗琳在哈佛大学毕业典礼上的演讲。

福斯特主席、哈佛同仁和监察委员会的各位员工，各位老师、家长、同学们：

首先请允许我说一声谢谢。

哈佛给予我的不仅仅是无上的荣誉，还有连日来因为一想到这个演讲，带来的恐惧以及恐惧导致的阵阵恶心让我减肥成功。这真是一个双赢的局面。现在我要做的就是深呼吸，安慰自己只是在世界上最大的矮人大会上。

发表毕业演说是一个巨大的责任，我的思绪一下子回到自己的毕业典礼上。那天做报告的是英国著名的哲学家Baroness Mary Warnock（玛丽·渥恩诺克），通过对她的演讲的回忆对我写今天的演讲稿给予了极大的帮助。

因为我不记得她说过的任何一句话了，这个发现让我释然，让我不再有任何恐惧。我可能会无意中影响你，放弃在商业、法律或政治等有前途的职业而为眩晕的愉悦成为一个快乐的魔法师。

你们都明白，如果在若干年后你们还记得"快乐的魔法师"这个笑话，说明我已经超越了她。

在这个美好的一天，当我们聚集在一起庆祝你们毕业的时刻，我已决定与你们谈谈失败的好处；另一方面，你们站在现实生活的门槛上，我要歌颂至关重要的想象力。

可以说，我人生的前一部分，一直挣扎在自己的雄心和身边的人对我的期望两者之间取得平衡。

我一直深信我唯一想做的事——写小说。不过，我的父母都来自贫穷的背景，而且没有任何一人上过大学。他们都坚持认为我过度的想象力是一个令人惊讶的个人怪癖，绝不可支付按揭或保证安稳的退休金。

他们希望我拿到一个职业学位。可我想学习英语文学。几乎刚去学校报到，我就放弃了德语并逃到古典文学的殿堂。

我不记得是否告诉我的父母我是学习古典文学的。也许他们很可能在我毕业那天才第一次发现我的专业是什么。

在这个星球上的所有科目里，我想他们会认为再没有比希腊神话学更糟糕的了。

我想澄清一下：我不会因为他们的观点而责怪我的父母。当你长到自己可以掌握方向时，你就要自己承担责任了。

贫困带来的恐惧、压力有时是绝望，这意味着屈辱和苦难。用自己的努力摆脱贫困是一件对自己而言骄傲的事情，但贫穷本身只有对傻瓜而言才是浪漫的。

我在你们这个年龄时，最害怕的不是贫穷，而是失败。才华和智商从来不会对命运的反复无常有所准备。但从哈佛毕业的事实表明，你们对失败不熟悉。

事实上，你们对失败的理解可能和普通人对成功的看法不会太远。因为你们已经站在如此之高的位置。最终，我们所有人都必须自己决定什么构成失败，但如果你愿意，这个世界相当渴望给你一套失败标准。

我可以公平地讲，从任何传统的标准看，在我

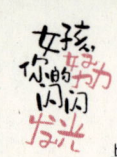

毕业仅仅七年后的日子里，我的失败就达到了空前的规模：一个异常短暂的破裂的婚姻、失业、一个单亲家长，只是还没有到无家可归的地步罢了。

现在，我不打算站在这里告诉你失败是好玩的，我的那段生活经历困窘不堪；我更不知道新闻媒体所说的童话故事般的革命；我也不知道那种困苦要持续多久。

在相当长的一段时间里，任何尽头的光明都只是一个希望而不是现实。

那么，为什么我要谈论失败的好处呢？因为失败剥去了你不需要的东西。我不再伪装自己，而是直接把所有精力放在对我最重要的工作上。

我重新获得了自由，因为我最害怕的已经发生了，但我还活着，我还有一个我深爱着的女儿，还有一台旧打字机和《哈利·波特》。所以困境的谷底成为我重建生活的坚实基础。

你可能永远不会有我这种失败的经历，但有些失败，在生活中是不可避免的，毫无挫折的生活是不存在的。

失败教会我一些不能用其他方法获得的东西，我发现自己有坚强的意志，比想象中还多的原则，我也发现我拥有朋友——他们的价值远在红宝石之上。

从挫折中得到知识将使你更加明智和坚强，也就是说你比以往任何时候更有能力生存。你从来没有真正认识自己，或通过逆境的检验认识到您的朋友的力量，直到两者经受逆境的考验。

对所有人而言，这种认知是一个真正的礼物。这是痛苦的胜利，比我取得的任何资格有着更高的价值。

给我一台时间机器，我会告诉21岁的自己：个人的幸福在于明白生活并不是看你的所得或成就。你的资历、简历，都不是你的生活。生活是困难的，复杂的，超出任何人的控制，谦恭地认识到这一点将使你历经沧桑后能够更好地生存。

你可能会认为我选择了第二个主题：想象力，是因为这是重建我生活的一部分。但事实并非完全如此，虽然我永远捍卫睡前故事的价值，我已经学会了想象拥有的更广泛的意义。

设想还不存在的事物是所有发明和创新的源泉。这种改造和揭露的能力，使我们能够对苦难者产生同理心。其中一个影响最大的经历在我写《哈利·波特》的生活之前，但大部分是在我随后写的那些书里。

不同于这个星球上的任何其他生物，人类可以学习理解未经历过的东西。他们可以设身处地地为别人着想，这是一种能力，就像我虚构的魔法世界一样。

很多人一点儿也不喜欢锻炼自己的想象力，他们选择待在舒适的生活范围内，从来不麻烦地去想想如果自己出生在别处一切会怎么样。只要痛苦不触及他们个人，他们可以拒绝去了解。

在21岁时，我从古典文学中学到很多知识。其中之一我所不明白的是，希腊作家普鲁塔克所说的：我们内心的实现将改变外在现实。那是一个多么惊人的论断，并在我们生活的每天被无数次论证。这在某种程度上表明，我们与外部世界有逃不掉的瓜葛。

你们的智慧、努力工作的能力以及所受的教育将给予你们独特的地位和责任。你们表决、生活、抗议的方式，其影响力将超越你们的国界，这是你们的特权，也是你们的负担。

如果你们选择去代表那些没有发言权的人发出声音，如果你们不仅去帮助强者，而且会同情并帮扶弱者；如果你们会设身处地为不如你们的人着想，那么，你们的存在将不仅是你们家族的骄傲，也是无数因你帮助而过上幸福生活的人的骄傲。

我们不需要魔法来改变世界，我们自身已经拥有了需要的所有力量：我们有能力更好地想象。

我的演讲也接近尾声了。对你们，我有最后一个希望，也是我在21岁时就一直在思考的。

毕业那天坐在我身边的朋友将是我终身的朋友。他们是我的孩子的教父母，是我在遇到麻烦时可以求助的人。

在我们毕业的时候，我们因无尽的爱而在此相聚。我们有共同的永不再有的经历。所以，今天我可以给你们的，没有比同伴的友谊更好的祝福了。

明天，我希望你们即使记不得我的名字，还记得塞内加，他是我在罗马文学著作中结识的哲学家，帮助我在我失去工作之时，寻找到古老的生活智慧：生活就像故事一样，不在乎长度，而在于质量。这才是问题的关键。

我在此祝大家生活愉快！非常感谢！ MM

第五章 你的气质里，藏着你读过的书

睡觉前妈妈讲过的童话，书桌深处偷偷藏着的漫画，课堂上令人昏昏欲睡的课本，下雨天在窗边读过的诗，沮丧时福至心灵的一篇鸡汤，困惑时令人茅塞顿开的一则寓言。

也许你从不曾发现，你的眉眼会悄悄透露出你曾读过的书，走过的路。那看似轻巧随意的阅读时光，竟悄悄指引着你未来的方向。

你也许会惊讶地发现，阅读让你戒掉了坏习惯，还治好了你的暴脾气，甚至提升了你的穿衣品位，你不再为鸡毛蒜皮的小事纠结，不再为明天感到迷茫、忧虑。

你的心中装进了星辰与大海，梦想与远方。

"富二代"都成了"拼二代"

文◎叶苓
图◎Daily

第五章 你的气质里，藏着你读过的书

努力，是每个孩子从小就学习的品质，可是中国有很多孩子，只是学习教科书上的努力，而家长，很多也都是盲从，没有主见。还有一些自认为很先进的家长由于过分接收了快乐教育的理念，导致孩子从小养成了一些惰性和散漫思想。

近期播出的一档综艺节目中，"赌王"何鸿燊的小儿子何猷君，凭借自己的高智商和高颜值火了。

这位出生于1995年的"小鲜肉"，毕业于麻省理工学院，他用了三年的时间，读完了四年的课程，成为麻省理工学院史上最年轻的金融硕士。

"赌王的儿子""数学天才""麻省理工最年轻的金融硕士""高智商天才"，这些成了95后何猷君的传奇标签。

何猷君的表现到底有多厉害呢？节目首先集结了100位通过线上测试的选手，这些选手将进行30强晋级赛，然后两两对决，胜者加入三位队长的队伍。

在100位通过线上测试的选手中，何猷君最初的名次是第七名。

听到这个名次，他显得有点儿失望。

他在后来的采访中说，觉得自己应该拿第一。然后，就是见证奇迹的时刻。

第一关"数字华容道"中，要求参赛者迅速把打乱的数字按1到15的顺序排列，依照用时长短排名，100名中将淘汰20名。

由100个人组成的比赛现场，堪比电影《天才枪手》的场景，竞争十分激烈。

这是一项考验综合能力的比赛，似易实难，需要眼、脑、手配合的高度统一，哪怕落后一秒钟，都可能相差十几名。

队长鲍橒表示，一般人能够一两分钟完成就算是很不错的成绩了。

所以，比赛现场的选手们，争分夺秒，紧张到手指都在颤抖。然后，仅仅21秒后，在一大群埋头苦干的人中，镜头定位到了双手握拳的何猷君。

他仅用了21秒，就以第一名的成绩完成了比赛！

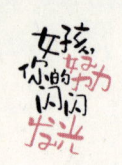

画面回放,可以看到他的双手迅速移动数字方块,一气呵成,有条不紊,麻省理工的毕业戒指在手上熠熠生辉……

看到此,有人感叹说,老天真的很不公平啊!明明已经给了他那么好的家世,那么高的颜值,为何还要给他如此优秀的成绩?

可是,人家的成绩不是老天给的,好吗?

为了提前毕业,大学期间他的功课多到几乎没有时间吃饭睡觉;

为了埋头苦读,他有过连续五天睡在图书馆的经历;

连他在朋友圈和微博里晒的,都是一般人看不懂的公式和一般人考不上的麻省理工学院,还有近乎满分的各科成绩。

典型的比你优秀,还比你拼命,而且,还拼得如此让人心服口服。

世界最大的汽车企业之一福特汽车公司创立者——亨利·福特说:"你认为你行,你认为你不行,你都是对的。"

而父母对子女的言传身教、耳濡目染,很大程度上决定着孩子最终能够到达的高度。

在哈佛大学第365个毕业典礼日上,寒门学子何江火了。

这位走上哈佛毕业典礼演讲台的中国大陆第一人,这位获得哈佛校内最高荣誉的年轻人,来自湖南宁乡的一个农村家庭,他的母亲甚至不识字。

尽管家里一贫如洗,但不管多累多苦,爸爸每天晚上都会给两个儿子讲睡前故事,每天如此。很多故事都是他自己编的,但讲的都是"好好学习才有出路"。

在访谈节目中,何江的父母说:

"我们都不打牌的,看着他们把作业做完,比打牌有味多了。"

"在家里多种田多养猪,不外出打工,不把孩子丢给老人。"

"家里的四方桌子,每人一边,拿本书读,看谁坐得最久。"

何江在美国哈佛大学2016年毕业典礼上发表演讲,他说:"教育能够改变一个人的生活轨迹,能够把一个人从一个世界带到另一个不同的世界。我希望我的成长经历,能给那些还在路上的农村学生一点儿鼓励,让他们看到坚持的希望。"

不管是寒门还是豪门,我们都要记住一句话:努力不一定能改变命运,但不努力一定改变不了命运!

而那些本已经很优秀的人,仍旧没有放弃学习和努力的机会。

王健林和马云是中国最有钱的两个人,他们的身价都超过300亿美元,但或许大家不知道的是,这些大佬看上去很光鲜,但其实平时的生活非常忙碌。

不久前,王健林一份日程单在网上传播得很广,当时很多人都被王健林的工作强度震惊到。

所以,不要一边刷着手机看电视、打着游戏混日子,一边用"寒门再难出贵子""鸡窝飞不出金凤凰"这样的言论为自己的不上进辩护;更不要一边关注着无聊的花边新闻,一边自己"压根就没长出适合学习的大脑"。

如果我们只是一味地吐槽抱怨,只会让你的天花板,比预想中来得更早。

作家六六说:"只要道路正确,并坚持不偷懒,我不能保证你过上万人之上的生活,但五千人以上是肯定会的。"

只与昨天比高低,仅和自己论短长,才是一个普通人该做的事。

还是努力吧,虽然这个世界,大多数人都只是生来平凡,可是人生没有限定,每个努力过的人不一定都能像传奇名人一样功成名就与不朽,但是可以让人生充实而丰满。

等你老了后回望这一生,依然是精彩和不凡的,对子孙后代讲起年轻时的故事,也会多些自信和傲气。🅼

孩子，我为什么要求你读书

文◎龙应台 图◎叶 子

龙应台

现代作家。1974年毕业于国立成功大学外文系后，赴美国求学，后获堪萨斯州立大学英美文学博士。代表作有《野火集》、《亲爱的安德烈》、《孩子你慢慢来》等。

那天我问你，"你将来想做什么"，我注意到，你很不屑于回答我这个问题，所以跟我胡诌一通。我几乎要相信，你是在假装潇洒了。今天的青年人对于未来，潇洒得起来吗？法国年轻人在街头呼喊抗议的镜头让全世界都震惊了：这不是20世纪60年代的青年为浪漫的抽象的革命理想上街呐喊——戴着花环、抱着吉他唱歌，这是21世纪的青年为了自己的现实生计在烦恼，在挣扎。

从18岁开始失业的画家

还记得我们在德国时遇见的那个画家提摩吗？他从小爱画画，在气氛自由、不讲究竞争和排名的德国教育系统里，他一会儿学做外语翻译，一会儿学做锁匠，一会儿学做木工。

他毕业后找不到工作，一年过去了，两年过去了，三年又过去了，现在，应该是多少年了？我也不记得，但是，当年他失业时只有18岁，今年他41岁了，仍旧失业，和母亲住在一起。

没事的时候，他就坐在临街的窗口，画着长颈鹿。在他笔下，长颈鹿的脖子从巴士顶伸出来，穿过飞机场，走进一个正在放映电影的戏院……它睁着睫毛长长的大眼，盯着一个小孩儿骑三轮车。

因为没有工作，所以他没能结婚，自然也没有小孩儿。事实上，他一直过着小孩儿的生活。可是，他的母亲已经快80岁了。我担不担心你将来变成提摩？老实说，是的，我也担心。

把你当"别人"并不容易

我记得我们那晚在阳台上的谈话。你说："妈，你要清楚接受一个事实，就是你有一个极其平庸的儿子。"你坐在阳台的椅子里，背对着大海，手里点着一支烟。那是凌晨三点。

朋友若看见你在我面前点烟，一定会用一种不可置信的眼光望向我："他怎么能在母亲面前抽烟？你又怎能容许儿子在你面前抽烟？"

我认真地想过这问题。我不喜欢人家抽烟，更不喜欢我的儿子抽烟。可是，我的儿子已经21岁了，是一个独立自主的成人。

是成人，就得为他自己的行为负责，也为他自己的错误承担后果。一旦接受了这个逻辑，他决定抽烟，我要如何"不准许"呢？我有什么权利或权威来约束他呢？

我看着你点烟，翘起腿，抽烟，吐出一团青雾，恨不得把烟从你嘴里拔出来，丢向大海。可是

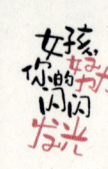

我在心里对自己说:"请记住,你面前坐着一个成人,你得对他像对待天下所有其他成人一样。"

青年的成长是一件不容易的事,大家都知道。但是,要抱着你、护着你长大的母亲学会"放手",把你当某个程度的"别人",也不容易啊!

如果你愿意去给河马刷牙

"你哪里'平庸'了?"我说,"'平庸'是什么意思?"

"我觉得我将来的事业一定比不上你,也比不上爸爸——你们俩都有博士学位。"听到这句话,我有点儿惊讶。

"我几乎可以确定我不太可能有爸爸的成就,更不可能有你的成就。我可能会变成一个很普通的人,有很普通的学历,很普通的职业,不太有钱,也没有名。一个最最平庸的人。"你捻熄了烟,"你会失望吗?"

现在我已忘了当时跟你怎么说的,但是,我可以现在告诉你,如果你"平庸",我是否"失望"。

对我最重要的,不是你有否成就,而是你是否快乐。而在现代的生活架构里,什么样的工作比较可能给你快乐?第一,它给你意义,你的工作不把你绑架,让你做工作的俘虏;第二,它给你时间,容许你去充分体验生活。

至于金钱和名声,哪里是快乐的核心元素呢?假如横在你眼前的选择是到华尔街做银行经理或者到动物园做照顾狮子河马的管理员,而你是一个喜欢动物研究的人,我就完全不认为银行经理比较有成就,或者狮子河马的管理员"平庸"。

每天为钱的数字起伏而紧张而斗争,很可能不如每天给大象洗澡、给河马刷牙来得轻松。

当你的工作在你心目中有意义,你就有成就感。当你的工作给你时间,不剥夺你的生活,你就有尊严。成就感和尊严,给你快乐。

我怕你变成画长颈鹿的提摩,不是因为他没钱没名,而是因为他找不到意义。我要求你读书用功,不是因为我要你跟别人比成就,而是因为,我希望你将来拥有更多选择的权利,选择有意义、有时间的工作,而不是被迫谋生。

如果我们不是在跟别人比名比利,而只是在为自己找心灵安适之所在,那么连"平庸"这个词都不太有意义了。"平庸"是跟别人比,心灵的安适是跟自己比。千山万水走到最后,我们最终的负责对象,还是"自己"二字。因此,你当然没有理由去跟你的上一代比,或者为了符合上一代对你的想象而活。同样,抽烟不抽烟,你也得对自己去解释吧。🆆

踮踮脚,今天就比昨天高

文◎闫合作

有段时间,因为工作的原因,我的情绪变得很坏,消极、自卑,认为自己处处不如别人,感到活得很累。

我去找自己一直心仪的长者,向他倾诉了我的苦恼。

他说:"任何人都会遇到比他强的人,如果你总是拿别人的长处相比,总会有人比你强。你为什么不把目标定在自己的坐标上,自己和自己比呢?自己跟自己比,看看自己今天是不是有收获,是不是比昨天有进步,你就会为自己的进步而高兴。"

我苦恼地说:"我看不到自己的进步。虽然忙忙碌碌,每天却没有什么长进。"

"怎么会呢?"他说,"踮踮脚,今天就比昨天高。"

我突然醒悟,知道该怎样欣赏自己每天的进步。

从此,哪怕每天只抽出10分钟,我也要读书;哪怕每天只写100个字,我也要提笔……现在,我活得无比充实和自信。

踮踮脚,今天就比昨天高。

不要坐等,只要你有心为之,就一定会看到今天的进步。🆆

第五章 | 你的气质里，藏着你读过的书

上天眷顾努力的你

文◎章珈琪
图◎繁　繁

天刚亮，我便被手机微信的叮叮咚咚声吵醒。这微信频发的速度，我闭着眼也知道是谁。

果然，是我的表妹洛琦。她已经到了德国，发来的照片上，莱比锡飘着小雪，却掩盖不住它的美丽和洛琦的喜悦。

祝贺你，洛琦。我说。

她又发来一个飙泪的表情图。

洛琦是钢琴专业毕业。她常常说自己的奋斗史就是一部血泪史。

洛琦从小就显出与众不同的音乐天赋，对音乐有独特的感悟和超乎常人的敏锐。她很幸运，从一开始，便得到了良师指点。五岁的时候，父母为她买了第一架钢琴，之后甘愿倾其所有，只为女儿终能学有所成。

在寒冬里，洛琦天还没亮就起来，猛搓冰冷的小手，让手指变得灵活，然后开始练琴。在酷热难耐的夏日，别的学生为捍卫偶像形象而在网上论战拼杀时，洛琦正苦苦练琴到汗流浃背甚至中暑。那些黑白键和一沓沓厚厚的琴谱承载着洛琦多么美好的梦想和热望。甚至在大年三十，全国人民都在举家欢庆，看着漫天的烟花庆贺新年，洛琦和父母还在奔波考学的火车上，或是她把自己关在琴房，紧张地备战即将到来的大考。她失去的还有很多很多。

所幸，洛琦以专业课第一名、文化课第一名的优异成绩考入了理想的艺术院校。她离梦想近了一步，可是仍不轻松。

别的学生进入大学就觉得进了天堂，可是洛琦深知父母的艰辛。在大学四年，她修完了音乐系所有的选修课，并且旁听了多门相关的专业课，将相关领域的知识融会贯通，提升了专业水平。而从大三起，她已经不再拿父母的钱，而是靠自己做家教来支撑学业。

她的琴房永远有琴声。一次休息日，有一首曲子她弹了太多次，中午也没休息。第二天快日落的时候，老师敲开她的琴房说，洛琦，你这首曲子早就可以过了，别再弹了，赶快去吃饭。老师实在听不下去了——这首曲子，洛琦整整弹了两天。

老师说："洛琦是她教学二十几年来，教过的最出色的学生。"于是，洛琦获得了留校的殊荣。而当年只有一个名额。

工作以后，她仍然一边教课一边学习。她还报考了一个德语班学习德语，希望将来能有机会去德国，去贝多芬的故乡感受音乐的神圣。

机会总是给有准备的人，或者老天眷顾这个一直都很努力的女孩。在今年年初，他们学院和德国莱比锡音乐学院共同创办了中德艺术交流中心，她因为专业能力强，又说一口标准的德语，而荣幸地成为交流中心被派往德国莱比锡音乐学院的第一人。

照片上的洛琦脸上洋溢着幸福的光芒，那是苦尽甘来后的喜悦和满足。此前，我听过洛琦三场音乐会，每一场都令人震撼。相信不久，就会听到她下一场更高水准的音乐会。

洛琦常常让我感受到一种生命的勃勃力量。她有梦想，也勇于追逐梦想。

我们生活在一个最好的时代，也生活在一个最坏的时代。

最好，是因为机会无限多。最坏，是因为人才济济。

可是，你足够好，上天就会眷顾你。MM

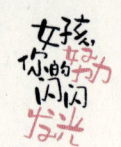

你不够好，所以才能越来越好

文◎韩小暖

多年前的一个午后，你梳着马尾趴在窗前的书桌上一笔一画地写着笔记。窗外是一整排的杨树，风吹过，树叶敲击出沙沙的交响乐。数学老师在讲台上写着"α""β"，这是你最愁苦的课，就算你知道这些公式在未来一点儿用也没有，可你依然无处可逃。

像每一个少女一样，"中学生"三个字就是你的职业和全部标签，除了学校和家，再无任何容身之地。

你那么自卑，说话小声，不敢唱歌，缩在宽大的校服外套里，希望不被任何人看见。所以如果当时有人告诉你，你的声音十年后会被很多人听见，你写的字会在未来陪伴很多15岁的青春，你一定不会相信。

但成长就是这么奇妙，因为充满了未知的惊喜，我们走的这一路才鲜活而生动，只此一回，无可复制。

和很多人相比，你的人生并不够跌宕起伏，也没有瞠目结舌的奇迹。可是真实的便是独一无二的。于是你喜欢听真实的故事和真实的声音。你慢慢地结束了对偶像剧的痴迷，却依然热爱童话，眼神里有单纯的光芒。

你活在一个快速运转并拥有庞大信息量的时代，很努力地不被舆论控制，不被情感操控，不被道德绑架，因为你知道所有的标签、头衔，都不是本质的你。越剥落那些附加值，你越想花力气去讨好自己，认识自己，做最原始的自己，而不需包装或假装。你不渴望迎合任何人的想象。

你经历过伤害，也受到过欺骗。可你相信生活不会自动变好，只能自己过好。

你害怕分离，却也因为分离而懂得珍惜。一路上遇见一些人，也丢过一些人。每次细数一遍，才明白失去与获得都很珍贵——你是那么感激。

你抵抗过一些软弱，在每个人都会拥有的那段不自由的青春里，在硬着头皮落泪狂奔的夜里，学会对自己说：要扛住，要沉默。你相信只有跑得更远，才能远离不够好的那个自己。

你相信青春里的汗和泪比笑更会被时间记得。

你相信缘分，相信发生的一切都有意义。你允许生活中长出刺，但得源于自己，才能勇敢拔除，去愈合，去向前。你不想接纳任何外界丢过来的痛苦，你只想捍卫心底的自由。

你选择做一个善良的人。对陌生人友好，对比你贫苦的人保持尊重，对需要帮助的人伸出手，对需要关怀的人微笑，对让你落泪的人平静，对爱你的人真心且珍惜，对离开你的人放手，对比你优秀的人祝福。

你承认，这个世界有时候很糟糕，它有点儿脏有点儿乱，也会让人流泪让人心碎。可是，你太希望这个世界能因为你的存在而美好那么一点点——哪怕，就只有一点点。

你不想为并不那么关心你是否幸福的人，妥协于生活或爱情。你只想为此生唯一能从头到尾陪伴你的自己，博一份完美。

你去了一些远方，也向往更多的远方。你不为旅途寻找任何意义，你只是知道，远方并没有自由，只有心底才有。

你有很多心愿：想写一本温暖的书，想和每一个好朋友都能享有一趟旅行，想走遍每个动物园、海洋馆、主题公园，想知道每朵花每棵树的名字，想学好几门语言，以便去听地球每个角落的故事。

你觉得世界那么丰富有趣，有一万件好玩的事要做，也有一万种不期而遇的美好等待相逢，哪还敢浪费生命和时间，哪还敢不快乐？

你不够好，却也因此才能够越来越好。你想更努力，不辜负青春，不辜负那个曾经的自己。

就这样，终于得到了成长的馈赠，你成为一个别人眼中暖暖的姑娘，拥有很多爱和珍贵。而你想告诉那个年少的她：请你一直就这样走吧，勇敢地、头也不回地走。那个你想去的未来，总会走到的。

勇敢一点儿，不要害怕。MM

人生的几个关键词

文◎俞敏洪　图◎虚境幽灵

> **俞敏洪**
> 新东方教育集团创始人,英语教学与管理专家。北京大学西语系毕业后留校任教,几年后,他从北大辞职,创办了北京新东方学校,圆了万千学子的留学梦。

年轻人要学会读书、交友和独立行走。

其实我读得也不多,但有很好的看书习惯,同学们肯定没有我忙,我从1月1日到现在,总共不到3个月的时间,一共读了60多本书,都是真正给人带来思考的书籍。我读的都是历史书、哲学书,还有现代商业潮流和未来世界发展方向的书。我已经做了三万多字的读书笔记。所以说,人生是要学习的。

有人问我,俞老师,你为什么还要读书呢?因为确实只有书中的思想才能够引导你走向未来。大家都知道人是一个受思想指引的动物,你的思想走到哪里理念就会走到哪里。当你的理念指向哪里的时候你就会走向哪里。如果你的理念觉得你是一个自卑的人,你就是一个自卑的人。理念要从内心中深深地相信才行,你要是表面相信,实际不相信,就会形成性格分裂。

我是真实地相信,当你的理念改变了,你的思想改变了,你就能改变你的生活。因为只有思想创造现实,人是靠这样的思想创造现实,通过现实倒过来再丰富人类的思想。所以,你一定要通过各种各样的办法让自己的理念变得先进。

那么,理念如何来呢?理念从三个地方来。

第一,大量地读书,要读各种各样的书,海内外的,英文不会,就看中文的,现在所有的优秀英文书籍一经出版,一个月之内都会有中文版面世。

同学们需要大量地读书,这样多种思想冲击碰撞以后,你才会通过自己的独立思考形成自己的世界观、人生观、价值观,你就能成为世界上优秀思想的集大成者。同学们,你们一年读50本书应该不多吧?我在北大的时候一年读200本书,我读书的速度还是比较快的。你们就读50本书,因为你们现在有很多好玩的事情,但也不能忘了读书。

第二,与人交往,这个特别重要。在今天我之所以发现我还有一些思想,就是因为我周围有一批有思想的朋友。如果我有一段时间不跟人打交道了,我就会变得很难受,所以,我一个月中就会组一两次局,以吃喝玩乐为诱惑把他们招过来,和他们边吃边聊,就能从他们身上多学东西。

我发现我的成长过程是朋友圈不断变化的过程。在进北大以前,我的朋友都是农村小孩儿。进了北大以后,我的朋友都变成了北大的同学。毕业以后留在北大教书,我的朋友就变成了北大的老师,北大有很多年纪大的、有智慧的老师,我当时作为一个小老师,和他们接触的机会也有很多。一个人身上有智慧的时候你要多交流。你身边大量的人是可以交往的,关键在于你怎么和他们交往。

第三,要行走。走向社会是一步,全球旅行也是一步,出国留学更好。只有这样你才能知道世界和中国怎么融合。我从来没有到国外留过学,但

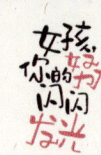

我每年世界各地至少要走三到四个国家,目的是看世界,我走到这个国家一定要参观他们的博物馆,一定要到老百姓的生活区去吃饭,和当地老百姓聊天,一定会到这个国家的大企业去参观访问。

生活是自己创造出来的,未来是自己追求出来的。现在上大学,比我们那时候要好上很多,现在40%的中学生都可以成为大学生了。现在出国也不难了,只要你在哪个专业出色,那个奖学金就会是你的。

我们人生成长就是三个要素:要读书,要交友,交能让人成长的朋友,自己要学会行走。我一直用这三个标准要求自己。你要不断地定你的目标,这样你就会感觉到很兴奋。

在我们的人生道路上,几个关键词大家可以把握一下。

第一个关键词就是梦想,人不能没有梦想和理想。

人有时候会有非常清晰的梦想,也有时候有不清晰的梦想,但是一定要有梦想在你的前面,引领你往前走。所以人生要给自己定高度,高度定完以后,你会发现自己不知不觉地在往上爬。你学了知识,学以致用,你得用对地方。你们年轻人本身就代表了进步和发展,但是我们代表什么?我们代表资源,我们可以变成你们的垫脚石,我们有的人脉、资本你没有,我把我们有的东西给你,你去做贡献。

第二个关键词是成就感。

幸福最核心的词是来自你的成就感,幸福无他,就是成就感。你知道,任何东西背后都有成就感和对自我的认可。这个认可包括你背一首诗有成就感,你搞科研发明也有成就感,你考上公务员也会有成就感,为什么?这就表明你的能力在发挥。能力有高有低,但是你不去发挥自己的能力,不去锻炼自己的能力,你永远不知道自己有能力。

我现在的能力,是20年来的成长。每天都在成长,就会让自己的梦想飞得越来越高。

第三个关键词是自信。

人的修炼主要在于两个方面。第一个你要把自己修炼得雷打不动,水泼不进。你不能自己先把自己贬低了,有很多同学说家庭贫困,有的同学和我说身上穿的衣服不是名牌衣服,走到同学面前觉得丢脸,那就没有办法了。同学们,不要自卑,不要低估你自己的力量,因为人是可以随时爆发力量的。不断读书,不断交友,不断游走世界,你的气质慢慢就提升了。

第四个关键词是崇高。

让自己感觉到自己崇高起来,因为当你想到自己变得崇高的时候,你就不会做坏事,你内心就会愿意让自己做更多值得骄傲的事,你就真心去救人,你就真心去献血。当你内心修炼出崇高感的时候,你就真的走在正道上了。

现在我有十六个字送给你们:方向要对,交往要准,规矩要严,做人要暖。

人生大方向,人生观、世界观、价值观一定要对,不做坏事是底线,什么是坏事,每个人有不同的看法,至少法律禁止做的事情你不能去做。

交往要准,交往朋友要准。你要交对你有用的、人品比较正直的朋友,不能只是吃喝玩乐的朋友。规矩要严,规矩养成了,对你来说有莫大的好处。比如说我定的规矩是每天再忙,读书不能少于50页,这个规矩促使我不断地读书。

做人要暖,做人的时候要尽可能给人温暖,让周围的人觉得你这个人就是诚信可靠的,有什么困难都可以来找你,你就是一个热心人,你的头脑当中就没有七七八八的东西,让人一下子觉得你这个人超级可靠,有困难的时候就会有无数的人来帮你。做人好了以后是有好处的,这个好处也许不能明天就给你回报,十年以后才给你回报,但一定会有回报。

最后一个关键词就是坚持。同学们如果认定了事就要坚持。一开始做专注的事,最后叫脱颖而出。另外,在关键时刻人生要善于舍得。每个人都要有舍弃精神,才能得到新的东西。这就是我们人生中大家不断去想的问题。舍不得旧的生活方式怎么有新的生活方式呢?所以要舍掉,再来得,这是非常重要的一件事情。

到最后,在前面要素的前提下,不断让自己成长,可能会长成一棵参天大树,绝不能仅仅认为自己就是一棵小草。

社会中的人,中间有5%的人会获得比较大的成就,这5%的人绝对不是因为他们智商过高,而是因为他们在不断地成长,不断地学习,不断地坚持,不断地追求未来,才会产生这样的结果。希望同学们把自己的生命都燃烧起来!

上大学的意义

文◎施一公
图◎Ashley

> **施一公**
> 中国科学院院士、结构生物学家、清华大学教授。这是他作为清华大学生命科学学院院长在2015年毕业典礼时发表的即席演讲。

这也许是我最后一次以院长的身份给我们的本科生、研究生拨穗，我很珍惜这次机会。

从我回国建成实验室算起，到现在整整8年，时间不短了。这是我的母校，也是在座各位的母校，我们深爱的地方。今天我们又有一茬本科生、硕士生、博士生毕业，我确实心情很激动，很多话想说，但我没有事先准备讲稿，因为我想把现场最真实的感受告诉大家。

今天的主题是毕业，但回头看，我们从上大学开始，包括我自己都在想一个问题，为什么要上大学？上大学是为了什么？我相信不少家长到现在还在想这个问题，我作为院长也还在想这个问题。我这里讲上大学其实不只包括本科，也包括硕士、博士阶段的学习，究竟是为了什么？

当然，我们为了学知识、充实自己，但一定不只是为了学知识！甚至在你这一辈子的过程中，在大学里学习的知识只是其中很不重要的一部分。我们也为了学技能、学习解决问题的能力，但也不只是为了学技能！甚至学技能也不是大学教育中最重要的一部分。

那么最重要的是什么呢？我们为什么来大学呢？我以为，是学做人。

做人并不是一定要做我们觉得可望而不可即的英雄模范，更不是要学"八面玲珑会做人"的那个"做人"，我觉得是学做一个健全的、有自信的、尊重别人的、有社会责任感的人。大学最重要的目标就是培养这样的人。大学最根本的一条就是帮你树立社会价值观、人生观，我觉得清华就是这样一所大学。

我拿今天的两位演讲嘉宾来说事儿，先说我们第二位嘉宾徐彦辉博士。我给大家讲一个故事：我

2001年回清华讲课，徐彦辉当时应该是学生辅导员，他找到我，跟我长谈了一次。他说他组织他们班级看了一场话剧叫《切·格瓦拉》。

切·格瓦拉出生在阿根廷一个上流社会家庭，本可以有很好的生活，但是他觉得这个世界很不公平，于是去古巴参加、领导了革命以后，输出革命到非洲又到玻利维亚继续领导革命，最后被美国中央情报局抓获，残忍杀害。

2000年夏季，话剧《切·格瓦拉》让整个北

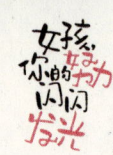

京沸腾了；2001年，清华校园也沸腾了。徐彦辉激动得难以自已，他找到我，他说："一公，我很纠结，这个社会发展得这么快，我作为一名博士生，空有报国之志，真想做点儿什么，但我能做什么呢？"

我跟他说："彦辉，我长你10岁，我恰好经历过你这个困惑期。我告诉你，你现在唯一能做的就是兢兢业业做好你的学问。你记住，你总有一天会成为这个社会的中流砥柱，会成为这个社会的领导者。到那时，你一定会承载起这个社会发展的重任！我只怕你十年、二十年之后不再有今日的沸腾心声，不再有现在这份先天下之忧而忧的心气儿，而变得淡漠和世故……如果那样你就真的堕落了，你就愧为清华人了。"

当时徐彦辉听了以后非常激动，我也很激动。但我也真的担心他十年之后会被社会同化，被不健康的社会舆论同化，那就会是一位清华毕业生的悲哀。

我很高兴徐彦辉接受了我的建议。他现在是复旦大学的徐大教授，他在从事前沿的基础科学研究；我觉得他在实现自己人生价值的过程中已经迈出了坚实的第一步，他对社会的承诺和对社会的责任感也迈出了第一步，这就是清华的学生！

我们的第一位嘉宾邓锋先生，我想不用我介绍太多了。当学生工作组征求我的意见，问我请邓锋好不好时，我立即说"当然好"。你们可能觉得，施老师崇尚做研究、做学术的大师，怎么会想清一位企业家呢？

其实你们误解我了，我希望的是在座的每一位学生都能实现你们的个人价值，实现你们对社会的承诺，我不是非要你做科学家在实验室待着，尽管我认为做科研特别有意思。

我很感谢邓锋，他作为一位清华的校友、清华的学生，完全尽到了他的责任！邓锋可能不是北京最富有的，但是他现在挣了一些钱之后一直在回馈社会、帮助清华，也帮助我们生命学院、医学院。

我6月中旬把自己的两个孩子带到河南省驻马店一所农村留守小学，和那里的小学生一起吃一起住，接受教育。孩子们很受教育，我也很受教育。中国是一个发展中国家，当你们在这里，在清华可以享受所有的优势和优惠的时候，你们其实应该好好想一想：我承载了多少人的期望？我需要做什么回馈社会？

有些学生，有时候会陷入一种无端的狭隘——在一些消极的舆论影响下，天天想着找工作，天天想着只为个人奋斗。

为个人奋斗是很重要，但这只是你生命中的一部分，因为你生活在一个大世界中，你看看这个国家、中国社会的方方面面，有多少人需要你的关爱？你超越了多少人才有机会参加今天的毕业典礼？你难道不应该有一点儿社会责任感？你不觉得到清华以后，如果你的人生目标还只是为自己、为家庭找一份工作，其实很狭隘？

天下之大，有这么多事情需要我们去做，当你把自己限制到这么小的一个圈子里的时候，你的路只会越走越窄。

大学培养你的就是价值观，我希望大家都树立自己最认同的价值观。在这个毕业季，我想对我们毕业生说几句话：我真的觉得现在是一个大时代，希望我们毕业的每一位同学真的不要辜负对你充满期望的人，中国要想腾飞的话，一定是我们的学生、青年人强大才会腾飞。

清华人的奋斗目标从来不是，也不应该只是找一份惬意的工作！我衷心希望你们每一个人在追求小我的同时，心里也要有大我——即便在困境中，也要有一个承担起天下的雄心壮志！做事的时候要做到极致，不留下遗憾。生命就是体验，既然体验只有一次，何不做到极致？🆆

通过阅读认识世界

文◎翁雨晴　文◎阿　点

为什么是阅读

人认识这个世界，无非有这几种途径：

一是你自己的亲身经历；二是你身边的人对你的转述；三是阅读；四是影音产品。

不能说阅读比其他几种更重要，但阅读的确是一种非常独特的、不可或缺的认识世界的途径。为什么这么说呢？

你可以阅读的文本，它们的时间跨度非常长。而你亲身经历的事情无非也就是几十年，听身边人的转述也是一样。影音产品是近一百年才发展起来的。而文字已经存在了数千年。当你阅读的时候，你可以读到非常非常多的东西。这是其他三种方式都无法带给你的。

文字所能表达的内容是非常丰富而又独特的。同样一个东西，用文字来表达和用影音，或者说话来表达，表达出来的是不一样的。文字可以表达复杂、精微的观点，这是其他三种认识世界的途径所无法做到的事情。

当然，阅读的范围不仅限于书，也包括微信公众号、微博，还有新闻。我觉得阅读这些，对于认识这个世界也是非常重要的。

阅读应该成为每个人认识世界最主要的途径之一，而不能仅仅作为一种娱乐。在现在这个世界，有这么多的娱乐方式，阅读是不可能竞争过它们的。你如果把阅读作为一种学习任务，就不会产生兴趣。

所以我觉得，必须要把阅读当作认识世界的方式。这样当遇到问题时，你会主动想到去看书来寻找答案，即使看书不是那么好玩的一件事情。

阅读，应当是一种不可或缺的习惯

不过说了这么半天，到底应该怎么做呢？其实，我也没有一套很完善的理论。我可以跟大家讲讲我小时候妈妈是怎样培养我的阅读兴趣的。

我记得我读的第一本真正意义上的书——不算那些童话，是《杰克·伦敦中短篇小说精选》。其中比较长的两篇，是《野性的呼唤》和《白牙》。小时候，妈妈就给我讲这些故事。

她当然没有一上来就把书扔给我，直接让我去读杰克·伦敦那些非常深沉甚至有些晦涩的文字。她是先把故事讲给我听，讲饥荒中狼群怎么生存，母狼怎么和山猫殊死搏斗，后来狼变成狗以后，它又是怎样一步步消除对主人的戒心的。

这些故事在我听来非常有意思。一遍故事讲完之后，妈妈就把书拿来，一字一句带着我读。这时候我已经听过一遍故事了，所以对有点儿艰深的文字不是那么反感，因为我知道它里面有一个好玩的故事。

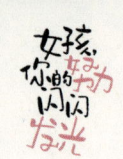

妈妈这样带着我把书读了一遍后，我自己又读了一遍。正是从这本书开始，阅读真正变成了我的一个不可或缺的习惯。我到处带着杰克·伦敦的这本书。后来有一次，我在机场把这本书给弄丢了，当时我哇哇大哭，然后去买了一本一模一样的。

就是因为妈妈在我小时候做过的这件事情，我觉得书就是我的伴侣，是我不可或缺的东西。当然小时候对书的印象是很直观的，只是觉得有趣而已，还没有特别深入的思考。

当然，我也不是说为了唤起阅读兴趣，就一定要通过讲故事，而是要找到一些合适的方法。我小时候是对故事感兴趣，但是有一些男孩子，他们最开始读的书，就是百科全书。他们会因为在百科全书里看到飞机、动物，还有武器，而感到非常地兴奋。这种方法是因人而异的。

阅读，不能仅仅是一件好玩的事情

上面谈到的培养兴趣，是阅读的第一个阶段。你不能仅仅把读书当成是一件好玩的事情。

相信大家都听说过《明朝那些事儿》，在我十岁左右的时候，这一套书当时很火，我非常喜欢它们，反反复复读了很多遍，也记住了很多历史知识。我可以背出明朝从头到尾17个皇帝，还有历朝历代的名臣，一些不为人知的故事。当时我就觉得，读书不仅有趣，还很有用。因为阅读让我知道这么多的东西，有时候还可以跟别人炫耀炫耀。这是对我来讲的第二个阶段。

接下来就比较难了。

阅读的第三个阶段是处理已知信息，我觉得这就是我现在所处的阶段，就是你在读书的时候要开始批判性的思考。

阅读的第四个阶段，也是最难的一个阶段，就是发展自己的观点。我现在也没有办法做到。我读书的时候会努力地去思考，去想这个作者说的是对还是不对。但是我没有办法很有逻辑、很清晰地去反驳一些我感觉并不同意的观点。不过对大多数人来说，能一直让自己处于第三阶段，就已经非常好了。

有一些书，是比较烧脑的

有人可能会问，阅读有什么方法吗？我想说的是，不同的文本，有不同的阅读方法。

如果你读这些东西纯粹是为了休闲娱乐，单纯地享受就好。还有一些书是比较烧脑的，比如一些学术书籍，需要高度的批判性的思考。

如何思考也是一个重点。其实，我对批判性思考最早的接触，来源于历史课的第一手资料，就是说你要研究的那段历史时期的人所写的材料。比如我们研究德国统一，老师就给你看一段铁血宰相俾斯麦写的东西。

那么我们在阅读中是怎么分析的？首先，要分析作者写作的背景和动机；其次，要拿这个作者写的东西和其他作者写的进行比较，比较他们有什么异同。如果这些作者说的话中蕴含了一些观点，就要看他是用什么样的证据来支持这些观点，然后是他的证据有什么局限性。

经历了这样一个思考过程，就会认识得更加全面，更加透彻。

不仅仅读学术书籍的时候是这样，读新闻也是这样。阅读是认识世界的主要途径。那么新闻是跟你密切相关的，读新闻也是认识世界的途径。所以在读新闻的时候，更需要你的批判性思考。因为对我们来说，新闻就是第一手资料。

阅读能够触发我们对这个社会组织架构的一些思考。它们往往会抛出一些最基本、最深刻、最极端的问题。这些问题在平常的生活中可能被我们忽略了，但其实它们只是一直被掩盖着，永远不会消失。

所以，好好读书，多了解世界、了解历史、了解社会、了解自己，才是一个人阅读的最终目的。

你怕不怕搞砸自己的人生

文◎刘夏苒　图◎花月婷然

前两天和妈妈聊天的时候说起她一位同事家的女儿，那女孩很优秀，在牛津大学读考古学博士毕业回国。可是谁知道，她回国后一直没有找到工作。

人们不禁唏嘘，有的甚至不屑，说，你看牛津大学毕业有什么用，海归有什么用，博士有什么用，还不是一样找不到工作？突然发现，没有人在乎你失意时的落寞。他们在乎的不过是：你看，她终于搞砸自己的人生了；你看，她也不过如此。

我记得高中隔壁班有一位女孩，她有一次在朋友圈说："拿到的第一笔奖学金给父母买了礼物，爸爸说当初准备给我找人上大学的钱没用上，给家里换了一辆车。"

我记得高中，大家都觉得她是个艺术生，整天不好好学习，有一段时间不知道为什么还被同学们孤立了。可在她最灰暗的那段时光里，她并没有放弃，我记得她努力学习奋起直追的模样，以及她反复培养专业素养不肯认输的模样。

她成功了，在所有人准备好看她出洋相的时候，她偏偏考上了很多人都很难考上的学校，学了自己喜欢的专业。她在后来的大学时光里，从来没有停止努力的脚步，那些当初离开她的朋友纷纷回来找她了，她也慢慢地活出了自己的光彩。

最漂亮的战役往往不是永远占上风的顺境，而是被你轻视了的黑马半途杀来。其实，越是那些公众人物，越会有更多的人等着看他们搞砸自己的人生。

我记得，贾斯汀·比伯红极一时的时候，他还是个孩子。随之而来的是人们对于他人品的质疑，觉得这个孩子没礼貌，不听话，没教养。人们等着他长大，等着看他离开巅峰的位置，等着他变声后不再好听的嗓音，等着他江郎才尽以后再也写不出迷倒万千少女的歌曲，等着他亲手毁了自己。可是，他真的长大了，不只是容颜与嗓音上的长大，他的思想也成熟了，他没有像人们预想的那样走上歪路，没有像预想的那样再也写不出歌曲，他也没有像一些人预想的那样讨"大人"的欢心。

贾斯汀在 Purpose 中有一段独白："我并不知道这是否正确，因为有人告诉我这是错的。我们没有必要用最合适的方式做最正确的决定。你知道你正尽全力成为你想成为的人，你已经尽力了。"

我们已经尽力了，握在我们自己手上的这一生，搞没搞砸，我们自己心中有数。我们不可能活成每个人都满意的模样，也没有必要活成大家眼中的模样。在别人等着你搞砸前，首先你要相信自己。

生活不会是永远的花路，偶尔也会出现一段土路。我们不必因为一点儿瑕疵而放弃一段坚持，即使出现了不愉快的插曲，即使出现了意料外的风险，没关系，看着自己前方的路就好。至于那些等着看你好戏的人，就让他们待在路边好了。

> 吴 辉
> 江西财经大学人文学院副教授,这是他写给刚考入西南林业大学的女儿的一封信,涵盖了学业、道德等各个方面的内容。这封家书曾被《人民日报》转发荐读。

爸爸致女儿的一封信

文◎吴 辉
图◎heathery

宝贝,光阴似箭,日月如梭。不知不觉你已长大,转眼你就上大学了。按理说,18岁就是成年人,我本不该有什么担心。只是你自从出生以来,从来没有离开过家,我总担心你在外面照顾不好自己。

你说不希望在本地上大学,我理解,也支持。外面海阔天空,你可以任意飞翔。你很讨厌说教,但在你外出求学之际,我仍要啰唆几句。对你未必有效,对我却是安慰。

关于道德

做一个有道德的人,道德首先是一种实践,善良不能仅存于内心。

记得有一次坐公交车,我主动给一位老人让座。当时你和君姐都说,没想到我会给人让座。我问你们,老师不就是这样教你们的?你们说是,只是觉得做的时候有点儿不好意思。我理解年轻人的这种心理,我第一次帮助别人时,也很在乎别人的眼光。

其实,一件好事,不存私利,有何担心,怕什么议论?生活中有很多小事,只要信手拈来,就是一种善行。当你可以帮助别人时,不要吝啬。世界将因你的举手之劳,变得更加美好。

关于专业

挑专业就是挑兴趣,不要用利益标准衡量。

专业的好坏是相对的、辩证的。今天的好专业不等于永远的好专业。不要用利益的标准来衡量专业好坏。做自己喜欢的事,看自己喜欢的书,是人生一大享受。挑你喜欢的,学你热爱的,工作应有更多快乐,生活会有更高品质。

任何专业,只要学得足够好,不愁得不到别人不曾得到的东西。好比旅行,只要走得足够远,就能看得见别人未曾看见的风景。人类社会不断发展,专业分工更为精细,但专业分工不能分得井水不犯河水。各种专业都是解释世界的方式,广泛涉猎,你会更具智慧。

关于知识

知识使人生拥有更多可能。

"读书无用论"是存在的,没有读书也发横财的人也是有的。但个案不能说明问题,普遍现象才有说服力。稍懂常识的人就知道,即使用金钱衡量,知识作用也不可忽视。不然,著名跨国公司对智力因素的高度重视就无法解释。

只要做一个简单的统计,就会发现知识与收入的正相关关系。读书到底有没有用,关键是如何看

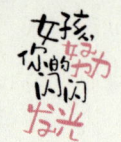

待有用,不能只用"金钱"这一个标准。

知识决定一个人的气质、趣味、眼界、欣赏水平、价值观……这些都是影响生活质量的关键因素。这些都是知识熏陶的结果,而不是金钱交换的产物。如果你大学毕业后,能认识到还有很多更有意义的生活方式,那这个大学就没有白上。

关于阅读

读经典,经典是时间选择的产物。

大学与高中最大的区别是,自由很多,挥霍自由的人也很多。希望你能利用这难得的自由,多读些书。现在很多年轻人不喜欢阅读,他们可以花很多时间逛街、淘宝、打游戏、网聊……就是不肯花时间安安静静地阅读。我曾给学生写过一条读书寄语:"趁年轻,认认真真跟好书来一次热恋。"走上社会你就知道,抽出时间来读书是多么不易。

我还强调读好书,有些书确实害人,思想贫乏,内容平庸。读书像交友,要仔细甄别,非善勿近。一个简单的方法是读经典,经典是时间选择的产物,读者挑剔的结果。一本书之所以成为经典,肯定有它的道理。只要你想读,都可以去读。

关于竞争

不靠人情关系,就靠本事竞争。

如今这个年代,需用实力说话。规则应该会越来越公平,竞争肯定会越来越残酷。爸爸是个倔强的人,办事不喜欢求人,也很少求别人。当初我从小学调到初中,是因为校长觉得我有教初中的水平。后来,县城的学校招聘六名老师,我考了第三名,可没有被录取,没有关系,我不求别人。第二年我就考上了研究生,离开了那个地方。

不靠人情关系,就靠本事竞争。虽然这样比较辛苦,但于外能赢得别人尊重,于内能得到心里安稳。一个人如果不想过低三下四的生活,就必须有能让自己抬头挺胸的资本。你要抓住机会,提高自己。直面风雨人生,迎接时代挑战。

关于漂亮

内外兼修很重要,不要追求花瓶式的漂亮。

爱美之心,人皆有之,女孩子就更是如此。人要懂得修饰自己,遗憾的是,这方面我没有什么经验可以传授给你。当然,漂亮、有魅力不仅仅是指外表。言谈举止,会传递一个人的风度;待人接物,可泄露一个人的修养。

内外兼修很重要,我可不希望你追求花瓶式的漂亮。知识是最好的化妆品,良好的素养会让人更有魅力,这是一种岁月都无法剥夺的吸引力。

关于交友

遇事能让则让,有难可帮就帮。

人的一生一定要有几个交情过命的朋友。幸福人生不是取决于金钱财富,而是取决于社会关系。朋友是广泛的社会关系中的一种。快乐有人分享,你会更快乐;悲伤有人分担,你不会太悲伤。各地都有人值得你牵挂,到处都有牵挂你的人,你会觉得世界充满阳光,心里如沐春风。

世界上没有无缘无故的爱,也没有无缘无故的恨。希望别人对自己好一点儿,自己首先要对别人好一点儿。宿舍里,大家远道而来,是前世定下的相遇。遇事能让则让,有难可帮就帮。赠人玫瑰,手有余香。

关于时间

不要总觉得年轻,干什么事都还早。

时间最公平,每个人的一天都是24小时。时光最易得,但也最不为人所珍惜。生活中常常听人说,要把时间补回来。时间是补不回来的,浪费了就是浪费了。不要总觉得自己还年轻,干什么事都觉得还早。有道是"记得少年骑木马,转眼已是白头人"。

大学生的时间往往会无谓地消耗在两个方面,一是社团活动,二是上网。

适当参加社团活动,广交朋友,增长见识,确是好事。但太多的课外活动,会使时间以各种光明正大的名义被浪费。

网络很便利,但也很误事。电脑、手机让你时刻与外界保持联系,也让你时刻受到外界干扰。不妨在适当的时候,把时间花在更有意义的事情上。

宝贝,说一千道一万,都不如你亲自去实践。爸爸不能教会你所有,也不能陪伴你一生。时光流逝,生命不会常在;总有一天,别离会成永远。希望这些建议能有益于你。

无论何时何地,都要快乐幸福。你若安好,我便幸福。MM

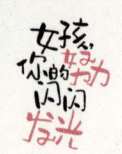

那个假装努力的人，希望不是你

文◎佚 名 图◎永 夜

只有努力，才能看起来毫不费力

在朋友圈看到这句话的你，突然间热血沸腾，热泪盈眶，仿佛这句话说的就是你。

于是你暗暗发誓：只有努力，才能得到认可。你感觉，看到这句话就是你逆袭的开始，于是你点了个赞并且转发。

嗯，马上就要开始努力奋斗了，看书……

才过了15分钟，你惦记着刚刚转发的朋友圈有没有人评论，打开手机，没有人点赞也没有人评论，有些失落。

突然，朋友圈又更新了一条："现在努力，只为有朝一日与你平起平坐！"

你心想：哎哟，这句话说得贼棒啦！于是你热情澎湃地点了一个赞，并且发起了一个集赞做作业的活动，你要让所有人都见证你所付出的努力。

"集够20个赞今晚做完物理作业。""集够30个赞今晚做完数学作业。"

接下来，你便沉浸在朋友圈的评论回复以及不断的互动当中，当你回过神来，时间已经不知不觉过去了一个小时。

很多同学总会抱怨自己学习压力太大，尽管自己很努力，但是时间根本不够。那现在，你终于知道你的时间都去哪里了吗？你真的已经很努力了吗？

如果你想改变，为什么不勇敢一点儿承认？你只是看起来很努力！

在很多学霸身上，都能看到非常强的制订计划和执行计划的能力。他们能够为了一个清晰的目标，制订合理的计划，并一以贯之地执行到底。

然而，大多数学生面临的问题是：计划制订之后要么束之高阁，要么三分钟热度，总之就是执行不下去。

最后的结果是，计划制订了也没用。

所以，如何让自己的计划能够真正被执行下去才是所有问题的重点！

什么样的目标，才是高质量目标

一个好的目标一定包括五大要素，即：必要性、可行性、具体性、可拆解、可反馈。

换句话说，制定任何一个目标，都要先自我反思下面几个问题：

1.我的目标，真的是一定要实现的吗？

每次制定目标的时候，都发自内心地问问自己，这个目标非实现不可吗？我想上重点高中，是真的想上，还是说说而已？还是觉得随便一所其他学校也能接受？

首先，衡量大目标是否值得实现，是否能给现在的自己带来有意义的收获，即便要付出大量的精力和代价，也值得自己为此付出努力。

因而，必要性往往会要求目标至少比现状要更好一些，才能激励人向着目标去提升自我。进一步，要思考小目标和大方向之间有没有关系。

比如"把英语成绩提高到140分"这个小目标

和"上重点高中"这个大目标就是相关的。在有限的时间和精力的情况下,应当选择和大方向关系更密切的小目标。

很多同学,在参加一些活动的时候,往往在经过理性判断并付出一些时间后,就放不下了,于是不断在活动上投入更多的时间,而且往往用牺牲精神来麻痹自己。

必要性实际上要求制定目标的人,在不同的目标当中做出取舍和选择,衡量实现每个目标需要付出的代价,把有限的时间和精力投入集中在最有价值的目标上。

2.我的目标,在努力后有可能实现吗?

一个不可能实现的目标,毫无意义,反正也实现不了。甚至在进入执行阶段后,就会成为不去努力的托词。

目标不是为了制定而制定的,一个无法完成的目标没有任何意义。而一个不重视自己目标的人,也无法对自己的行为负责。

3.我的目标,是不是只是一种可能性?

好的目标首先要具体到让自己明白自己到底要什么,不要给自己太多的附加选择,因为目标不等于可能性。

一个目标越是具体,越容易围绕这个目标制订出高效的计划,也越容易激发出实现目标的动力和上进心。在思考目标的过程中进行得越深入、越全面、越具体,本身也是在反思自身的优势和劣势,思考自己内心的渴望和恐惧。

比如把"提高英语成绩"作为目标,那提高1分也是提高,提高10分也是提高,这完全不如每天一篇完形阅读来得实际。

一个不够具体的目标缺乏一个清晰的边界。进一步说,在模糊化目标的同时给自己太多退缩的借口。

4.我的目标,能分步去完成吗?

一个大的目标应当能拆解成几个可衡量的小目标。

比如从"考上重点高中"这个大目标当中,分解出"英语要上140分"这个大目标,再往下分解出"提升单词量""提高英语听音辨音能力""掌握考试中的语法现象""减少阅读失分""减少完形失分"等一系列更加细化的子目标。

再将每一个子目标变成可衡量的小目标。

比如"提升单词量"就可以往下拆解成"在年底前熟背1600词"和"中考前拓展额外词汇量达到3000词"等一系列可量化的小目标。

5.我的目标,有没有一个客观的进度条?

目标在从开始执行到最终实现的过程中的几个关键的时间点,应当能够检验自己目标完成的进度和成效。

比如"初三上学期熟背1600词",就可以平摊到每月、每周甚至每一天,每天制订一个背单词计划。

一个可反馈的目标使得每一个时间节点都可以检验自己阶段性的目标是否得到完成。而每个小目标的完成都是在给自己一个正向激励,了解完成目标的进度。

一个可反馈的目标,不但保证了执行的效率,也能够在懈怠时给自己压力,督促自己在规定的时间内完成目标。

了解了什么样的目标是可执行的之后,我们再来看看当你制定了这样一个目标之后,你要怎么把它落实,也就是坚持完成它。

执行计划的不同阶段应该怎么做?

《坚持,一种可以养成的习惯》一书的作者古川武士把培养习惯的过程分为反抗期、不稳定期和倦怠期。

要想成功完成一项长期的计划,养成自律,关键就在于如何度过这三大阶段。

即培养行为习惯的三个关键性阶段(以30天为例):

反抗期:困难重重,很想放弃(第1天~第7天)

不稳定期:容易被环境影响(第8天~第21天)

倦怠期:提不起劲,感到厌烦(第22天~第30天)

掌握了正确的方法之后,就可以轻松度过这三个阶段。

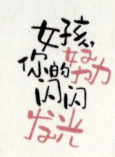

反抗期

从开始行动的第1天到第7天,可以划分为第一个阶段。前面两天最容易让人兴奋,一切都充满新鲜感,做起事来往往很高效。但是到了第3、第4天,就开始觉得没劲了。

书中提供了一个数据,在挑战新习惯的商业人士中,有42%的人在七天之内失败了。反抗期困难重重,怎样才能平稳度过呢?这里有两个对策。

1.从婴儿学步开始。小宝宝学走路的时候,迈的步子是很小的,我们开始一项新习惯的时候,也要走小步。从小地方开始,这样才能学得快,走得稳。比如你想养成每天写文章的习惯,一开始的时候不急着要求自己写800字,可以先从一句话开始写起。

如果你因为害怕而不敢行动,或者因为嫌麻烦而坚持不下去,那就从最细小的地方入手,把行动压力降到最小,比如阅读20页书、背15个单词等。

设定最容易执行的门槛,你就可以在不知不觉中度过最初的7天了。

2.留下小脚印。当你按照第一步设定符合自己的"婴儿学步"之后,接下来就是简单记录完成的情况,完成的那天"打钩",未完成的那天"打叉"。

像这样,把要记录的内容减到最少,就不会觉得麻烦。通过持续记录,可以让你从已执行任务中获得成就感,以及反省偷懒的原因。

不稳定期

第8天到第21天是第二阶段,在这期间我们容易受到影响,因为这个阶段不再是"婴儿学步",行动难度逐渐增强到我们原本要求的程度。

比如你过去7天每天写一句话,那接下来十几天,要慢慢提高到800字了。

难度增大了,怎么办呢?这个阶段也有三个对策。

1.行为模式化。把你想培养的习惯变成固定的模式,即固定时间、地点和做法。行为模式化之后,如果你不在某个时间去做事就会觉得少了点儿什么。

2.设定例外规则。计划往往赶不上变化,可能当你有一天学习量特别大,身体又不舒服的时候,就没法写800字了。

因为突发情况中断行动,也会让人产生无力感和自责。因此,设定"例外规则",当你生病或者加班很晚才回来的时候,允许自己只写一行字或者简单记录一下想法。

这个例外不是放纵自己,而是在不得已的情况下让计划保持弹性。

3.设定持续开关。"持续开关"是能激励你继续往下做的小方法,有两类,一类是糖果型开关,能让你产生快感,比如奖励自己某个东西;一类是处罚型开关,让你产生危机感,比如罚自己不能吃最喜欢的食物,你可以根据自己的性格选择奖励还是处罚。

倦怠期

第22天到第30天是最后一个阶段,容易让人感到倦怠,因为可能会感受不到培养习惯的意义,或者因为一成不变而产生空虚感,觉得"好烦躁","好无聊"。

在倦怠期,有两个方法可以帮助你渡过最后的难关。

1.添加变化。一成不变的生活会消磨掉人的激情,然后寻找各种借口放弃行动。

所以,我们需要花点儿心思寻求变化。比如换一些不同的方式来学习,尝试做一些思维导图之类;如果你想培养跑步的习惯,在这个时期就可以更换跑步路线。

变化,可以让你以崭新的心情重新出发,告别单调的生活。

2.计划下一项习惯。当你把一个习惯完成到80%,也就是进入倦怠期的时候,如果开始制定下一个习惯,不仅会提高现阶段的行动力,也能够以崭新的心情投入新的学习项目中,一举两得。

没有人是纯粹因为喜欢学习而去学习的。

学霸纯粹是因为热爱学习而去学习的吗?每天加班到凌晨的人是因为喜欢工作而去加班的吗?

显然不是。

因为他们都明白,为了一个值得去实现的目标,现在吃的苦不算什么。为了上到一个更好的平台,为了申请到国外一流的大学,为了得到更好的工作机会,为了实现理想的生活,值得为了这个目标付出代价。MM

亲爱的女儿：

今天是你在学校拿成绩单的日子。考前，你在电话里和我说，你感到有些紧张。那时我告诉你：

考试，尤其是重要考试紧张其实是一种常态，绝大多数人重要考试都紧张；适度的紧张有利于发挥，有利于集中精力将重要考试完成。如果完全不紧张，完全不焦虑，重要考试也和平常考试一样来对待的话，也许反而不利于考出好成绩。现在，面对即将而来的成绩单，你是否仍然有一些紧张？或许你已经从老师那里打听到了你的各科成绩。

爸爸想先告诉你三句话，和你聊聊如何看待考试成绩。

考试是一次总结，但不是终结

今天，亲爱的女儿，我想说的是，考试是一次总结，它是教与学的一个基本环节，对教与学进行检查和评价，并从中起到反馈的作用。这样的考试我们无法躲避，我们必须正视。这样的考试，我们只有微笑着面对，才能获得经验，吸取教训。

对一个学生学习成绩的估量，分数是一个简单的标尺；对一群学生成绩的比较，名次是一种轻易的排列。有时候我们会忍不住问问分数，忍不住看看名次……但除了这些冷冰冰的数字，我们还应当看看别的：看看你的学习目标是否已经明确，看看你的学习兴趣是否日益浓厚，看看你的学习意志是否坚韧刚强，看看你的学习基础是否牢固扎实，看看你的学习方法是否正确有效……

老师呼唤的是这样的学生：不为分数而学习却取得了好成绩，因为他在学习中获得极大的快乐；不为名次而考试却考出了真水平，因为他毫无负担地将自己投入了竞争。

学习不能简单用分数和名次来论断

对于一个学期的学习，不能简单用分数和名次来论断。

初高中的教学目标和能力要求是大不相同的。高中毕业，要面对国家的一次选拔性考试——高考，因此，学校平时的考试必须顺应高考。顺应高考，也就是顺应大纲的要求。大纲规定，高考试卷的难度系数在0.55~0.65，也就是说，如果是满分100分的试卷，参考学生平均分数应在55~65分。

对于在初中里拿惯了八九十分甚至满分的你来说，应把心态调整过来，先问一问平均水平，再问一问最高得分，这样既找到差距，又获得心理平衡，出现不及格，也不至于大惊小怪，关键是找到失分的原因。

学习上的优势与劣势从来不是绝对的。考班级或者年级第一名（以此类推到最后一名）的，昨天是你，今天是他，明天或许换了别人……总有一个人考最后，也总有一个人考第一。

在升与降的调整中：

首先要看清自己的实力。不能再以初中时的排名来衡量，因为你现在的同学和你一样接受过中考选拔。

其次要看清自己的能力。是真考好了，还是撞个正着？是真考砸了，还是一时粗心？是全科冒尖，还是一枝独秀？是全面倒退，还是一科拖腿？

最后要看清自己的潜力。如果是"骐骥"，能不能来个"十驾"而不是"一跃"？如果是"笨鸟"，能不能来个"先飞"而不要"惊弓"？

高中三年还有的是你修正完善的时间，关键是

考试是一次总结，但不是终结

文○袁卫星
图○绚 莹

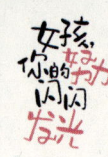

你能不能用行动大声地对自己对老师对同学对爸爸妈妈说一句:"我能行!"

学习是对生命的充实、对心灵的扩展

考试是一次总结,但不是终结。分数、名次,它展示着一部分的真实,也掩盖了另一部分的真实;它表现了一方面的公平,又隐藏了其他方面的公平;它把立体的东西平面化,把复杂的东西简单化。

作为一名高中学生,既要重视分数,重视名次,把它作为参照自己学习的一面镜子,激励自己向上的一种动力,同时更要明确,学习是对生命的充实、对心灵的扩展,这种充实、这种扩展指向无限多的方向,绝不是靠几门课程的分数就能体现出来的。

在这个终身学习观已在全球范围内确立的今天,我们要拿出"知之者不如好之者,好之者不如乐之者"的态度来对待学习,去争取自己成功的人生。

在不需要进行考试的学习内容上,我们仍然要保持旺盛的学习兴趣;在无法用排名比较的领域中,我们仍然要投入饱满的求知欲望……

这里,我还想略微具体地和你谈一谈高中三年的学习方略。

第一点,要明确学习的目的。

学习是一个苦差事,大多数人都有这样的体会。但也有人把苦事变成了乐事,那是他找到了学习的意义。正如尼采所说:"懂得'为何'而活的人,差不多'任何'痛苦都忍受得住。"我们为什么而学? 为报答父母的养育之恩,为感谢老师的培育之情,为促进社会的文明进步;也为自己的衣食生存,为自己的荣誉名声,为自己的有为人生……

我希望你能够做这么几件事:

1. 注意收听收看国内外时事新闻,家事国事天下事事事关心。

2. 读一本伟人传记,我推荐你读"为中华之崛起而读书"的周恩来的传记。

3. 针对自己的思想弱点找一句或写一句能够医治这一弱点的"座右铭",贴在醒目处。

4. 每天用15分钟左右时间写日记,问三个问题:今天最大的收获是什么? 今天最大的不足是什么? 明天有什么打算?

5. 在老师或爸爸妈妈的指导下,试填一次高考志愿。

第二点,要激发学习的兴趣。

研究证明,如果一个学生对学习有兴趣、积极性高,就能发挥其全部才能的80%~90%;反之,他的才能只能发挥20%~30%。法国著名昆虫学家法布尔说,兴趣能把精力集中到一点,其力量好比炸药,立即把障碍物炸得干干净净。

在激发学习兴趣这个问题上,我希望你试着做一做这么几件事:

1. 如果你喜欢文化课以外的学习(比如电脑、绘画、球类)到了痴迷的程度,可以用一个月的时间来进行一次适当的调整,在这个月中间,在痴迷的项目上最大限度地克制自己,把精力转移到文化课中去,以求得一个月后的适度平衡。

2. 如果你特别不喜欢某门学科,你一定要找任课老师聊一聊,听听他对这门课学习目的、学习内容、学习方法的介绍,最好再问一问他当初是怎么学这门课的,你还可以问一问班上对这门功课感兴趣的同学,他们的兴趣从哪里来的。

3. 每一个章节学完,你不妨扮演一回老师的角色,给同学(互相这么做最好)出一份试卷,你们互相批改,互相讲评,一定会很有意思。

第三点,要磨炼学习的意志。

高中阶段的学习是充满了竞争的紧张学习,好比用跑一百米的速度跑一万米,谁坚持不懈,谁就能成功。如果想今后升入高校、进入社会后,在任何时候、任何场合都能得心应手,并且得到应有的评价,那么在高中学习期间,就不应该有晒太阳的时间。

磨炼学习的意志,我建议你试做以下几件事:

1. 每天早起,坚持跑1000米;晚上做100个仰卧起坐或俯卧撑(哪怕从200米开始跑起,从10个开始做起,渐进);

2. 考试失败,学习中受到挫折,主动找老师谈一谈,找到原因,寻求改变。

3. 尽快养成一套适合自己的良好的学习习惯,该学习时就学习,该休息时就休息;不被老师牵着鼻子走,不搞临时的考前突击;预习、复习、作业阶段分明;上课专心致志,下课有疑便问;每日有计划,对照执行。

要永远记住这样一个公式:

状态＞方法，方法＞苦干！

美国心理学家马斯洛把"自我实现"的人视为个性发展最健全的人。在他看来，这些人能自我管理，自我激励，自我鞭策，而无须领导进行约束、监督和奖励惩罚。

作为你的爸爸，我主张让你主动发展，主张让你发挥个性，从而实现"自我实现的人格"的初步塑造。而这一切的一切，需要你踏实起步，从每一堂课、每一本书、每一个在校与不在校的日子做起。

我有理由相信：你会努力在每一分每一秒，你将无愧于青春的每一页！

无用之用

文◎杨素秋

有些事情也许当下没有用，甚至我们一辈子都用不到，但那些东西会对我们的思想、生活产生潜移默化的影响。这就是知识、思想的魅力。

今年暑假我出去旅行，有一个人问我："你在大学里教什么课？"我说我教美学，那个人笑了，说你教的课听起来很没用啊。

是啊，是挺没用的。

只听说过学挖掘机哪家强，没听说过学美学哪家强。

大学里还有很多听起来没用的课程。比如文献学、艺术哲学、模糊拓扑学、敦煌吐鲁番学、僵尸逃生学……美国一所大学真的开了这门课，这样的名字我可以开出来一串。

有这么一个笑话：一架飞机正在飞越太平洋，广播里说："现在有一个好消息和一个坏消息。好消息是我们现在顺风，风速300公里，飞行速度1200公里。坏消息是：导航设备全部失灵，我们不知道现在到了哪里，也不知道该飞向哪里。"

试想，如果我们只有技术，没有人文思想，整个社会的发展就好像飞机失去了导航。因此，我们需要在大学里开设各种人文课程，培养学生审美的能力、思辨的能力、介入社会的能力，以及担当责任的精神。

今年是抗战胜利73周年，我想起抗战时期的西南联大，国难当头，许多大学生不想读书了，他们说，我们同龄人都当兵了，我们也应该都去上战场，上大学没用。钱穆先生拦住他们，苦口婆心地说，战争总会过去的，我们这个民族要建设，要复兴，要强盛，要有未来，我们的读书一定不能中断，你们的学业一定不能中断。

那段日子里，为了激励学生向学，钱先生在极其恶劣的条件下完成了《国史大纲》这本名著，在这本书的扉页，赫然印着一行大字：谨以此书献给抗战的百万将士！

那时候，武汉大学邀请钱穆先生讲学。外面日本的飞机频繁轰炸，钱先生上课的时间只能定在早晨六点到八点。当时电线全都被炸坏了，学生拿火把照路，摸黑去听钱先生的课。往往晨光初露，火把连连，所有的座位都被占满，晚来的进不去。那是求知之火，希望之火，更是大学的精神之火。

我真仰慕那时候的大学，学生们打着火把去听一堂历史课，或者默默坐在角落里旁听一节小说史，他们从不计较一件事情是"有用"还是"无用"，唯有热爱，唯有坚持。

有人说教育是什么？教育就是当一个人把在学校所学的全部忘光之后剩下的东西。也就是说，你们今天所学的具体的课程，有一天，你们可能会忘了，还给老师。但是有一种东西一定无法忘记、不能删除，因为它已经渗透你的血液，深入你的骨髓。奔跑时，它为你助力；成功时，它为你鼓呼；失败时，它为你托底，它就是大学带给你的胸襟、气质与勇气。这就是"无用之用"的奥秘。

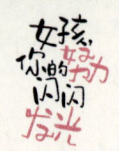

你的气质里，藏着你曾经读过的书

文◎王　红　图◎神笔画室

很多人以为，只要会认字，就算会读书。他们觉得，看书好像就是在学习，好像在进步，觉得自己还不是一个非常堕落的人。

01

人生有很多个阶段，不同的阶段，看书搭配应有不同；而且不同的书，要采用不同的阅读方式。

其实，人的大脑，就像一个硬盘。他需要建立索引，然后往里面放资料，但是很多人没有先给硬盘分区，直接把吸收来的东西一股脑儿丢进去，以为反正容量大，结果悲剧了——读得越多，脑子里反而越乱。

最终的结果就是，"今天听这个人说有道理，明天听那个人说也有道理，到最后就是没有自己的道理"。

02

"读什么书，就代表你是什么样的人；买什么书，就是给下一代指引什么方向。"

马克思曾有句论断：人的本质不是单个人所固有的抽象物，在其现实性上，它是一切社会关系的总和。顺着这个逻辑粗糙地延伸一下：你就是你过去见过的人、经历过的事，以及，读过的书的总和。

换句话说，You are your media（你就是你自己的媒体），你过去看过什么书，就在塑造什么样的你；你在读什么样的书，代表着你就是什么样的人。

一个喜欢读文学书籍的人，必定会对文学的世界充满想象力；一个喜欢读财经类书籍的人，必定有着经济人的思维。

他们的谈吐、气质，都会有一些微妙的差别。而这种气质，也必定会在与别人的交流中散发出来，所谓的"胸有文墨怀若谷，腹有诗书气自华"，说的就是这个意思。

03

家庭教育，对一个孩子的成长至关重要。一个家庭里的小孩儿长成什么样，父母的书架就很关键。

回忆一下，我们每个人的成长过程中，是不是都会有那么几本从父母或其他长辈的书架上发现的书？

这些书的目标读者可能并不是小孩子，很多人也读得懵懵懂懂，但它们却可能是一生中最令人记忆犹新的书，甚至可能会对一生的发展产生难以估量的影响。

因为，很多时候，这就是我们的阅读启蒙啊。

但很可悲的是，很多人宁愿要一台大电视，也不愿意买一个大书架。

人生苦短，阅读使其变得美好而悠长。MM

第六章 修炼你的好运气

还在期待好运从天而降?不如现在就开始,修炼你的好运气!提问时,她刚好看到了书上的重点;考试时,她刚好考到她做过的一道题;比赛时,她刚好发现了对手的破绽;照相时,她刚好站到了光线好的位置……

那么多的凑巧,真的只是她运气好?

其实,运气也是实力的一部分哦!

原来,那么多的"刚好"里,都有她默默努力的小"心机"!

主动出击,"小窍门"让你成为更幸运的人!

与你终身相伴的几个好习惯

文◎周成刚
图◎花月婷然

史蒂芬·柯维（Stephen Covey）的畅销书《高效能人士的七个习惯》被福布斯评为最具影响力的十大管理类书籍之一。

而他的儿子肖恩·柯维（Sean Covey）在这本书出版不久后推出了《杰出青少年的七个习惯》，还有《快乐儿童的七个习惯》，以同样的框架改写了内容和实例，语言也更符合青少年的阅读习惯。许多美国学校还开设了课程，专门学习此书。

肖恩·柯维试图提供一个"指南针"，帮助父母和孩子解决他们日常遇到的问题。他在书中提到了七个"必备技能"，前三项有关"个人的胜利"，中间三个有关公共能力，最后一条侧重保持更新的能量。

1. 积极主动

这一点是培养其他习惯的基础，学会掌控自己的生活，对自己负责。积极态度的人明白对自己生活的悲喜负责，不会遇事就去责备别人、环境或是客观条件。在外界刺激和我们的反应之间，蕴藏着自己的能量——你可以选择如何回应。一个积极主动的人常用的也是积极的语言：我能、我将、我期望……相反人格的，则会选择：我不行、我不得不、要是怎么样就好了……

积极主动的人不会过于纠结他们没有办法控制的情况，而是会着眼于自己能控制的事。意识到自己的能量和时间都花在了什么事物上，是走向积极的重要一步。

2. 有目标、会做计划

人们一般很难对自己未来的走向有明确笃定的规划，他们可能会纠结、彷徨，显然是在浪费时间，并且被外界各种声音所影响。学会勾勒出人生的路线图，学会做决策。

你现在成为当初你想成为的人了吗？还是当时会讨厌成为的那个样子？人生只有看到目标，才会知道如何去做，目标，让你成为自己命运的主人。

3. 学会合理安排优先次序

人生往往考验的是人处理muti-task（多任务）的能力，成人要平衡工作、生活、家庭、朋友的关系，学生也要在学习、课外活动、社交中找到自己的重心。学会合理管理时间，从而将注意力集中在那些最重要的事项上。尤其在人生的艰难时刻，更需要这项能力，去推进生活的正常运行。按重要性进行排序，这个取舍安排过程，正是生活本身。

4. 具备双赢思维

我们一般会觉得在很多场合和氛围下不可能达成"双赢"。这个思维习惯，让我们慢慢明白，在

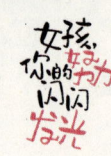

任何讨论和情境中，双方都有可能达成一个对彼此都有利的解决方案。

很多人将自我价值建立在比较和竞争中，而具有双赢思维框架的人往往正直、成熟并且精神富足。我们能学到一样宝贵的东西：学会赞赏别人的成就，而不是感到被威胁，进而产生嫉妒心理。双赢心态需要的不仅是同理心，更是自信心的表现。

5. 先试着去理解，再表达自己

沟通是非常重要的技能，但是我们花费极大精力学习写作和口头表达，却似乎从未学习如何"倾听"。倾听是努力从别人的角度去理解问题。而我们生活中比较常见的可能反而是在别人发言陈述时的插嘴和反驳。理解和包容体现了一个人的格局，反映着人的自省和自我改进意识。

6. 学会合作

合作的力量在于，当两个或更多人在一起工作时，应该比各自作为个体的时候，创造的价值更大。合作有关团队，也事关开放的心态。在这个过程中，我们可以慢慢体会到，如何尊重差异并更好地理解和欣赏别人。他们愿意去接受别人的影响和新的观点，而创新可能就在于这些差异碰撞的火花。

7. 全面均衡的进步

这意味着保持状态并提高自己——一种精进的人生姿态，而这种进步是要涵盖各个方面的：心智、精神、身体等。对于这个习惯的养成，可以用日志记录自己的变化和进步，而自我改善的目标可以分门别类，比如一周锻炼几次、加入阅读小组、每天设置一个小目标等。

我们所期待的好成绩，或许正植根于这些好习惯；一生长久的竞争力，也或许不在能解答出某道难题，而在于这些智慧和能力。MM

从没有白费的努力，也没有碰巧的成功

文◎露十七

读研的时候，我曾帮一位老师做过一个非洲的相关项目。那位老师不是我的导师，我对那个项目也不是很感兴趣。可是，因为我读本科时学过法语，而研究非洲国家的历史又必须参考很多法语资料，所以那位老师要求我和他一起做项目，而我的导师也同意了。

起初，我对完成这项任务非常反感，我总是觉得自己是在做一件很累很傻的事。可是，任务压在身上，我又不得不做。于是，我只好每天背着电脑和很厚的书去图书馆，耐着性子一点点翻译，一点点整理，再拿着材料找老师分析探讨，花了近半年时间，才终于写完项目规定的论文。我长舒一口气，觉得以后再也不用和非洲相关的问题打交道了。

可人生不会完全按我们的心意发展。又过了一年，我准备写毕业论文了。然而，在开题时我遇到了很多麻烦，以至于论文题目迟迟没法确定。导师让我想一想自己对哪方面的问题有较为深入的研究，我低头想了半响，说出两个字："非洲。"

我没想到，这个我当时无比抵触的工作，如今竟对我的毕业论文产生了极大的帮助。我很快确定了毕业论文的题目，在之后的研究和写作中，我也因之前的积累而游刃有余。

无论是五岁学英语，还是八岁学游泳，这在当时看来都好似很"无用"，就好像我在读研时帮老师做我不喜欢的项目。但是老天爷很可爱，他不忍心让任何一个人的努力白白浪费。于是，他可能在后来的日子里，安排一个你喜欢的人约你去游泳，安排一份很好的英文工作让你去做。

人生没有白费的努力，珍视自己付出的每一份努力，终有一日，它们会盛开出繁花，惊艳我们的生命。这世上从来没有白费的努力，也没有碰巧的成功。很多看似撞大运的成功经历，往往源于曾经一段看不到光明的默默付出。命运在用这样的方式告诉我们，只要认真对待生活，终有一天，你的每一份努力，都将绚烂成花。MM

没有热爱的事，就不能成功吗

文◎陶瓷兔子
图◎莹 月

跟一位做职业规划师的朋友聊天，她说，这3年来被问得最多的一个问题是："我不知道自己喜欢什么，该怎么办？"

我很好奇她会如何解答这个问题，她说："很多人根本就没想着要去培养一个爱好，只是站在原地等着，等着爱好像馅饼一样从天而降。"

有一位记者给我留言："我不知道自己喜欢什么，每天工作都提不起精神，我该怎么办？"

我问他："你从事文字行业，应该有很多自己的作品吧，可以选一些得意之作，找机会跳槽啊！"

他十分为难地回答："其实我没有什么作品，我不喜欢写作，当然也写不出好文章来。"

"那你为什么不喜欢呢？"我问。他迅速回复我："因为做不出什么成绩，所以觉得这一行很无聊。"

像是一个带着诅咒的怪圈：我不喜欢——我做不好——我更不喜欢。

知乎上的大V"动机在杭州"曾讲过这样一段话："我们这个时代，兴趣爱好是一件被过分美化的事，它常常被当作激情、活力、坚持，乃至成功的代名词，以致当有些人觉得自己过得不够好，第一反应便是：'我没有找到自己的兴趣爱好。但我真正感兴趣的，其实并不是兴趣爱好本身，而是它所能带来的东西。我们总想用兴趣爱好换点儿别的，比如成功，比如名望，比如与众不同。"

总是将"爱好""天赋"等挂在嘴边的人，通常都有以下想法：某某做得好，是因为他有天赋，这件事不是我真正热爱的，所以我才一直做不好，等我找到自己喜欢的事，我也会变得很厉害。

我们往往过于看重爱好的力量，一路奔波寻找，却忽略了，爱好如同完美的恋人，从来不会从天而降，想要真正得到它，需要痛苦地尝试和磨合。

我上大一时曾经非常不喜欢自己的专业，觉得英语本应该只作为一种工具，作为一门学科则是华而不实。我几乎是以抗拒的态度度过了第一学年，做了很多跟本专业毫无关系的兼职，并自以为是在体验人生。跟一位"学霸"学姐聊天时，我毫不掩饰地说了自己对专业的不满，她听完后很惊讶地问我："难道在你眼里，学习英语专业就是为了在大街上跟外国人搭讪吗？"

"你觉得这个专业没意义，是因为你根本就没想着要学好，总是停留在门外汉的水平，当然无聊。"她说，"与其抱怨，不如改变。你先试着好好学一学，或许就喜欢上它了。"

那个寒假，我听写完了整整10季《老友记》的剧本，刚开始的时候每10秒需要点击一次"暂停"键，逐渐加长到1分钟、3分钟，再到后来，可以通过速记法连续听写十几分钟的内容。

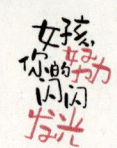

上大二的时候,我被老师推荐给一个美国老板做口译。也就是从那时开始,我喜欢上了自己的专业。那年我19岁,戴着耳麦、手心冒汗地坐在西装革履的老板身边,居然真的生出了一种奇妙的自豪感。而我的很多同学,依然如上大一时的我一样,认为自己的专业没有意思,跟各种各样的机会失之交臂。

或许"凑合"与"爱好"的分界点,跟热爱程度无关,而是业余和专业的差异。

当你的水平泯然于众人,你无法发现自己的闪光点,无法得到他人的认可时,你便很容易心生倦怠。可是,如果你做的这件事可以让你有别于他人,可以让你得到别人的认可,它就很容易转化为爱好。你在一件事上达到的层次越低,你就越容易放弃。我们不是因为喜欢一件事才能做好,而是因为做好了一件事而慢慢喜欢上它。

世界很广阔,但它也很深邃,别只远远看一眼就转身离开。对生活的体验如同潜水,从浅海进入,一点点深入,走到下一个深度,才能看到不同的天地。MM

我的梦想和你无关

文◎董晨晨

我们生活的世界里有两种人。

一种会肯定你,督促你不断前进,在你以为自己的梦想已经模糊时,会提醒你它最初的模样,他们是梦想缔造者,帮助你完成最真实的自我。而另一种人,他们人数众多,只会嘲笑你的梦想,对你的每一次努力说"不",他们是梦想毁灭者。

作家琳达·斯塔福德就曾遇见过很多这样的人。当15岁的琳达第一次在英语课上宣布她想成为作家并出书的时候,得到的只是哄堂大笑。

当时的场景清晰地刻在她的脑海里:一半的同学对她的想法嗤之以鼻,以为她在痴人说梦,而另一半同学则在不加掩饰地大笑着,像在看一个傻子。这时候无助的她本来以为自己能得到老师的安慰,没想到英文老师冷冷地对她说:"只有有天赋的人才能成为作家。"而她这个总是拿D的差生已经用成绩证明了她的资质。孤立无援的她,除了哭,不知道自己还能做什么。

回到家里,她写了一首悲伤的小诗抒发自己的郁闷之情。她把诗邮寄给了一家周报,令她吃惊的是,这家报纸不仅让她的小诗变成了铅字,还付给她二美元的稿费。

当她自豪地把这消息告诉老师的时候,老师给她的回答是:"每个人都有经历天上掉馅饼的时候。"

琳达没有反驳自己的老师,而是继续朝着自己梦想的方向前进。

在接下去的两年里,她什么都写,诗歌、短文、笑话和菜谱,她把它们都卖给了报社。等到从高中毕业的时候,她已经发表了满满一剪贴本的作品。

这期间她再也没跟老师和同学们提到半句有关自己写作的事情。为什么?因为她从老师的态度中明白了一个道理——我的梦想和你无关。刚刚萌芽的梦想被反对的口水淹没后,结果不堪设想。与其跟这些梦想破坏者理论,不如把自己建设成为梦想缔造者。哪怕全世界都对你的梦想说"不",你也可以成为那唯一肯定的声音。MM

成功与天赋，到底有多大关系

文◎虎爸 图◎冷色系

比尔·盖茨曾经说过："我阅人无数，没一个成功人士天赋异禀。"今天在社会上取得成就的人，不一定从小就很优秀。大器晚成的成长经验，有可能保留了孩子的好奇心，锻炼了他的韧性、勤奋等人格特质。

2017年，传奇伊朗裔女数学家玛丽安·米尔札哈尼（Maryam Mirzakhani）英年早逝，死时年仅40岁。新闻媒体的报道中把她称为天才，因为她是唯一一个获得数学界的诺贝尔奖——菲兹奖的女性。

米尔札哈尼在青少年时期就获得了奥林匹克数学竞赛的金牌，并且在31岁时就成为斯坦福大学的教授。面对像米尔札哈尼这样的人，人们很容易把他们的成功和天才联系在一起。这些天才一定是从小开始就崭露头角，人生一路顺风顺水。

但是如果把这些天才的人生抽丝剥茧，就会看到一个不一样的故事。

米尔札哈尼出生在伊朗首都德黑兰的一个中产阶级家庭，爸爸是一位工程师。在她的幼年时期两伊战争爆发，一家人生活艰难。好在等到她上中学的时候战争结束了，她被一所选拔严苛的女校录取。

在那个时候，米尔札哈尼还没有和数学结缘，她当时酷爱的是小说，常常在回家的途中去买书看。

中学的头几年，米尔札哈尼的数学成绩并不好。但是一次她的哥哥给她讲了一个著名的数学难题，这让她燃起了对数学的兴趣。后来发生的事就可以在数学史上查到了。

所以，米尔札哈尼的背景很特殊吗？看起来并不是。大多数诺奖得主小时候平平无奇，与"神童"二字无缘。

爱因斯坦很迟才开口说话，因此一度被家里的用人以及学校的老师以为是智力障碍。在苏黎世联邦理工学院的入学考试中，他的大部分科目都挂了。最终他得以入学靠的是数学和物理的高分。

开始工作以后，爱因斯坦过得也不顺心。毕业后一开始他找不到教职，在瑞士专利局的时候得不到晋升，因为他对机械并不在行。但后来的事情大家都知道了。

从这种种事例以及下面阐述的研究可以看出，神童和成年后被世人公认的伟人之间，存在很大的差别。大多数神童最终的结局是变得默默无闻。

大脑的可塑性

成就和天赋之间的关联究竟强不强？在学术界这个问题的火热程度不亚于任何

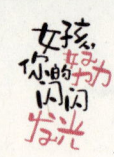

一个社会热点。

智商研究领域的先锋人物,美国教育心理学家刘易斯·特曼(Lewis Terman)曾在1921年跟踪研究了1470个美国加州人的一生。

这些人在当时的智商测试上都拥有高分。但奇怪的是,他们中没有任何一个人成为他们那个年代的伟大思想家。连特曼本人也对这一点感到非常困惑。

实际上,因为小时候智商不够高而没有被特曼选到跟踪名单的人里,倒出了两位诺奖得主——物理学家路易斯·阿尔瓦雷茨(Luis Alvarez)和威廉·肖克利(William Shockley)。

特曼的研究结果并不是特例。在后来的百年智力研究中,堆积如山的证据显示,智商远远称不上是成就的决定因素。

更关键的是,大量研究明确显示,人的大脑具有极强的可塑性,智力并不是一成不变的。一个3岁就能编程的小孩儿长大后未必能够成为时代的宠儿。

比智力更重要的个性特质

教育服务机构 High Performance Learning(高绩效学习)的创始人德博拉·艾尔(Deborah Eyre)教授提出,最新的神经科学研究显示,除非有认知缺陷,大多数人都能够达到所谓的天才能够达到的水平。

但条件是,他们必须要被教会对待学习的端正态度,而且要具有下面这些高成就者的共同特质——好奇心、韧性和勤奋。

弗罗里达州立大学的知名教育心理学家安德斯·埃里克森(Anders Ericsson)从20世纪80年代开始就对音乐、记忆、体育等许多领域的高成就者进行研究,他并不认为天赋是高成就的核心。

许多人耳熟能详的一万小时理论就是埃里克森提出的。一万小时理论指的是,只要经过1万小时的刻意练习(deliberate practice),普通人也能成为专家。当然了,刻意练习并不是题海战术,因此盲目地刷题无法使人成为学霸。

一万小时理论当然有很多支持性的证据。比如许多普通学生经过记忆术的训练后,记忆能力就可以令人刮目相看,在普通人眼中就可以成为"记忆大师"。

一万小时理论并不是横空出现的超前理论,在此之前已有不少学者意识到了后天或者说养育环境对成就的决定性影响。

20世纪80年代的著名美国教育学家本杰明·布鲁姆(Benjamin Bloom)研究了一群在某些领域里顶尖的人才,比如芭蕾舞、游泳、钢琴、网球、数学、雕刻和神经科学里的顶级选手。

布鲁姆采访了这些人和他们的父母,询问了他们的家庭环境及教育方式。

结果发现,这些顶级人才都有刻苦训练的习惯,而且他们从小开始就对自己的领域产生了持续的浓厚兴趣;这些人的父母也有非常强的职业道德准则。

爱因斯坦并没有被儿时获得的"智力障碍"标签打倒,同样,他也没有给自己贴上"天才"的标签。

他曾经写道:"并不是我聪明,只是我和问题相处较久。许多人说伟大的科学家靠的是智力。他们错了,这些人靠的是秉性。"

米尔扎哈尼也是一样。

她也曾经写道:"诚然,最有成就感的时刻就是发出'啊哈'的那一刻。新发现带来的喜悦就如同在山顶上将风光尽收眼底的感受。但是大多数时候,对我来说数学研究就像在独自登山,这座山上既没有前人开辟的道路,也看不到尽头。"

执着,是这两位世人公认的"天才"的共同的心路历程。

智商远远称不上是成就的决定因素。高成就者的共同特质是——好奇心、韧性和勤奋。MM

用5厘米 追梦的渐冻症女孩

文◎文 澜

对于一位青春靓丽的女孩来讲，梦想是什么？

有的人想成为演员，过上光鲜亮丽的生活；有的人想成为舞蹈家，在舞台上成为众人瞩目的白天鹅；有的人想成为旅行家，跨过千山万水，让足迹遍布世界的每个角落；有的人想成为家庭主妇，相夫教子安度余生……

而对于依旧处于芳华年纪的汪玉婷来讲，这些梦想距离她的世界太远，太遥不可及。她的梦想，只有5厘米的距离。因为，她身患渐冻症，双手只能挪动5厘米。但是，即使这样，汪玉婷也实现了她的梦想，就是成为一名画家。她凭借自己十几年的坚持和努力，完成了很多作品，仕女、花鸟、山水等等，线条勾勒的画面，栩栩如生。其画作在拍卖时，被国际市场一抢而空。

汪玉婷的父亲是镇剧院的美工，耳濡目染，汪玉婷从小就对画画产生了浓厚的兴趣。她梦想着自己长大也可以像父亲一样，成为一名画家。但是，这个梦想因为一次意外而被迫终止。汪玉婷在三年级的时候，在课间与同学玩耍时，总是莫名其妙地控制不住地摔倒，老师在课上点名的时候，她也不能立即起身。从那个时候起，她就被看作是反应迟缓的小孩儿。

12岁那年，由于汪玉婷的症状越来越明显，父母这才开始担忧起来。他们领着她到医院检查，被确诊为"肌营养不良症"。这一由遗传因素引起的疾病，会导致肢体机能严重萎缩，直至不能完全活动。当时医生私下告诉她的父母，汪玉婷活不到18岁。

这个噩耗犹如晴天霹雳打到汪玉婷父母的身上。但是，他们并不想对女儿放弃治疗。于是他们辗转各家大小医院给女儿看病。

那时候的汪玉婷已经大小便不能自理，母亲就成了女儿的全职"保姆"。

为了不给父母增添负担，汪玉婷默默地藏起了自己的画笔，配合医生的治疗。尽管她积极配合，但是病情并不见好转。然而，厄运并未就此放过这个家庭，父亲因为意外从房顶上摔了下来，重伤不治身亡。

从此，母亲就扛起了生活的全部重担。为了生存，母亲白天打好几份工，晚上还得回来照顾女儿。眼看母亲因为生活操劳日渐消瘦，汪玉婷心里越来越难受。她想为母亲做点儿什么，来减轻她的负担。

她躺在床上琢磨自己到底能干什么，坚决不能像废人一样靠母亲来养活自己。于是，画画的欲望像火苗一样，重新燃烧起来。再三考虑，她终于对母亲说出了自己想画画的想法。没想到得到了母亲的支持和鼓励，就这样，汪玉婷又重新拿起了画笔。

尽管身体不适，别的画家画一笔线条只需几秒，玉婷则需要几分钟；别的画家画只小鸟最多几个小时，她则需要几天；别的画家画幅美人几天就可以搞定，她则要画上几个月，但是汪玉婷仍然坚持着。看到女儿的决心，母亲决定当起"保姆"兼"书童"。每天早早起床把她抱到桌前，仔细调整好位置，开始帮她调色移纸。

在母亲的帮助下，玉婷一画就是十几年。日复一日的坚持，让她的技艺日益精湛。但是，她的病情却越来越严重。长期画画让她的颈椎、肩周严重受损，而且手指的移动幅度也越来越小。刚开始能移动10厘米，后来变成8厘米，到现在只剩5厘米。

即便这样，汪玉婷照样在书桌前日复一日地坚持着。她的画作多次被邀参加省市展览并获奖，甚至还被邀到韩国、美国和日本等地展览。在日本展览期间，她的画作被一抢而空。

令人震惊的不仅是她的画作，更是她的身世经历。很多大师都难以置信，这些精美的工笔画竟然是出自坐在轮椅上，手臂只能移动5厘米的汪玉婷之手。

汪玉婷的手指移动幅度尽管只有短短5厘米的距离，但是，她用自己的坚持和毅力，用画笔描绘了一幅梦想的蓝图。梦想，有时候遥不可及，有时候，如果你坚持付出努力去追求的话，它其实不过是毫厘之距。MM

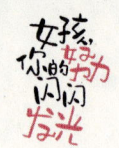

可以慢，但不能停

文◎沈十六　图◎永夜

大二时，我被分配到新生班级给辅导员帮忙。

我第一次注意到学妹，是因为新生中秋晚会。她走到讲台上，很用力地介绍："我叫×××，来自甘肃会宁。能来上大学我很开心，不过我挺想家的……"

那时她有些胖，脸色偏黄、短发、戴眼镜，神情有些不自然，说完就主动隐匿到角落里。

我隐隐觉得她与别的学生不同。我看她神情难过，忍不住叫住她，让她跟我去宿舍聊聊。

那一天学妹告诉我，她家有四个孩子，父母老实本分，一辈子勤勤恳恳地过日子，种地、做工、放羊、喂猪，供养他们念书。

姐姐已经出嫁，妹妹在读大专，弟弟快升高中了，她是家里不太赞成上大学的那个，父母渐渐老了，想将她留在身边，毕业了，找份安稳的工作，也能随时看顾家里。但学妹不想那样过一辈子，她想去看看外面的世界。

父亲无力支持的学费，成了牵绊她走远的障碍，但她并未妥协。入学前的暑假，学妹一直在饭店里打工挣钱。一天十个小时，上菜、撤桌、招呼客人，忙得昏天黑地。

她指着手掌上刚刚要结痂的几个地方跟我说："端盘子也磨手心，刚出泡的时候，我拿针挑破了，里面的水儿一出来，肉接触到空气挺疼的。"

两个月，她赚了4500块钱。她一天也没有休息，又一个人拿着录取通知书去教育局申请助学贷款。她心里憋着一口气，就想出去看看，哪怕一眼。

但刚入学第一个月，学妹就有点儿迷茫了。她觉得自己和周围的世界有些脱节。她不知道宿舍姑娘说的服装、化妆品品牌，也不知道最新最火的游戏、动漫，她觉得自己不知道怎么融入其中。

我听着学妹的叙述，有些动容，找出纸和笔，对她说："你写出想做的事情，一件一件实现它们。记住，不要去跟随别人，最重要的是找到自己的节奏。"

她趴在我书桌上开始写字，并跟我说："学姐，大学期间我要拿奖学金、赚生活费、买电脑，还要坚持写东西。"我看着她笑了笑，知道她已经好了许多。

为了实现想做的事情，学妹的生活开始忙碌起来。周六周日去兼职，做过家教，发过传单，还做过推销员。有次在去食堂的路上碰见她，看她比入学那会儿黑了、瘦了，但脸上多了一份从容。

大学的时间过得很快，期中考试很快到来。她的成绩排名年级前三，很顺利地申请到了当年的国家级奖学金。

寒假之前见她，她已经联系好了一家韩国烤肉店去当服务员。她笑着对我说："寒假时间挺长的，我想着赚点儿钱，给爸妈和弟弟妹妹买点儿东西再回家。"

我知道，我永远没有办法体会学妹的生活。她来自全国最贫困的县区，需要自己负担学费和生活费，回家之后还要帮家人劳动，洗衣做饭，放羊喂鸡，洒扫院子。但对于生活的辛劳，她从不抱怨，只是说自己终于可以自食其力，她要让家里的日子好起来。

后来，我去北京实习，渐渐少了学妹的消息，偶尔回学校才能再见她一面。她已经越变越好，虽然又瘦了，但气色不错，打扮入时。

我为她感到高兴。

她说："学姐，大学最后一年我要去房地产公司实习。"

我有些疑惑，问："你不是想做记者吗？"

她眼圈微红，停了一会儿，说："家里情况不太好，有一些借款需要还。弟弟妹妹也需要花钱。我想先去房地产公司赚些钱，帮帮家里，尽了责任，再想自己。"

我心里微酸，有些心疼她。学妹明明和我差不多的年纪，却不能在最好的年华去放纵地追逐自己想要的东西。梦想，对她来讲是一件奢侈品。

我没有立场否定她的选择，只能在她需要时伸出援手。

2014年年末，学妹突然打电话给我。她激动地说："学姐，我终于攒够钱了，还清了家里三万多的外债和助学贷款，也供得起弟弟妹妹的生活费。我决定辞职，明年就找跟新闻有关的工作。学姐，你能给我推荐一下工作方向吗？"

听到这个消息我比她还高兴。这些钱对刚毕业的学妹来说，并不是小数目。她是加了多少班，拼了多少力才做到的啊？

学妹回家前我们见了一面。在车站见到她，我有些惊喜。

那天学妹穿着一件乳白色的羽毛棉服，头发扎起来，很精神，面带笑意，出了站就上前抱我。那天我们聊到很晚，凌晨才睡去。她躺在我身边，睡得那么好。也许，是因为她知道，她有不用惧怕未来的能力。

没几天，我接到了学妹的电话，她说去报社实习的事儿得朝后推一推。"母亲的膝盖受伤了，劳损，大概需要动手术，需要人照顾。弟弟明年高考，也需要我辅导一段时间。"

我听她说完心里有些难受。学妹也有自己的人

生要过啊！

她很自然地对我说："学姐，再过半年我就能做自己想做的事儿了。你知道我有多么羡慕你吗？你想去西藏，努力赚够路费就行，但我还要考虑下学期的生活；你想去北京做杂志，连老师推荐的报社实习都可以推掉，立刻赶去北京，我实习还得想想家里。但我一点儿都不嫉妒你，因为我知道，只要自己努力，接下来的日子我也可以像你们一样。"

她说得我热泪盈眶，隔着时空痛哭起来。

西北的风沙，吹过她干瘪的家境，但给了她丰盈而坚韧的精神，那些经受过的苦，使她变得坚强而独立。

家庭的背景不会阻碍你努力的程度，自身的相貌不能决定你变好的决心，只要你愿意努力，总有一条路可以到达你想去的远方，成为你想成为的自己。

我知道学妹会越来越好。 MM

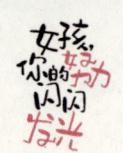

妈妈，谢谢您喜欢不完美的我

文◎安一心 图◎冷色系

我一直觉得自己比别人笨，算数慢，脑袋不灵光，背课文记不住。在学校里，同学嘲笑我是"大地瓜"，老师也不喜欢不聪明的我。我很苦恼，我觉得我已经很努力了，但依旧考不出好成绩。

在少年宫学吹竹笛时，第一节课，我累得汗流浃背，吹得脸色涨红，连嘴唇都发紫了，还是吹不响。看着那些轻轻松松就能吹响笛子的同学，我羡慕极了。我梗着脖子，更用力地吹。

"没事的，慢慢来，别急！"妈妈见我着急，

抚摸着我的肩膀，轻声安慰手足无措的我。

望着妈妈鼓励的眼神，我下定决心，一定要把竹笛吹响。我听过别人吹竹笛，我喜欢那悠扬的笛声，是我央求妈妈带我来报名的。当我鼓足劲终于吹响第一声竹笛时，妈妈满脸欣喜地说："哇！小宇好棒！你做到了。"她激动地把我揽入怀中。

老师看了我一眼，漫不经心地说："一晚上了，你是最后一个吹响的。如果真想学，以后可得下苦功夫，好好练，要不我没法教你。"

"一定会的，他很棒！"我还没回答，妈妈急着帮我回答了。

"我是问孩子，不用你什么事都替孩子做主。"老师埋怨道。

"是，是，是。我以后一定注意。"妈妈连连点头说是，脸上满是尴尬的表情。

我深深埋下头，不敢看老师，也不敢看妈妈，我知道，如果不是我笨，妈妈不会被老师埋怨。有很多次了，都是因为我学东西比别人慢，害妈妈被老师批评，说她对孩子辅导不用心。只有我知道，妈妈已经尽心尽力了。

她总是陪着我，给我鼓励，为我加油，一丁点儿的进步她都会夸个不停，但除了她，别人只能看见我的笨和迟钝。

我学了六年的竹笛，每一堂课都是妈妈送我去的。少年宫离家远，但妈妈风雨无阻。有一次上课前雨下得特别大，我看着窗外的滂沱大雨，心生害怕，不想去上课。

"老师没通知不上课，我们就得去。"妈妈说。我指着窗外，怯怯地说："雨大，我怕。"

"有妈妈陪你，怕什么？雨天最能考验人了，小宇从不缺课的，不是吗？你最勇敢了。"妈妈耐心地劝导我。看她那么坚持，我只好答应了。可是当我们冒雨到少年宫时，居然只有我们两人。

看着漆黑的教室，我哭着责怪妈妈："大家都没来，老师也没来，我说了不该来的。"

妈妈打电话问老师，老师说已经发短信通知不上课了。妈妈用手机翻阅一阵短信后，说："李老师，我没收到短信呀！什么时候发的？"

"雨那么大，就算老师没发短信，你也该想到呀！"站在边上的门卫大爷插了一句。

妈妈愣住了。她关了手机，默默地站在屋檐下，任飘飞的雨滴洒在她的身上。

"你这孩子学了那么久,还没别的新生吹得好。"大爷在妈妈愣神时,说了一句。我的脸瞬间涨得通红,还好背对光,没被发现,但妈妈说了:"大爷,我这孩子很刻苦,他喜欢吹笛子,吹得不错的。"妈妈说着,伸手揉了揉我的小脑袋,"对吧,小宇?你很棒!"

我看见大爷摇了摇头,嘟囔着走进传达室。"大爷,要不让我儿子为你吹一曲,看看他有没有进步?"妈妈跟着走进去。

"好吧,吹一曲,反正闲着也是闲着。"大爷说。

"小宇,听到了吧,大爷想听你吹一曲。"妈妈走过来说。望着她充满柔情的目光,我无法拒绝,于是拿出藏在衣服里的竹笛,认真地吹起来。

那天晚上,在传达室,我吹得特别用心,似乎以后再也不能碰笛子了,我很珍惜,吹得婉转悠扬,手法也比往日里熟练。

悠扬的笛声响在瓢泼的雨夜,我的眼前仿佛看见了很多很多的人,他们都陶醉在我的笛声中。一曲终了,妈妈和大爷的掌声同时响起。

我的竹笛越吹越好,可是我的学习还是没进步。期末考试结束后,妈妈又被老师叫到学校。我悄悄跑去偷听,听到老师对妈妈说:"你儿子,认真是认真,可是成绩总上不去,得想个法子呀!"

"嗯!我一定配合老师。"妈妈说。

"他是不是脑袋……"老师欲言又止。

听到老师的话,我的耳朵竖了起来,想听听妈妈会如何说。

其实我已经从邻居口中知道一些事,我小时候有一次半夜发烧,妈妈当时上夜班不在家,而爸爸那天晚上喝了酒睡得很沉,根本没听到我哭。我的脑子烧坏了,别人都这么说。我猜想爸爸会和妈妈离婚也是因为我吧,他不想要我这个累赘。

"他的脑子很好呀,只是学东西比较慢。老师,谢谢你!我回家后会多辅导他的,也请您多费心了!"妈妈说着,推门走了出来。

来不及躲,我已经被妈妈看见了。她招手叫我过去,拍拍我的脸说:"老师说你再努力一些就更棒了,要加油哟!""是呀,小宇,要加油哟!"老师说,他当时的表情很尴尬,但那次后,我明显感觉到,老师对我更好了。

很久后,我才知道,老师一直为他自己说的话感到抱歉。他对其他老师说,一个单身妈妈带孩子真不容易。他对妈妈的敬佩,我能感知到。每次妈妈来学校接我时,老师都会主动向妈妈说起我,说我进步了。

我知道自己是个笨孩子,即使我很努力,也比不过其他人,但书上告诉我"笨鸟先飞",如果我能够一直一直很努力,专注做好一件事,我也能够给妈妈带来荣耀吧。

妈妈用她极大的耐心教会了我很多东西。

教我洗碗时,我手滑摔破了碗,她没骂我,只让我要小心别割着手。教我煮饭时,我忘了放水,烧坏了电饭煲,她对我说:"下次记得放水就成功了。"教我整理房间时,她一边指点,一边让我自己动手,每一句话都在鼓励……

她总是陪着我,无论是我吹笛子时,还是写作业时,她都坐在边上,脸上带着欣赏的表情。慢慢长大后,我的脑子也渐渐开窍了,虽然和聪明的孩子比,我还是落后的。

但我能够吹出圆润的笛声,再也不会被邻居说是噪音;我能写一手漂亮的楷书,还在学校的比赛中得了第二名;我的成绩都及格了,连老师都夸我进步很大;在妈妈的带动下,我还喜欢上看书,后来又迷上了写作。

我和妈妈比赛写故事,她夸我写得比她好,还让老师推荐给杂志社。随着第一篇文章的发表,我的写作热情被点燃了。我每天除了学习、吹笛子,就是抓紧一切空闲时间写故事。

我写的一篇关于笨小孩儿的成长故事再次发表时,妈妈搂着我哽咽地说:"小宇,你不是笨小孩儿,你和其他孩子一样聪明。"

那个故事里的笨小孩儿生来很笨,被所有人嘲笑,经历了种种磨难,但唯有妈妈一直欣赏他,给他鼓励。

在妈妈的帮助下,笨小孩儿通过长期不懈的努力,终于取得了成功。

这是我写给自己的故事。

谢谢您,妈妈!谢谢您一直喜欢不完美的我,您的鼓励是我成长中最重要的行囊。我明白,在这条艰辛的成长路上,有妈妈陪着我,我会成为那个更好的自己。MM

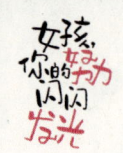

别怕内向，去靠近你的梦想

文○罗近月
图○猫 草

①

说到独处，我算是最能从中找到快乐的那一类人了。我不喜欢热闹的场所，若经过连续的应酬，总要给自己几天时间缓缓，才能恢复精神。

别人问我是什么性格，以前我常会说双重性格。那时总觉得，承认自己内向，就好像是没完成家庭作业的小学生，在经受老师的盘问，真是逊到了极点。

那时候，别人说起我，总会不吝啬自己的遗憾和同情。我初中毕业时，有一次跟爸爸到一个亲戚家做客，亲戚对我爸说："这孩子成绩不错，就是性格内向一点儿。"后来的话我记不住了，大意是对社会有用的都是外向的人，内向的人是不可能获得成功的。我看似是棵好苗子，但摊上这样的性格，终归不会有出息，真是可惜了。

那天，我的内心是如此愤愤不平。当在别人眼里，性格可以被用来断定一个人未来的时候，我第一次觉得，内向成了我的一大耻辱。

②

之后的日子，我带着矛盾的情绪开始了成长之路。一方面，我希望向大家证明，内向者也能有自己的成就。另一方面，我又在努力改变自己，想让自己表现得像个外向者。

后来，我遇到了一位对我很重要的语文老师。当我们开始一篇新课文的学习时，她总是等着我们先提问，再讲解。我觉得我的机会来了，就逼着自己预习，要求自己每节课都要提一个问题。刚开始特别艰难，慢慢地尝试了几次，我在课堂上举手提问就变得轻而易举了。在此过程中，我的努力不断受到老师的肯定，我也因为超越了自己而显得无比兴奋，当众讲话的恐惧也不再那么明显了。

这件事情让我意识到，即使我的性格不变，我也可以去直面那些人生中的阻碍。从那时起，我不再为难自己，不再觉得改变内向的性格是最重要的事情。

现在，当我因为工作或人际需要，在很多人面前侃侃而谈时，我似乎已经忘记了自己的内向性格。而当我回归日常生活，没有特别的安排时，我又会首先照顾自己的意愿，变成那个不善言谈的闷葫芦，安静地享受独处的时光。

③

经常有人问我："如何改变自己的内向性格？"我觉得，很难讲清楚我自己对于内向的模糊认知，但我的内心有一个明确的答案，内向者也可以成功。

《内向者沟通圣经》一书说，内向是一种偏好，不应该被看成是一个问题。内向型的人，能够获得更深刻的智慧，也会有更多的时间去观察和理解别人；相比外向型的人一开始就赢得人心，内向型的人更能带来持续的发展和有意义的改变。

现在,虽然不再会有人对我内向的性格表示遗憾,甚至有时我告诉别人自己蛮内向时,对方还以为我在开玩笑,但我知道,正是得益于内向性格带来的思考和觉察,我才可以走到今天。

我曾经试图去改变自己的性格,可是当我看起来很外向时,我深知其实自己内心依然没有任何改变。但这已经不再成为我生活或工作中的阻碍了。

或许今天,依然还有很多人在为自己的内向性格苦恼,也像我过去一样尝试去改变。但要彻底改变自己其实很难,而不断踮起脚尖去靠近自己的理想不难。在《内向者沟通圣经》中,作者向我们介绍了一些经典的方法,并用例子向我们证明了内向者也可以成功突围。

首先,你得用提前的计划应对困难。大多数的内向者羡慕外向者能够热情而迅速地与他人建立关系。实际上,如果内向者做足充足的准备,并提前做好预案,在人际交往领域一样可以做到卓越。

其次,要积极地展示自我。内向者往往觉得,如果自己做得好,别人一定会看得到。如果别人没有看到或者不够认可,那一定是自己做得不够好。

实际上,调查研究表明,如果不阐述自己的成就,人们就无从了解你的能力或者潜力。

再次,鼓励自己走出舒适区。就像我第一次在课堂上提问时,手都在颤抖。可当我站起来之后,我发现自己特别平静。我们每一天都在面临变化,今天走出舒适区,是为了明天有更多舒适区。

最后,不间断地练习。冠军选手每天都在做的事情就是练习,如果我们想提升自信,最好的办法就是勤于练习。练习可以让我们更容易适应挑战,也能让我们具备更多的自信,促使我们积极投身到更大的挑战当中。

对有心之人来说,或许做到这四步,就会收获颇丰。如果我们连踮脚尖的劲儿也不愿使,只想天上掉下个好性格就自己,那就是我们对于自己的人生太随意、太懒惰了。

一个人如果不在正确的方向上努力,拥有的能力也会慢慢消退。每个人都有自己的弱项,但也可以在自己渴望的领域日益精进,变得更强。

只要敢于突破、不断磨砺,终有一天,你会发现,自己的弱项可能正是难得的优势。MM

做一条会飞的鱼

文◎张军霞

在印度洋航行的船只上,船员们时常会看到这样有趣的情景:一望无际的海面上,突然跃出了成群的"小飞机",它们就犹如群鸟一般掠过海空,时高时低,自由翱翔,景象十分壮观。有的时候,它们甚至会直接"飞"到轮船的甲板上,让船员不费吹灰之力,就可以"坐收渔利"。

这种像鸟儿一样会飞的鱼,就是闻名遐迩的飞鱼,它习惯于生活在热带、亚热带和温带海洋里,在太平洋、大西洋、印度洋及地中海都可以看到它们飞翔的身姿。多年来,人们一直对"飞鱼"飞翔的秘密十分好奇。

随着科技的发展,高速摄影终于为人们揭开了这个谜底:原来,飞鱼的视力很差,在海中觅食艰难,为了求得生存,它必须要适应残酷的环境,于是就练就了"飞翔"的本领。其实,从生物学的角度来说,飞鱼并不是真正的飞行,而只是一种滑翔。每当它准备离开水面时,必须在水中快速游泳,胸鳍紧贴身体两侧,像一只潜水艇稳稳上升。同时,以尾部用力拍水,整个身体就好像离弦的箭一样射向空中。

正是因为具备了这种特殊的本领,"飞鱼"才可以以水面的昆虫为食。同时,又使自己避开了大鱼的追逐,免遭天敌的攻击。

在这个世界上,弱小的动物很多,它们往往面临残酷的自然环境。为了生存下去,一条鱼也可以"无中生有",练就"飞翔"的本领,用事实来证明只要不轻言放弃,就可以与世界同在的道理。动物是这样,人类自然也可以。MM

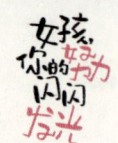

我每天都做一件治疗拖延症的事

文◎杨熹文 图◎冷色系

杨熹文
新锐作家。留学新西兰，一直打拼生活的一个姑娘。代表作《人生没有白走的路，每一步都算数》、《请尊重一个姑娘的努力》。

我在真正面对自己的拖延症之前，其实已经被它"害惨"了好多次。

读书的时候作业非要拖到最后一刻才写，赶火车总是在最后5分钟上车，和朋友聚会总是在最后一秒赶到，家务总是攒到一堆才肯动手，每次收到截止日期模糊的工作任务就无限期地拖延下去……

这种个性简直把我坑惨了，多年来我一直没法把生活过得平静，别的姑娘是窈窕的、贤淑的、文静的，而我像马达，像哪吒，像乱了套的毛线，过成了加菲猫的名言——能够拖到明天做的事情，今天绝对不要去做！

我那以脾气火暴出名的母亲，把我的拖延视为母女战争的导火索，这些年来我已经无法计算清楚自己的"那着什么急呀"换来了多少顿"胖揍"。

天知道长大后的我有多羡慕雷厉风行的人，尤其是在那些刚在火车上坐稳车就开动了的时刻。

无数次我拖着巨大的箱子一路狂奔，头发湿得粘住了半张脸，在已落座的乘客的目光中狼狈地奔

向自己的车厢。我狠狠地发誓："下次一定要提前一个小时到！"

但是下一次的我，神不知鬼不觉地，还是会在火车开动前5分钟，手提硕大的箱子，孤独地奔走在寻找车厢的路上。

赶火车是一件小事，如果错过了再坐下一趟也未尝不可，但如果拖延的习惯延伸到生活的方方面面，你就会失去很大一部分幸福感。

我发现自己身边有很多拖延的人，我们都觉得自己总是缺少时间，总是疲于奔命，总是比别人累。拖延症就像是睑腺炎一样的小病，虽不致命，却让你时刻疼痒。

拖延症对生活的摧毁力到底有多强大呢？

我听过各式各样的倾诉，"信用卡拖欠了半年还没还呢""老板上个月交代的工作任务我现在还没着手""我的论文下周就要交了，我现在还没写一个字""那堆衣服攒了两周都没洗"……

相信以上情况，你也遇到过一二，我的拖延症最严重的两个时段，一个是在大学，另一个是在去年写稿期间。前者是因为太清闲，养出了惰性；后者是因为太忙碌，还坚持完美主义。

到最后，我感觉自己的生活像是一盘不断被人打翻在地上的珠子，永远整理不清。更可怕的是拖延的传染性，一些我明知道能够马上做好的事情，也不再着急去做了。

从家中琐事到工作大事，仿佛每走一步都有未清理的"垃圾堆"，这些"垃圾堆"在一段时间后自动变为雷区，不断炸掉我生活中光明的部分。

前不久看了一个节目，再一次验证了治愈拖延症是一件多么难的事情。主持人采访了一个有拖延症的女人，跟踪了她的一部分生活。

镜头下她的生活是这样的：已经一年时间没打开冰箱冷冻层，明知道里面的肉已经变质，还是不肯清理；好不容易攒够的积分，没来得及兑换就过期了；在家里占了几年位置，确保可以轻松卖出去的家具，一直没有把出售信息放到网上去；车一直开到没油……

心理专家帮助她解决了全部问题，并且算了一笔账，拖延症的代价很昂贵，浪费金钱，更浪费精力。这些事情，再一次让我反省自己的态度，生活是习惯的结果，我的习惯正在影响我的生活。

我读了几本有关治疗拖延症的书，也试过网络帖子上提供的大大小小的方法：从最难的事情开始做，把即时贴粘贴在电脑屏幕旁，不在工作的时候刷手机……但是收效都微乎其微，一旦你已经为自己的生活设定某种模式，就很难逃离出去。

还是偶然间读到的毛姆的话启发了我，他说："为了使灵魂宁静，一个人每天要做两件他不喜欢的事。"

为了治疗拖延症，我把自己每天的任务设置为：今天我要完成一件我必须去做但特别不想去做的事。事实证明，这是我在治疗拖延症的过程中，尝试过的最有效的方法。

每天早上醒来后，我就会马上搜寻一个当天必须去做且不能拖延的事情，通常是去给一张账单缴费，或者去见一个一直推托约会的朋友，或者写一篇马上到截稿日期的文章，再或者把冰箱中放了很久的食物清理干净……

我发现，一旦用"处理拖延事件"开始新的一天，那么接下来的时间内心便会轻松很多，而当我在做完一件拖延事件后，往往会自然而然地去处理下一件，因为我发现大多数事情如果真正地开始做起来，其实并不是毫无头绪的。

不知道这其中有着怎样的原理，我的朋友Glenn曾在治疗抑郁的时候用了一样的方法，每当他觉得生活无望，什么都不想做的时候，他就会出门给车加满油，只需完成这一件事，就会让他重新燃起去做其他事情的欲望。

大概近3个月来，我的拖延症状日渐好转，我暂时还没有完全摆脱它，但已经可以控制一些珠子不再掉到地上了。今天突然想起这件事，是因为眼睛得了睑腺炎，又疼又痒，这是和拖延症一样的感受，我不得不感慨一番。

早在半年前，如果这样的事情发生，我一定焦头烂额，但今天早上，我先去做了"今天一定要完成的事"。

拜访了一个将要回国的朋友，然后去药店买了一些药，又买了一套一直想试试的7天排毒保健品，之后顺便交了话费，去超市采购日常用品，回到家后写好文章，安排好明天的工作，此刻正准备去跑5公里，那之后会把一场电影作为今天的结束。

如今，我比任何时候都确定，我的习惯正在决定着我的生活。 **MM**

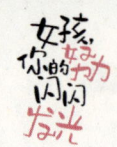

别做未来的空想家

文◎刘 希 图◎洛 书

几年前,我和朋友谈论各自的理想,她说想拥有一栋带露台的房子,因为她的母亲在城里住不习惯,说晒太阳都要下楼,种菜的地方也没有,她便想着,要是拥有一栋有露台的房子,母亲就可以肆意地晒太阳,还可以在露台上种菜种花。

看她憧憬在美好的生活里,我也说出了自己的理想,那就是多学习烘焙知识,以后开一家面包店。

五年后的今天,朋友打电话跟我说她搬进了有露台的房子,妈妈感觉特别惬意。虽然背了房贷压力大了,但生活充满了阳光,她觉得只要努力,梦想都是可以实现的。她的语气里,满满的都是幸福和骄傲。

她还跟我说起她的下一个梦想:要学习画画,争取花五年时间学有所成。想起那时候我们一起谈论理想,我那个开面包店的梦想依然遥遥无期,她却在短短几年内,实现了自己的梦想,她是怎么做到的?

她笑了笑,对我说:"我的每一个梦想,都是有截止日期的。譬如露台房子的梦想,我的计划是五年之内,我预算好了买露台房子需要的首付,并算出这五年内,除掉卖掉这所小房子所得的价款,我需要每月攒多少钱,这几年里,我发了工资的第一件事,就是存好预先计划的钱,雷打不动。

因为有了计划,我不再乱买东西了,衣服、鞋子够穿就行,这样坚持了几年,竟然轻松地实现了梦想。"

我恍然大悟,我也有梦想,但我没有像朋友那样,给梦想加个"截止期限"。

我一直想,迟早有一天,我的梦想会实现的,但那一天,我没有定好日期,所以总在拖延。

从朋友的经验来看,我渐渐悟到,有梦想是好的,但光有梦想不马上行动,这辈子就是一个空想家。

美好的生活需要很多梦想来填充,当一个梦想接着一个梦想实现,你才会发现,人生多么美妙,追梦很美,只要努力,梦想都会变成现实。

此后,我也学着朋友的做法,给梦想加个"截止日期",譬如,那个开面包店的梦想,我从今天开始,从做普通的蛋糕开始,每天坚持一点点,三年后,我想我一定能实现它。

网上流行一段话:喷泉之所以漂亮是因为有了压力;瀑布之所以壮观是因为没有了退路;水之所以能穿石是因为有了目标……

这些话都颇有道理,没有压力的生活,不可能精彩,有退路的生活,做什么都不会竭尽全力,没有目标的生活,平淡无味不说,更不能出彩。

一个人有了目标还不够,还要给目标加个截止日期,每一天都在为梦想添砖加瓦,那么,生活才会充满激情与动力。MM

第六章 修炼你的好运气

没完成的心愿，大都输给了坚持

文◎喵里喵

前段时间报了一个线上的漫画班，刚开始兴致勃勃，按时上课，按时完成作业。结果第四节课交作业时，被老师挑出了一堆毛病：

眼睛不对、身体比例错了、头发画得太乱……

我突然生出了一个念头："画得这么不好，肯定是不适合画画，还是别上课了，浪费时间。"接下来的课我一节都没有上，那些时间都被我花在了玩手机上。

昨天十节课结束后，学员们纷纷在群里发表自己的收获和作品，他们画出的漫画人物让我羡慕，也让我自惭形秽。

每次开始一件事情时总是满心欢喜地奔向目标，可是三分钟热度似乎是我生活的常态。想要实现的梦想有很多，可是因为没有坚持下去，最后都成了泡影。

年初，大家都会买一些精美的手账本，然后信心十足地将健身、写作、画画、早起等一系列计划一笔一笔地写在本上，然后等待空格被填上小对钩。

确实有一些人按照计划一步步来，但更多的人是实践几天以后就放弃了。"今天天气太冷，不适合跑步""晚上大家聚餐，不去不合适，课以后再听""昨天睡得太晚，早上实在醒不过来"……到最后，计划本上可能只有前三天打了对钩，剩下的白纸都是讽刺和心酸。

白天不努力，睡前发毒誓，醒来依旧走老路。前一秒为自己的不争气黯然神伤，下一秒在游戏的世界里风生水起。我们总是有太多理由去逃避，殊不知，纸上列出的计划表满满都是你懦弱和无能的证据。

单位有一个90后的同事，从一开始，我们就知道，他的终点不在这里。自从来到这个单位，他就没有一刻放松过对自己的要求，我们晚上聚在一起聊天的时候，他在办公室学习；我们出去吃饭的时候，他用手机学习；我们在宿舍刷着娱乐八卦时，他用手机APP饶有兴趣地听关于经济方面最新政策的解读。

我们都在调侃他，也都在羡慕他。这段时间里，他不仅两次通过省级业务能手的考试，还代表省里参加了人才选拔赛，优异的成绩让他最终如愿，进入了更好的部门。

临走之际，他请我们几个人吃饭，我们都向他讨教经验，他笑笑说："也就是少刷了几条微博，比别人多点儿坚持。有时候想想，用一段时间的辛苦去换取未来更高的发展平台，不是很值得吗？"

我不知道如果大家坚持下去的话，是不是就可以像他一样如愿以偿，但我清楚地知道，只要努力坚持下去，我们都会比现在更好。

王小波说：人一切的痛苦，本质上都是对自己无能的愤怒。

我相信每个人都有这样的时刻，对自己恨铁不成钢，一遍遍迷茫，一遍遍神伤。既然会愤怒，说明我们对自己不满，既然不满，何不坚持梦想？有人会说，道理我都懂，就是做不到。

很多人会树立很多目标，想画画，想写作，想健身。但说实话，现代社会生活节奏这么快，很多人精力有限。因此我们应该明确自己的兴趣所在，从一而终。

当你坚持不下去的时候，想想曾经的付出。就像跑800米，刚跑半圈，你可能就会觉得呼吸急促，上不来气，但是你已经跑过了200米，在那200米里，你竭尽全力，如若中途放弃，还是得重新开始。那我们为什么不一鼓作气，坚持到最后呢？

还有，就是不要被外界的眼光干扰。你可能会因为害怕被说不合群，害怕别人调侃，而"被迫"放弃自己的计划。但是过去这一段岁月，当你变得更好以后，别人对你更多的是佩服。

况且，在你为梦想坚持的时候，大家更多没有表现出来的，其实是羡慕和嫉妒。MM

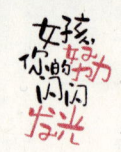

三川玲

童书出版人、《华尔街日报》儿童教育专栏作家、中国教育协会家庭教育专业委员会成员。公众号"童书妈妈三川玲"在年轻父母中颇具影响力。

大梦想家

文◎三川玲　图◎花月婷然

自测表，你占了几条

一、纯真善良

我们总是期望自己聪明些，甚至精明些——因为这个世界上的坏人和骗子太多了，如果不如此的话，就会吃亏和上当。

但是，这样的人真的会有出息吗？能够成大事吗？会有所成就吗？

我不知道大家有没有看过《最强大脑》这个节目，这个节目里面云集了很多智商很高，而且精于计算的人。看完几季节目，如果要评选看上去最笨、反应最慢、表情最木讷的，应该是节目组请来的嘉宾——刘强东。

而就是这个看上去最傻、说话结结巴巴的、看上去随时都会被算计的人，应该是节目从头到尾最具有人生成就的人，做大事的人。而他的妻子章泽天，其招牌特点也是清清纯纯、一脸很容易被人算计的表情。

在我从事记者行业的这么多年来，我发现，越是成就大的人，反而越是朴实无华。大的官员、大的企业家、大的艺术家……都会出现普遍的"笨笨的样子"。这真的是一个很奇怪的现象！

我广州的一个邻居朋友，在火车站被人"骗"去了500块钱。说是一个人跟他说钱包丢了，要500块钱才能买回家的火车票。"他说他会再还给我的，于是我就相信了。"大家都觉得这个邻居很傻，容易被骗。的确，他也被各种人骗了很多次。但是，有意思的是，他又是我们当时整个小区企业做得最大、赚钱最多的一个公司的创始人。

《新周刊》的社长孙冕，六七十岁了还是经常受骗，通常是别人一说，他就掉眼泪。很多人经常用很不靠谱的理由，寻求他的帮助。这么多年来，虽然很多是资助完了之后就没有下文了，但孙冕又会去相信下一个。甚至到了现在，如果路遇不平，老爷子都会停下来仗义相助，不计后果。

老爷子的口头禅是"万一他说的是真的呢，我如果不帮他，他就错过了机会"。但是老爷子似乎并没有像精明人预言的那样，过上受穷受苦的日子。他人生一直过得很潇洒，想成就的事情总有人来一起成就。

凡是因为贪婪贪欲而上当受骗的人，大多都过不上好日子。因为纯真善良去帮助别人，有可能被骗，但他们从来没有因此变穷过，他们只会过得越来越富有、朋友越来越多、事业越做越大。

所以脸上一副纯真善良，一副很容易被人算计表情的人，将来一定会大有前途。因为他是一个会算大账而不是算小账的人。

二、会自嘲

谈这个必须得引用几个精彩的故事：

一次，林肯参加一个集会被邀发言，林肯不好明确拒绝，就讲了个小故事：一天他遇见一位妇人，她仔细端详了林肯后说："先生，你是我见过的最丑的男人了。"林肯回答说："夫人，我实在没办法，你有什么建议吗？"那位妇人想了想后说："那你总可以待在家里吧。"说完林肯就坐下了，大家先是怔了一下，然后就对林肯的机智回答报以热烈的掌声。

还有一次，林肯与道格拉斯进行辩论，道格拉斯指控林肯说他说一套做一套，完全是个有两张脸的人。林肯回应说："道格拉斯指控我有两张脸，大家说说看，如果我有另一张脸的话，我会带这张丑脸来见大家吗？"林肯的话逗得大家哄堂大笑，道格拉斯自己也跟着笑了。

凡是会自我嘲笑的人，其实是知道自己的缺点在哪里的人，也坦荡承认自己的缺点，并且有足够的智慧去化解自己的劣势的人。

自嘲是个非常重要，而且有用的能力。在校园里面，很多学生被孤立、被欺负，都起源于有其他人取笑他。当他们被取笑的时候，先一本正经地辩解，后来又告老师告家长，再后来演变成报复、还击，暴力升级，其实都跟最初没有轻松化解取笑有关。人若不懂得自嘲，很容易招致别人的嘲弄。

凡是能操纵最高级的语言艺术——幽默的人已经是"智力过剩者"，那么能用最高境界的幽默——自嘲作为武器者，便堪称人情操纵场上的"无冕之王"。懂得自嘲艺术的人让人有"提得起，放得下，想得开"的感觉，有人说："第一次发现自己能够嘲笑自己的时候，就是成长的开始。"

三、会发自内心地赞美别人

一所小学对一年级刚刚入学的孩子有个很智慧的做法，就是让他们去观察新同学、新老师，每天找出同学老师的三个优点，并当众讲出来。这个方法让小朋友很快交到了朋友，很快喜欢上了自己的老师。更远期的好处，在于养成孩子面对别人优点的正确心态。

白雪公主的后妈，知道白雪公主比她更美丽之后，嫉妒得干了一系列蠢事坏事，她自己不但没有变美，变得狰狞了，我们都知道嫉妒是心灵的毒药。天外有天，人外有人，世界上一定有比自己更厉害的人物，面对别人的优点长处，我们不要喝下嫉妒的毒药，而是要捧出真诚赞美的甘露。

当我们发自内心地去发现别人的优点，并且发自内心地赞美别人的时候，就能够学习别人的优点，并且能够把拥有优点的人变成自己的朋友和盟友。这是一种学习能力，也是高超的情商。

四、有专注聚焦做事情的习惯

这个世界上，有很多成功的秘诀。于我而言，其中最重要的一条，不是聪明，不是情商，不是时机的把握，不是资源的汇聚，而是最普通的一个：坚持。

绝大多数的成功，可以没有很多因素，但这一条因素几乎是必备的。有了这一条，也就不会过多地纠结很多外在的因素了。

那么，坚持这个宝贵的品质，在孩提时期，具体表现出来就是：专注。

首先我承认，打游戏含有很强的智力成分，高级玩家都非常了不起。但是，游戏作为一种松弛消遣的手段无可厚非，但并不能包装成多有意义的智力活动。

排除了打电子游戏之后，无论是看书、做木工、画画、搭乐高、看蚂蚁打架等，出现如痴如醉、欲罢不能的情况都是好事。

我读书的时候，发现学习成绩特别好的那几个同学其实也是睡眠最充足、玩乐最充足的，即便是在严酷的读书时代，学习好也不是靠熬夜、靠下笨功夫得来，而是靠专注和聚焦。激光之所以具有那么强的穿透力，是因为它聚焦。

五、有运动习惯

运动是一种最后才尝到甜头的好东西。

我们要有氧运动半个小时以上，让人快乐的多巴胺才会分泌；小孩子要训练三个小时，当天晚上才会体会到肌肉酸痛并且生长着的那种微妙的快乐；一个人要坚持长期锻炼，才能享受到灵活的身体、敏捷的动作，以及力量和耐心。而运动对大脑的帮助，却是很难直接体会到的。

有运动习惯的人，其身体跟没有运动习惯的人是不一样的。肉和肉的质量是不一样的，每天分泌

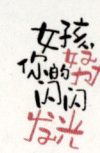

多巴胺锻炼出来的肉，跟胡吃海塞的肉，虽然都是肉，但质量是不一样的。

我有个朋友时间很紧张，但上班前会开大音乐跳五分钟绳，下班后做五十个掌上压。

现在他已经是一个大学的领导，工作更加繁忙了，但是他的身材一直很好，看上去也比同龄人年轻得多。他精力充沛，干什么事情都比别人能够做得更好。

当然，能够坚持练习五年以上钢琴、芭蕾的孩子，也是具有意志之美的。他们最后不一定在这个领域成名成家，但练习的过程带给他们的是隐形的生命财富。

六、遇到任何事情不逃避

担当责任，就会不可避免地承担风险。于是，很多人由于害怕风险而尽可能地躲避责任。

遇到问题的时候，很多人的第一反应就是"不是我弄坏的，我才不去管"；遇到困难的时候，也会"先抱怨别人，然后再等着别人去解决"。

有一次，我们去住民宿的时候，无论如何都找不到空调遥控器。大家正满头大汗，准备埋怨房东之际，突然听见空调"嘀"的一声启动工作。原来是我哥10岁的儿子，在手机上下载了一个万能遥控的APP，很快就在手机上操纵起全屋家电了。

这使我们非常惊喜。孩子的奶奶搂着孙子亲了几口，说："这孩子将来肯定有出息，我们一家以后有盼头！"

这个孩子是我们家的智多星，他极其热衷于用技术解决问题。这些万能遥控软件的知识，不是家长教的，也不是老师教的，是他自己琢磨的。他还告诉我，有些软件只有英文说明，为了搞懂，他查字典兼连猜带蒙，学会了不少单词。我给他介绍了苹果和可汗学院的免费课程之后，三天后他就告诉我他已经报名，开始学习了。

面对问题，喜欢找借口的人，注意力是放在推卸责任上；喜欢找办法的人，注意力是放在学习和研究上。

一个把目光投向过去，一个把目光投向未来。

其实，抱怨是最容易的。尤其是在当下，我们承认有很多地方还不尽如人意。但是，与其每天在那里抱怨，不如身体力行地做出努力，小小地去改变哪怕一点点。

七、对成功有正确的态度

成功有很多种，可是在很多人的心目中只有一种，就是有钱。

在这个世界上，有一件事是很公平的，就是你为这个世界提供了多少价值，你就得到多少回报。

那么，我们就知道了，如果一个人的价值是独特的、无法代替的，他就会赢得财富，也就是大家所谓的成功。

如果一个人仅仅能做其他人也能做到的事情，就算凭借着垄断、关系、资源，暂时取得了财富，那也是不长久的、无益的。

我们应该从事物的本质去了解这个世界，衡量一个人成功的是其所作所为，衡量艺术品价值的是其艺术水平，衡量物品价值的是其品质。你做你想做的，你得到你应得的，就是成功，就是幸福。

八、外在可以谦虚，内在一定骄傲

我中学时代的班长，是个特别正直又特别心有大志的姑娘。她高考成绩不好，仅仅上了我们当地刚成立的一所末流大学。

但是，二十几年后，我们一众同学再次听到她的消息，是从大众媒体上，跟"google重新定义公司"这样的题目联系在一起。原来她已经成为一个千亿级别公司的高管。

我们这才知道她之后的历程：不服气又考了一所好大学的研究生，一直发奋学习，增长各种本领和实践经验，然后就到了让我们佩服的今天。

我们一众老同学总结了一下原因，一直觉得能让她走到今天的，不是过人的智商，不是运气，而是她一直以来觉得自己要做大事的那股心劲儿，有了那股心劲儿，她什么苦都能吃，什么困难都能坚持。

我们生存于这个世界，但是，我们很少能够去思考我们存在于这个世界的意义：我们是怎么来到这个世界的？我们应该怎样对待这个世界？我们要怎样离开这个世界？

就像我现在再去看《居里夫人传》，我才明白了居里夫人为什么不申请专利，为什么把诺贝尔奖的奖金分给他人，为什么帮助那么多年轻人，为什么拒绝了那么多的荣誉……

一个人的志气，就是他对这个世界的理解，以及对自己人生价值的塑造。**MM**